Haruki Murakami

Der Elefant
verschwindet

*Aus dem Japanischen
von Nora Bierich*

btb

Die Originalausgabe erschien unter dem englischen Titel
»The Elephant Vanishes«.

»Der Bäckereiüberfall« und »Der zweite Bäckereiüberfall« wurden
von Jürgen Stalph, »Der Untergang des Römischen Reiches, der
Indianeraufstand von 1881, Hitlers Einfall in Polen und die Sturm-
welt« wurde von Jürgen Stalph, Inge Fleischer, Martina Gunske,
Michael Inoue, Johannes Kimmeskamp und Slawomir Mirecki aus
dem Japanischen übersetzt.

FSC
Mixed Sources
Product group from well-managed
forests and other controlled sources
Cert no. GFA-COC-001223
www.fsc.org
© 1996 Forest Stewardship Council

Verlagsgruppe Random House FSC-DEU-0100
Das FSC-zertifizierte Papier *Munken Pocket* für Taschenbücher aus
dem btb Verlag liefert Arctic Paper Munkedals AB, Schweden.

3. Auflage
Genehmigte Taschenbuchausgabe Juni 2009,
btb Verlag in der Verlagsgruppe Random House GmbH, München
Copyright © 1993 by Haruki Murakami
Copyright © der deutschsprachigen Ausgabe 2007 by DuMont
Buchverlag, Köln
Alle Rechte vorbehalten
Deutsche Erstveröffentlichung 1995 im Berlin Verlag
Durchgesehene und korrigierte Neuausgabe
Umschlaggestaltung: semper smile, München, nach einem
Umschlagentwurf von Zero, München
Umschlagabbildung: Collage unter Verwendung von Photodisc-
und FinePic-Bildern
Druck und Einband: CPI – Clausen & Bosse, Leck
NB · Herstellung: SK
Printed in Germany
ISBN 978-3-442-73929-5

www.btb-verlag.de

Aus Freude am Lesen

Buch

Das Gitter ist geschlossen, doch der Elefant ist verschwunden, zur Bestürzung der ganzen Stadt. Nur einer ahnt, was passiert ist: ein junger Mann, der in der Werbeabteilung eines Küchenherstellers arbeitet und einer Journalistin seine Wahrnehmungen mitteilt. Ein nächtlicher Anfall von Heißhunger und ein übermütig geplantes Verbrechen enden ganz anders als vorgesehen: so anders, dass sie Jahre später eine unvermutete Auferstehung erleben. Und eine Frau in den besten, ödesten Verhältnissen erkennt in der eigenen Schlaflosigkeit ein berauschendes Geschenk …

Autor

Haruki Murakami, 1949 in Kyoto geboren, lebte über längere Zeit in Europa und in den USA. Murakami ist ein international gefeierter und mit den höchsten japanischen Literaturpreisen ausgezeichneter Autor zahlreicher Romane und Erzählungen. Er hat die Werke von Raymond Chandler, John Irving, Truman Capote und Raymond Carver ins Japanische übersetzt.

DER ELEFANT
VERSCHWINDET

Inhalt

Der Aufziehvogel
und die Dienstagsfrauen

Als diese Frau anrief, stand ich gerade in der Küche und kochte Spaghetti. Die Spaghetti waren so gut wie fertig, und ich pfiff zusammen mit dem Radio die Ouvertüre aus Rossinis »Die diebische Elster«. Die perfekte Musik zum Spaghettikochen.

Ich wollte das Klingeln des Telefons eigentlich ignorieren und weiter meine Spaghetti kochen. Sie waren fast gar, und Claudio Abbado war gerade dabei, das Londoner Symphonieorchester zu seinem musikalischen Höhepunkt zu führen, aber dann stellte ich doch das Gas kleiner, rannte mit den Kochstäbchen in der rechten Hand ins Wohnzimmer und nahm den Hörer ab. Mir fiel ein, dass es ein Freund sein könnte, der wegen eines neuen Jobs anrief.

»Hätten Sie zehn Minuten für mich Zeit?«, sagte eine Frauenstimme völlig unvermittelt.

»Wie bitte?«, fragte ich überrascht. »Was haben Sie gesagt?«

»Ich fragte, ob Sie nur zehn Minuten für mich Zeit hätten«, wiederholte die Frau.

Ich konnte mich nicht erinnern, diese Frauenstimme schon mal gehört zu haben. Und da ich mir, was das Erinnern von Stimmen angeht, fast hundertprozentig sicher bin, täuschte ich mich bestimmt nicht. Es war die Stimme einer mir unbekannten Frau. Eine tiefe sanfte Stimme, doch ohne jede Besonderheit.

»Entschuldigen Sie bitte, aber welche Nummer haben Sie gewählt?«, fragte ich immer noch höflich.

»Das spielt doch keine Rolle. Das Einzige, was ich möchte, sind zehn Minuten. Dann werden wir uns bestimmt besser verstehen.« Die Frau redete schnell auf mich ein.

»Uns verstehen?«

»Unsere Gefühle«, antwortete sie kurz.

Ich reckte meinen Hals und lugte in die Küche. Aus dem Spaghettitopf stieg gemütlich der weiße Dampf, und Abbado dirigierte weiter die »Diebische Elster«.

»Nehmen Sie es mir bitte nicht übel, aber ich koche gerade Spaghetti. Sie sind gleich fertig, doch wenn ich mit Ihnen zehn Minuten spreche, sind sie verkocht. Ich lege jetzt auf, ja?«

»Spaghetti?«, fragte die Frau verblüfft. »Es ist erst halb elf. Wieso kochen Sie morgens um halb elf Spaghetti? Finden Sie das nicht ein bisschen komisch?«

»Ob komisch oder nicht, das geht Sie nichts an«, sagte ich. »Ich habe kaum gefrühstückt, und jetzt habe ich eben Hunger. Und schließlich bin ich es, der sie kocht und isst. Um wie viel Uhr ich was esse, ist doch wohl meine Sache, oder?«

»Ja, natürlich. Na gut, dann lege ich auf«, sagte sie mit aalglatter Stimme. Eine seltsame Stimme. Eine winzige Gefühlsschwankung, und schon änderte sich ihr Tonfall, als ob man eine andere Frequenz eingeschaltet hätte. »Ich rufe später wieder an.«

»Einen Moment«, rief ich hastig. »Wenn Sie irgendetwas verkaufen wollen, rufen Sie umsonst an. Ich bin nämlich momentan arbeitslos und kann mir gar nichts leisten.«

»Keine Angst, das weiß ich bereits«, sagte die Frau.

»Wissen? Was wissen Sie?«

»Dass Sie arbeitslos sind, natürlich. Das weiß ich. Also kochen Sie schnell Ihre Spaghetti, ja?«

»Was wollen Sie ...«, begann ich, als plötzlich das Gespräch unterbrochen wurde. Es war eine ziemlich abrupte Art einzuhängen. Sie hatte nicht den Hörer aufgelegt, sondern einfach auf die Taste gedrückt.

Verwirrt starrte ich einen Moment geistesabwesend auf den Telefonhörer in meiner Hand, als mir die Spaghetti wieder einfielen. Ich legte den Hörer auf und ging in die Küche. Ich stellte das Gas ab, schüttete die Spaghetti in ein Sieb, tat sie auf einen Teller, goss die Tomatensauce, die ich in einem kleinen Topf warm gemacht hatte, darüber und begann zu essen. Dank des unsinnigen Telefongesprächs waren die Spaghetti etwas weich. Keine Katastrophe, außerdem war ich zu hungrig, um mich an den Feinheiten des Spaghettikochens aufzuhalten. Ich hörte der Musik im Radio zu und verleibte mir genüsslich die zweihundertfünfzig Gramm bis auf die letzte Nudel ein.

Ich wusch meinen Teller und den Topf ab, setzte einen Kessel Wasser auf und machte mir mit einem Teebeutel Tee. Und während ich den Tee trank, dachte ich über den Anruf nach.

Uns verstehen?

Warum um Himmels willen rief diese Frau mich an? Wer war sie überhaupt?

Mir war das alles ein Rätsel. Ich hatte keine Idee, warum ich von einer mir unbekannten Frau einen anonymen Anruf erhalten könnte, und mir war auch vollkommen unklar, was sie eigentlich sagen wollte.

Wie dem auch sei, dachte ich mir, ich habe keine Lust, die *Gefühle* irgendeiner fremden Frau zu verstehen. Das führt doch zu nichts. Was ich zunächst einmal brauche, ist eine neue Arbeit. Und ich muss meinen neuen Lebensrhythmus finden.

Doch als ich aufs Wohnzimmersofa zurückkehrte und in dem Roman von Len Deighton las, den ich mir aus der Bücherei ausgeliehen hatte, geriet ich beim bloßen Anblick des Telefons ins Grübeln: Was das wohl war, wovon diese Frau behauptete, dass »man es in zehn Minuten versteht«? *Was kann man denn in zehn Minuten verstehen?*

Wenn ich es mir recht überlegte, hatte die Frau gleich zu Anfang die Zeit auf genau zehn Minuten festgelegt. Sie schien sich mit der Bestimmung dieser begrenzten Zeit sehr sicher zu sein. Neun Minuten wären vielleicht zu kurz und elf Minuten schon wieder zu lang. Genauso wie Spaghetti *al dente* …

Bei diesen Gedanken kam mir die Geschichte des Romans abhanden, weshalb ich mich dazu entschloss, etwas Gymnastik zu machen und dann meine Hemden zu bügeln. Immer wenn ich etwas verwirrt bin, bügele ich Hemden. Es ist eine alte Gewohnheit von mir.

Den Bügelvorgang eines Hemdes unterteile ich in insgesamt zwölf Schritte. Ich beginne mit (1) dem Kragen (Vorderseite) und ende mit (12) den Manschetten des linken Ärmels. Von diesem System weiche ich niemals ab. Ich bügele immer in der gleichen Reihenfolge, wobei ich jeden einzelnen Schritt mitzähle. Wenn ich das nicht tue, klappt das Bügeln nicht richtig.

Ich bügelte also drei Hemden, erfreute mich an dem Zischen meines Dampfbügeleisens und an dem besonderen Geruch heiß gewordener Baumwolle, und nachdem ich mich vergewissert hatte, dass auch alles glatt war, hängte ich die Hemden auf einem Bügel in den Schrank. Als ich das Bügeleisen ausgeschaltet und zusammen mit dem Bügelbrett verstaut hatte, fühlte sich mein Kopf schon ein bisschen klarer an.

Ich war etwas durstig und wollte gerade in die Küche gehen, als von neuem das Telefon klingelte. Oh je, dachte ich. Ich schwankte, ob ich einfach in die Küche oder zurück ins Wohnzimmer gehen sollte, ging dann aber ins Wohnzimmer und nahm den Hörer ab. Wenn es wieder die Frau sein sollte, könnte ich sagen, dass ich gerade beim Bügeln sei, und einfach auflegen.

Aber es war meine Frau. Die Uhr auf dem Fernseher zeigte halb zwölf.

»Wie geht's?«, fragte meine Frau.

»Gut«, sagte ich erleichtert.

»Was hast du gemacht?«

»Gebügelt.«

»War irgendwas?«, fragte sie. In ihrer Stimme klang eine leichte Spannung mit. Meine Frau weiß genau, dass ich nur bügele, wenn ich durcheinander bin.

»Nein, nichts. Ich wollte bloß meine Hemden bügeln. Es ist nichts Besonderes«, sagte ich, setzte mich auf den Stuhl und nahm den Telefonhörer aus der linken in die rechte Hand. »Und du, rufst du wegen was Bestimmtem an?«

»Ja, wegen einer Arbeit. Vielleicht gäbe es da einen kleinen Job für dich.«

»Aha«, sagte ich.

»Kannst du Gedichte schreiben?«

»Gedichte?«, fragte ich überrascht zurück. Gedichte? Was denn für Gedichte?

»Ein Zeitschriftenverlag, bei dem eine Bekannte von mir arbeitet, gibt ein Lyrikmagazin für junge Mädchen heraus, und sie suchen jemanden, der die eingesandten Beiträge auswählt und korrigiert. Außerdem möchten sie jeden Monat ein Gedicht für die erste Seite. Die Arbeit ist einfach und dafür nicht schlecht bezahlt. Natürlich ist es nur ein Job, aber wenn es gut läuft, kannst du vielleicht auch in der Redaktion mitarbeiten…«

»Einfach?«, fragte ich. »Moment mal. Ich suche Arbeit in einem Rechtsanwaltsbüro. Wie kommst du auf so was wie Gedichte korrigieren?«

»Aber du hast doch erzählt, dass du im Gymnasium irgendwas geschrieben hast.«

»Das war in einer Zeitung. In der Schulzeitung unseres Gymnasiums. Ich habe alberne Artikel geschrieben, darüber, welche Klasse beim Fußballspiel gewonnen hat, oder dass der Physiklehrer die Treppe runtergefallen ist und ins Krankenhaus musste. Keine Gedichte. Ich kann keine Gedichte schreiben.«

»Mit Gedichte meine ich Gedichte, wie sie Oberschülerinnen lesen. Es braucht nichts Besonderes zu sein. Du musst nicht gleich wie Allen Ginsberg schreiben. Es reicht, wenn du so schreibst, wie es gerade kommt.«

»Ich kann absolut keine Gedichte schreiben, weder so, wie es gerade kommt, noch sonstwie«, sagte ich entschieden. Vollkommen undenkbar.

»Na gut«, sagte meine Frau etwas enttäuscht. »Aber im juristischen Bereich tut sich doch anscheinend nichts.«

»Es sind gerade mehrere Sachen im Gespräch, diese Woche müsste ich eine Antwort bekommen. Wenn das nicht klappen sollte, kann ich ja noch mal darüber nachdenken.«

»Wirklich? Na, mach, wie du denkst. Was ist heute übrigens für ein Tag?«

»Dienstag«, sagte ich nach kurzer Überlegung.

»Könntest du zur Bank gehen und die Gas- und Telefonrechnung bezahlen?«

»Kein Problem. Ich wollte sowieso gleich los und fürs Abendessen einkaufen, ich gehe dann anschließend bei der Bank vorbei.«

»Was gibt es heute zu Abend?«

»Weiß ich noch nicht«, sagte ich, »habe ich noch nicht entschieden. Ich überlege es mir beim Einkaufen.«

»Übrigens«, sagte meine Frau in einem veränderten Tonfall. »Weißt du, ich denke gerade, du musst ja vielleicht nicht unbedingt eine Arbeit suchen.«

»Wieso das denn?«, fragte ich aufs Neue überrascht. Es scheint, als riefen alle Frauen der Welt allein aus dem Grund an, mich zu überraschen. »Warum sollte ich denn nicht nach einer Arbeit suchen? Noch drei Monate und meine Arbeitslosenversicherung ist zu Ende. Ich kann doch nicht die Beine baumeln lassen.«

»Ich habe eine Gehaltserhöhung bekommen, mein Nebenjob läuft gut, und außerdem haben wir ja noch was gespart. Wenn wir nicht prassen, können wir doch gut davon leben, oder?«

»Und ich soll dann also die Hausarbeit machen?«

»Magst du das nicht?«

»Ich weiß nicht«, sagte ich ganz ehrlich. Ich weiß es wirklich nicht. »Ich werde darüber nachdenken.«

»Ja, denk drüber nach«, sagte sie. »Was ich dich noch fragen wollte, ist die Katze eigentlich zurück?«

»Die Katze?«, fragte ich. Auf einmal merkte ich, dass ich die Katze seit heute früh vollkommen vergessen hatte. »Nein, sie ist noch nicht wieder nach Hause gekommen.«

»Kannst du nicht ein bisschen in der Nachbarschaft nach ihr suchen? Sie ist schon seit vier Tagen weg.«

Ich gab eine vage Antwort und nahm den Hörer wieder in die linke Hand.

»Ich könnte mir vorstellen, dass sie vielleicht im Garten des leerstehenden Hauses hinten in dem Gässchen ist. Der Garten mit dem steinernen Vogel, weißt du? Ich habe sie dort schon ein paar Mal gesehen. Weißt du, wo ich meine?«

»Nein«, sagte ich. »Aber seit wann treibst du dich denn allein in dem ›Gässchen‹ rum? Du hast mir noch nie davon ...«

»Du, tut mir leid, aber ich muss jetzt aufhören. Ich muss langsam wieder an die Arbeit. Bitte kümmere dich um die Katze.«

Dann legte sie auf.

Ich betrachtete wieder einen Moment lang den Telefonhörer, bevor ich ihn auf die Gabel zurücklegte. Warum kannte sich meine Frau so gut in dem »Gässchen« aus, fragte ich mich. Um dorthin zu gelangen, musste man von unserem Garten aus über eine ziemlich hohe Ziegelmauer steigen, und ich verstand nicht, warum man ohne Grund diese Anstrengung auf sich nehmen sollte.

Ich ging in die Küche, trank etwas Wasser, schaltete das Radio ein und schnitt mir die Fingernägel. Im Radio lief eine Sondersendung zu der neuen LP von Robert Plant, aber nach zwei Stücken taten mir bereits die Ohren weh, und ich schaltete wieder aus. Ich ging auf die Veranda und untersuchte den Katzenteller, aber die getrockneten Sardinen lagen unberührt da, so wie ich sie am Vorabend hingelegt hatte, nicht eine fehlte. Die Katze war also nicht zurückgekommen.

Ich stand auf der Veranda und blickte in unseren kleinen Garten, in den hell die Frühsommersonne schien. Es ist kein Garten, der seinen Betrachter ruhig stimmt. Die Sonne gelangt nur für einen kurzen Moment am Tag herein, deshalb ist der Boden dunkel und feucht. In einer Ecke stehen zwei, drei unscheinbare Hortensien. Aber Hortensien gehören ehrlich gesagt nicht zu meinen Lieblingsblumen.

Von einer nahen Baumgruppe her ertönte das regelmäßige Quietschen eines Vogels, es klang, als würde er eine Feder aufziehen. Wir hatten den Vogel »Aufziehvogel« getauft. Meine Frau hatte ihm diesen Namen gegeben. Seinen richtigen Namen kannte ich nicht, und ich hatte auch keine Ahnung, wie er aussssah. Nichtsdestoweniger saß dieser Aufziehvogel jeden Tag in der benachbarten Baumgruppe und zog die Federn unserer ruhigen Welt auf.

Warum muss ich eigentlich nach dieser verdammten Katze suchen, fragte ich mich, das Quietschen des Aufziehvogels im Ohr. Und selbst wenn ich die Katze fände, was sollte ich dann mit ihr machen? Sollte ich sie dazu überreden, nach Hause zu kommen? Sollte ich sie etwa bitten: Hör mal, alle machen sich solche Sorgen um dich, kannst du nicht bitte wieder nach Hause kommen?

Großartig, dachte ich. Einfach *großartig*. Warum soll denn eine Katze nicht hingehen, wohin sie will, und leben, wie sie will? Und was mache ich hier eigentlich mit meinen dreißig Jahren? Wäsche waschen, mir das Menü fürs Abendessen ausdenken und Katzen suchen.

Früher, dachte ich, war ich ein ganz *normaler* Mensch mit leidenschaftlichen Wünschen. Ich hatte im Gymnasium die Biografie von Clarence Darrow gelesen und wollte unbedingt Anwalt werden. Auch meine Noten waren nicht schlecht. Im letzten Jahr des Gymnasiums kam ich bei der Wahl des »Erfolgversprechendsten« an die zweite Stelle meiner Klasse. Ich hatte sogar die Aufnahmeprüfung für die juristische Fakultät einer ziemlich renommierten Universität bestanden. Aber irgendwie hatte es dann einen Bruch gegeben.

Ich stützte meine Ellbogen auf den Küchentisch, legte mein Kinn darauf und dachte nach. Seit wann hatte die Kompassnadel meines Lebens begonnen, in die falsche Richtung zu zeigen? Ich wusste es nicht. Mir fiel nichts ein, an dem ich es hätte festmachen können. Ich war in keiner politischen Bewegung gescheitert und nicht von der Universität enttäuscht worden, und ich hatte mich auch nicht übermäßig mit Mädchen eingelassen. Aus meiner Sicht lebte ich ein ganz normales Leben. Doch als ich bald darauf mein Studium abschloss, wurde mir klar, dass ich nicht mehr der Alte war.

Wahrscheinlich war diese Kluft anfangs minimal und kaum wahrzunehmen gewesen. Aber im Lauf der Zeit war sie immer größer geworden und hatte mich schließlich an einen Punkt geführt, an dem ich mein eigentliches Ich nicht mehr erkannte. Wenn man unser Sonnensystem als Beispiel nimmt, befände ich mich jetzt ungefähr zwischen Saturn und Uranus. Noch ein kleines Stück, und ich müsste Pluto entdecken können. Und danach, dachte ich, was kommt eigentlich danach?

Anfang Februar hatte ich in dem Rechtsanwaltsbüro, in dem ich die ganze Zeit angestellt gewesen war, gekündigt. Es hatte keinen besonderen Grund dafür gegeben, es war nicht so, dass mir die Arbeit nicht gefallen hätte. Auch wenn es zweifellos keine Arbeit war, die einem das Herz höher schlagen ließ, war doch mein Einkommen nicht schlecht und die Atmosphäre im Büro freundschaftlich.

Meine Rolle war, um es kurz zu sagen, die eines ausgebildeten Laufburschen.

Ich persönlich glaube, dass ich gute Arbeit leistete. Wenn ich das über mich selbst sage, mag das seltsam klingen, aber was die Durchführung meiner sogenannten praktischen Pflichten angeht, besitze ich durchaus Fähigkeiten. Ich habe eine schnelle Auffassungsgabe, bin flink, beschwere mich nicht und denke realistisch. Als ich erklärte, dass ich aufhören wollte, bot mir der Seniorpartner – also der Vater dieser von Vater und Sohn geführten Anwaltskanzlei – sogar eine Gehaltserhöhung an, damit ich bliebe.

Aber schließlich kündigte ich. Warum ich dort aufgehört habe, weiß ich selbst nicht genau. Ich hatte weder einen bestimmten Wunsch noch eine Vorstellung davon, was ich danach machen wollte. Noch einmal zu Hause eingesperrt für das nächste Juraexamen zu büffeln schien mir zu mühselig, und außerdem wollte ich gar nicht unbedingt Anwalt werden.

Als ich meiner Frau beim Abendessen eröffnete, dass ich mir überlegte, bei meiner Arbeit zu kündigen, antwortete sie bloß: »Hm.« Mir war nicht ganz klar, welche Bedeutung dieses »Hm« hatte, aber sie sagte nichts weiter und schwieg eine Weile.

Als auch ich schwieg, meinte sie: »Wenn du aufhören möchtest, solltest du es tun. Es ist dein Leben, und du solltest es so leben, wie du möchtest.« Nach dieser kurzen Bemerkung nahm sie ihren Fisch in Angriff und verteilte die Gräten mit den Stäbchen auf dem Tellerrand.

Meine Frau arbeitete als Bürokraft in einer Designschule, ihr Gehalt war nicht schlecht, und außerdem bekam sie noch ab und zu von befreundeten Redakteuren kleinere Aufträge für Illustrationen, die auch ganz passabel bezahlt waren.

Ich könnte ein halbes Jahr Arbeitslosenversicherung beziehen. Wenn ich zu Hause bliebe und jeden Tag ordentlich die Hausarbeit erledigte, würden wir Extraausgaben für Restaurants oder Reinigung sparen, und unser Lebensniveau würde sich wahrscheinlich kaum ändern.

Also kündigte ich.

Um halb eins ging ich, wie jeden Tag, mit einer großen Segeltuchtasche über der Schulter einkaufen. Zuerst ging ich zur Bank und bezahlte die Gas- und Telefonrechnung, dann kaufte ich im Supermarkt für das Abendessen ein und aß zum Schluss bei McDonald's einen Cheeseburger und trank einen Kaffee.

Als ich, zu Hause angekommen, die Lebensmittel in den Eisschrank stopfte, klingelte das Telefon. Es war ein sehr nervöses Klingeln, fand ich. Ich ließ die halb geöffnete Plastikpackung mit Tofu auf dem Küchentisch liegen, ging ins Wohnzimmer und nahm den Hörer ab.

»Und, sind Sie fertig mit Ihren Spaghetti?« Es war wieder die Frau.

»Ja«, erwiderte ich. »Aber jetzt muss ich die Katze suchen gehen.«

»Das kann zehn Minuten warten, oder? Die Suche nach der Katze.«

»Also gut, zehn Minuten.«

Warum mache ich das bloß, fragte ich mich. Warum muss ich mich zehn Minuten mit irgendeiner wildfremden Frau unterhalten?

»Nun, wir werden uns verstehen, nicht?«, sagte die Frau leise. Ich konnte spüren, wie sie – wer sie ist, weiß ich nicht – es sich am anderen Ende der Leitung in einem Stuhl bequem machte und die Beine übereinanderschlug.

»Na, ich weiß nicht«, sagte ich. »Manchmal ist man zehn Jahre zusammen und versteht sich noch nicht.«

»Wollen Sie es versuchen?«, fragte sie.

Ich nahm meine Armbanduhr ab, stellte die Stoppuhrfunktion ein und drückte auf den Knopf. Die digitalen Ziffern tickten von eins bis zehn. Schon zehn Sekunden.

»Warum gerade ich?«, fragte ich. »Warum haben Sie nicht jemand anderen angerufen?«

»Das hat seine Gründe.« Sie sprach die Worte sorgfältig aus, als kaue sie langsam auf etwas Essbarem herum. »Ich kenne Sie nämlich.«

»Wann, wo?«, fragte ich.

»Irgendwann, irgendwo«, sagte sie. »Das spielt keine Rolle. Was zählt, ist *jetzt*. Nicht wahr? Außerdem verlieren wir nur Zeit, wenn wir darüber sprechen. *Ich habe auch nicht ewig Zeit.*«

»Beweisen Sie es. Geben Sie mir einen Beweis, dass Sie mich kennen.«

»Zum Beispiel?«

»Wie alt bin ich?«

»Dreißig«, antwortete die Frau prompt. »Dreißig und zwei Monate. Reicht das?«

Ich war perplex. Diese Frau kennt *mich* also wirklich. Aber sosehr ich auch überlegte, ich konnte ihre Stimme nicht einordnen. Es ist unmöglich, dass ich eine Stimme vergesse oder verwechsele. Bei Gesichtern und Namen passiert mir das manchmal, aber an Stimmen erinnere ich mich immer ganz genau.

»Und versuchen Sie sich jetzt einmal vorzustellen, wer ich bin«, sagte sie verführerisch. »Was suggeriert Ihnen meine Stimme? Was für eine Frau bin ich? Gelingt es Ihnen? Das ist doch Ihre Stärke, oder?«

»Keine Ahnung«, sagte ich.

»Versuchen Sie es mal«, sagte sie.

Ich sah auf die Uhr. Erst eine Minute und fünf Sekunden. Ich seufzte resigniert. Ich hatte eingewilligt. Und einmal angefangen, musste ich bis zum Ende durchhalten. Ich richtete meine ganze Aufmerksamkeit auf die Stimme, so wie ich es früher oft getan hatte – sicherlich war das, wie sie gesagt hatte, meine Stärke.

»Zwischen fünfundzwanzig und dreißig, Universitätsabschluss, geboren in Tōkyō, Kindheit im oberen Mittelklassemilieu«, sagte ich.

»Unglaublich«, sagte die Frau. Sie zündete sich neben dem Hörer mit einem Feuerzeug eine Zigarette an. Klang nach einem Cartier. »Machen Sie weiter.«

»Ziemlich hübsch. Zumindest finden Sie das selbst. Aber Sie haben einen Komplex. Sie wären gerne größer, oder Ihre Brüste sind zu klein, so was in der Richtung.«

»Ziemlich nah dran«, sagte sie kichernd.

»Sie sind verheiratet. Aber es läuft nicht so gut. Es gibt Probleme. Eine Frau ohne Probleme ruft keine Männer an, ohne ihren Namen zu nennen. Aber ich kenne Sie nicht. Jedenfalls habe ich nie mit Ihnen gesprochen. Und trotz dieser Vorstellungen kann ich mir noch kein Bild von Ihnen machen.«

»Meinen Sie?«, fragte sie leise, als würde sie einen weichen Keil in meinen Kopf treiben. »Sind Sie sich Ihrer Fähigkeiten so sicher? Meinen Sie nicht, dass sich irgendwo in Ihrem Kopf ein fataler blinder Fleck befinden könnte? Sonst hätten Sie es doch bis jetzt zu etwas mehr bringen können, finden Sie nicht? Ein Mann mit so einem guten Kopf und solchen Begabungen wie Sie!«

»Sie überschätzen mich«, sagte ich. »Ich weiß nicht, wer Sie sind. Ich bin jedenfalls nicht dieser großartige Mensch, für den Sie mich halten. Mir fehlt das Vermögen, etwas bis zu Ende durchzuführen. Deswegen gerate ich ja immer mehr auf Abwege.«

»Ich habe mich aber in Sie verliebt. Das ist allerdings lange her.«

»Also ist es eine alte Geschichte«, sagte ich.

Zwei Minuten und dreiundfünfzig Sekunden.

»So alt nun auch wieder nicht. Wir reden nicht von Vergangenheit.«

»Doch, wir reden von Vergangenheit«, sagte ich.

Blinder Fleck, dachte ich. Vielleicht ist es wirklich so, wie sie sagt. Vielleicht gibt es irgendwo in meinem Kopf, in meinem Körper, in meiner Existenz eine Art verloren gegangene unterirdische Welt, die mein Leben ein wenig verschiebt.

Nein, nicht nur *ein wenig*. Derart *beträchtlich*, dass es sich nicht wiedergutmachen ließ.

»Ich liege jetzt im Bett«, sagte sie. »Ich habe gerade geduscht und habe nichts an.«

Ach du meine Güte, dachte ich. *Nichts an.* Hört sich an wie ein Porno.

»Oder soll ich lieber ein Höschen anziehen? Oder vielleicht Strümpfe? Macht Sie das an?«

»Das ist mir egal. Machen Sie, was Sie wollen«, sagte ich. »Tut mir leid, aber solche Telefongespräche sind nicht mein Ding.«

»Es sind nur zehn Minuten. Kleine zehn Minuten. Zehn Minuten sind kein so schrecklicher Verlust, oder? Mehr verlange ich ja nicht. Es gibt doch auch so was wie *Freundschaft*. Aber beantworten Sie bitte meine Frage. Ist es besser nackt? Oder soll ich mir lieber was anziehen? Ich habe alles Mögliche, Strapse oder ...«

Strapse? Ich glaubte zu spinnen. Welche Frau trägt denn heutzutage noch Strapse? Höchstens Penthouse-Fotomodelle vielleicht.

»Bleiben Sie nackt. Und Sie brauchen sich auch nicht zu bewegen«, sagte ich.

Vier Minuten.

»Mein Schamhaar ist noch feucht«, sagte sie. »Ich habe es nicht richtig abgetrocknet. Deswegen ist es ganz feucht. Warm und feucht. Und meine Schamhaare sind ganz weich. Schwarz und weich. Fühlen Sie mal.«

»Hören Sie, es tut mir leid, aber ...«

»Darunter ist es noch viel wärmer. Wie warme Buttercreme. Ganz warm. Wirklich. Und in welcher Position, glauben Sie, liege ich gerade? Mein rechtes Bein ist aufgestellt, und mein linkes Bein habe ich zur linken Seite weggestreckt. Wenn ich eine Uhr wäre, wäre es jetzt etwa fünf nach zehn.«

Am Tonfall ihrer Stimme merkte ich, dass sie dies nicht erfand. Sie hat ihre Beine wirklich in einem Winkel von fünf nach zehn geöffnet, und ihre Vagina ist warm und feucht.

»Streicheln Sie meine *Lippen*. Ganz langsam. Öffnen Sie sie. Langsam. Streicheln Sie sie ganz zart mit den Seiten Ihrer Finger. Ja, ganz langsam. Und mit Ihrer anderen Hand berühren Sie meine linke Brust. Streicheln Sie sie ganz sanft, erst unten, dann oben, kneifen Sie in meine Brustwarzen, behutsam. Machen Sie es immer wieder. Bis ich *komme*.«

Ohne etwas zu sagen, hängte ich auf. Ich legte mich aufs Sofa, starrte an die Decke und rauchte eine Zigarette. Die Uhr hatte fünf Minuten und dreiundzwanzig Sekunden gestoppt. Als ich meine

Augen schloss, überfiel mich eine Dunkelheit, als wären Farben in verschiedenen Schattierungen ohne System einfach übereinander gemalt.

Warum bloß, dachte ich. Warum lassen sie mich nicht einfach in Ruhe?

Ungefähr zehn Minuten später klingelte wieder das Telefon, aber diesmal nahm ich nicht ab. Es klingelte fünfzehnmal, dann hörte es auf. Nachdem das Klingeln verstummt war, füllte ein tiefes Schweigen den Raum, als habe die Schwerkraft ihr Gleichgewicht verloren. Ein tiefes kühles Schweigen wie von Steinen, die seit fünfzigtausend Jahren in einem Gletscher eingeschlossen sind. Fünfzehnmal Telefonklingeln hatte die Atmosphäre um mich herum vollkommen verändert.

Um kurz vor zwei stieg ich über die Ziegelmauer von unserem Garten in das »Gässchen«.

Obwohl wir es »Gässchen« nennen, ist es eigentlich kein »Gässchen«. Ehrlich gesagt ist es nichts, was man *irgendwie* bezeichnen könnte. Genau genommen ist es noch nicht einmal ein Weg. Bei einem Weg gibt es einen Eingang und einen Ausgang, er bezeichnet eine Strecke, die an einen bestimmten Ort führt.

Dieses »Gässchen« aber hatte weder einen Eingang noch einen Ausgang, und an seinen Enden stieß man auf eine Ziegelmauer und auf einen Stacheldrahtzaun. Es war auch keine Sackgasse. Denn bei einer Sackgasse gibt es zumindest einen Eingang. Die Leute aus der Umgebung nennen diesen Pfad bloß der Einfachheit halber »Gässchen«.

Das »Gässchen« windet sich ungefähr zweihundert Meter zwischen den Hintergärten der Häuser entlang. Es ist etwas über einen Meter breit, aber da überall Zäune hineinragen und Gerümpel auf dem Weg liegt, kann man sich an mehreren Stellen nur seitlich durchzwängen.

Erzählungen zufolge – mir hatte das mein netter Onkel berichtet, der uns unser Haus zu einem Spottpreis vermietet – hatte das »Gässchen« früher einmal einen Eingang und einen Ausgang besessen und als eine Art Abkürzung zwischen zwei Straßen gedient. Doch seit der Zeit des enormen wirtschaftlichen Aufschwungs, als auf jedem ehemals unbebauten Grundstück ein neues Haus nach dem anderen entstand, war auch dieser Weg bis auf einen schmalen Streifen eingeengt worden. Und da die Anwohner es nicht schätzten, wenn Leute unter den Vordächern ihrer Häuser entlang oder durch ihre Hintergärten liefen, wurden die Durchgänge zum Pfad in aller Stille geschlossen. Zuerst versperrte man sie nur mit einem einfachen Zaun, als aber einer der Anwohner seinen Garten erweiterte und den einen Eingang mit einer Ziegelmauer vollständig abriegelte, versah man dementsprechend auch den anderen mit einem festen Stacheldrahtzaun, um die Hunde fernzuhalten. Die Anwohner hatten den Weg sowieso nur selten als Durchgang benutzt, sodass sich niemand über die Schließung der beiden Eingänge beschwerte, und außerdem war es zur Verbrechensverhütung von Vorteil. Und so war dieser Weg inzwischen, einem aufgegebenen Kanal gleich, verlassen und unbenutzt – lediglich eine Art Pufferzone zwischen den einzelnen Grundstücken. Auf dem Boden wucherte Unkraut und überall woben Spinnen ihre klebrigen Netze und warteten auf Insekten.

Ich begriff nicht, warum meine Frau an einem solchen Ort einund ausging. Ich selbst hatte das »Gässchen« bisher erst ein einziges Mal betreten. Und sie ekelte sich noch dazu vor Spinnen.

Als ich darüber nachdenken wollte, füllte sich mein Kopf mit einer gasartigen Substanz, bis er fast zu platzen schien. Ich spürte einen dumpfen Schmerz in meinen Schläfen. Ich hatte die letzte Nacht nicht gut geschlafen, und auch das für Anfang Mai viel zu heiße Wetter und diese seltsamen Telefonanrufe waren schuld daran.

Egal, dachte ich. Ich mache mich jetzt auf die Suche nach der Katze. Über alles Weitere kann ich auch später nachdenken. Und es ist immer noch wesentlich besser, draußen herumzulaufen, als zu Hause zu hocken und auf das Klingeln des Telefons zu warten. Wenigstens habe ich dann ein Ziel.

Die ungewöhnlich klaren Strahlen der Frühsommersonne drangen durch die Spitzen der überhängenden Äste und streuten Schattentupfen auf den Boden des Weges. Da kein Wind wehte, sahen die Schatten wie am Boden haftende, verhängnisvolle Flecken aus. Vielleicht würde die Erde noch Zehntausende von Jahren, besetzt mit diesen winzigen Flecken, unaufhörlich um die Sonne kreisen.

Als ich unter den Ästen entlanglief, huschten die Schatten behände über mein graues T-Shirt und kehrten wieder auf den Boden zurück.

Rundherum war es still, und ich glaubte sogar die Blätter im Sonnenlicht atmen zu hören. Am Himmel schwebten ein paar kleine Wolken, scharf umrissen wie Wolken auf mittelalterlichen Kupferstichen. Alles vor meinen Augen erschien in einer so überwältigenden Klarheit, dass mir mein eigener Körper vage und verschwommen vorkam. Und es war furchtbar heiß.

Ich trug ein T-Shirt, eine dünne Baumwollhose und Tennisschuhe, und mit jedem Schritt, den ich in der Sonne tat, spürte ich, wie mir der Schweiß unter den Achselhöhlen und auf meiner Brust herunterrann. Beides, T-Shirt und Hose, hatte ich erst heute früh aus der Kiste mit den Sommersachen geholt, sodass mir bei jedem tieferen Atemzug der stechende Geruch des Mottenpulvers wie winzige Insekten in die Nase stieg.

Sorgfältig nach links und rechts Ausschau haltend, lief ich mit gleichmäßigen Schritten langsam den Weg entlang. Manchmal hielt ich an und rief leise den Namen der Katze.

Unter den Häusern auf beiden Seiten des Gässchens gab es zwei Kategorien, deutlich voneinander getrennt, als hätte man zwei Flüssigkeiten mit unterschiedlichem spezifischem Gewicht gemischt. Zum einen Häuser, die schon lange dort standen, mit großen ruhigen Gärten, zum anderen vergleichsweise neue, kleinere Häuser. Die neuen Häuser besaßen meist keinen richtigen Garten, und manche von ihnen hatten noch nicht einmal ein kleines Stück. Bei diesen Häusern war zwischen Vordach und Gässchen gerade so viel Platz, dass man zwei Stangen zum Wäschetrocknen anbringen konnte. Zuweilen ragten diese Stangen bis in das Gässchen hinein, und ich musste mich an tropfenden Handtüchern, Hemden und Bettlaken vorbeischlängeln. Unter den Vordächern ließen sich deutlich die Geräusche von Fernsehern und Klospülungen vernehmen, und der Geruch von kochendem Curry hing in der Luft.

Im Gegensatz dazu war bei den alten Häusern kaum ein Lebenszeichen zu bemerken. An den Zäunen waren verschiedenste Sorten von Sträuchern und Zypressen so angepflanzt, dass sie die Sicht ins Innere versperrten, doch ab und zu erhaschte ich durch die Zwischenräume hindurch einen Blick auf wohlgepflegte und weitläufige Gärten. Die Hauptgebäude wiesen ganz unterschiedliche Architekturstile auf: traditionell japanische Häuser mit langen Korridoren, Häuser im westlichen Stil mit alten Kupferdächern und auch moderne Umbauten, die erst vor kurzem ausgeführt zu sein schienen. Allen aber war gemeinsam, dass keiner ihrer Bewohner sichtbar war. Kein Laut und kein Geruch drang nach außen. Auch Wäsche entdeckte ich nur selten.

Da ich zum ersten Mal so durch das Gässchen lief und alles in Ruhe betrachtete, waren die Eindrücke ganz neu für mich. In der Ecke eines Gartens stand einsam ein vertrockneter brauner Weihnachtsbaum. Im Garten eines anderen Hauses lagen alle nur erdenklichen Spielsachen herum, als habe man die Kindheitserinnerungen gleich mehrerer Personen gesammelt fortgeworfen: Dreiräder, Ringspiele, Plastikschwerter, Gummibälle, Spielzeugschildkröten, kleine Baseballschläger, Holzlastwagen und vieles mehr. In einem Garten war ein Basketballkorb angebracht und in einem anderen standen prächtige Gartenstühle und ein Keramiktisch. Die weißen Gartenstühle schienen schon mehrere Monate (oder Jahre) nicht mehr benutzt worden zu sein, so dick lag der Schmutz auf ihnen, und der Tisch trug eine Decke aus violettfarbenen Magnolienblüten, die der Regen herabgeweht hatte.

Bei einem Haus konnte man durch die großen Glasschiebetüren ins Wohnzimmer hineinsehen. Es gab ein dunkelbraunes Ledersofa mit passenden Sesseln, einen großen Fernseher, ein Zierbord (auf dem ein Aquarium mit Tropenfischen und zwei Pokale standen) und eine dekorative Stehlampe. Es wirkte vollkommen irreal, wie die Kulisse eines Fernsehspiels.

In einem anderen Garten gab es eine ganz von Maschendraht eingezäunte riesige Hundehütte für einen großen Hund. Aber sie war leer, und die Tür stand weit offen. Der Maschendraht war nach außen gebeult, als hätte irgendjemand oder irgendetwas monatelang von innen dagegengelehnt.

Das leerstehende Haus, von dem mir meine Frau erzählt hatte, kam kurz nach diesem Haus mit der Hundehütte. Ich sah sofort, dass es leerstand. Auch war auf den ersten Blick klar, dass dieses Haus nicht erst ein paar Monate unbewohnt war. Es war ein relativ neues, zweistöckiges Gebäude, nur die verschlossenen Holzläden waren verwittert und die Geländer an den Fenstern im oberen Geschoss rot vor Rost, sodass sie jeden Moment runterzufallen drohten. In dem kleinen Garten stand auf einem etwa brusthohen Sockel eine Steinfigur, die einen Vogel mit ausgestreckten Flügeln darstellte, rundherum wuchs dichtes Unkraut, darunter Goldrute, deren lange Stiele bis unten an den Vogel reichten. Der Vogel – ich hatte keine Ahnung, um was für einen Vogel es sich handelte – schien, dieses Zustands überdrüssig, mit ausgebreiteten Flügeln jeden Moment davonfliegen zu wollen.

Außer dieser Steinfigur gab es keinen weiteren Zierrat in dem Garten. Unter dem Vordach standen ordentlich zwei abgenutzte Plastikstühle nebeneinander, daneben blühte eine Azalee in einem strahlenden, seltsam unwirklichen Rot. Sonst gab es nur Unkraut.

Ich lehnte mich gegen den Maschendrahtzaun in Brusthöhe und betrachtete eine Weile den Garten. Wirklich ein Garten, wie ihn Katzen lieben, doch sosehr ich meine Augen anstrengte, konnte ich keine Katze entdecken. Auf der Fernsehantenne auf dem Dach saß eine Taube und ließ ihr monotones Gurren erklingen. Der Schatten des Steinvogels fiel auf die Blätter des wuchernden Unkrauts und brach sich in mannigfaltiger Form.

Ich nahm eine Zigarette aus meiner Tasche, zündete sie mit einem Streichholz an und rauchte sie an den Zaun gelehnt. Während der ganzen Zeit saß die Taube auf der Antenne und gurrte in demselben Tonfall fort.

Nachdem ich fertig geraucht und die Zigarette auf dem Boden ausgetreten hatte, blieb ich noch eine ganze Weile dort stehen. Wie lange ich an diesem Maschendrahtzaun lehnte, weiß ich nicht mehr. Ich war furchtbar müde, mein Kopf war benebelt, und gedankenlos starrte ich auf den Schatten des steinernen Vogels.

Vielleicht dachte ich auch an etwas. Aber falls dem so war, spielte sich dies außerhalb meines Bewusstseins ab. Phänomenologisch gesehen, starrte ich bloß auf den Schatten des Vogels, der auf die Gräser fiel.

Durch den Schatten des Vogels hindurch schien eine Stimme zu dringen. Wessen Stimme es war, wusste ich nicht. Jedenfalls eine Frauenstimme. Es schien, als riefe mich jemand.

Ich wandte mich um und sah in dem Garten gegenüber ein etwa fünfzehn- oder sechzehnjähriges Mädchen. Sie war klein, hatte kurze glatte Haare und trug eine bernsteinfarbene Sonnenbrille mit dunklen Gläsern und ein hellblaues Adidas-T-Shirt, dessen Ärmel an den Schultern abgeschnitten waren. Ihre schmalen Arme, die darunter hervorschauten, waren für Anfang Mai ziemlich braungebrannt. Ihre eine Hand steckte in der Tasche ihrer Shorts, mit der anderen stützte sie sich etwas wackelig auf einem hüfthohen Bambustor ab.

»Heiß, was?«, sprach sie mich an.

»Ja, heiß«, antwortete ich.

Oh je, schon wieder, dachte ich. Ich scheine den ganzen Tag von Frauen angesprochen zu werden.

»Haben Sie eine Zigarette?«, fragte mich das Mädchen. Ich holte aus meiner Hosentasche eine Schachtel Hope hervor und reichte sie ihr. Sie zog ihre Hand aus der Tasche, nahm sich eine Zigarette und steckte sie, nachdem sie sie einen Augenblick neugierig betrachtet hatte, in den Mund. Ihr Mund war klein und ihre Oberlippe wölbte sich ein bisschen nach oben. Ich gab ihr mit einem Streichholz Feuer. Als sie sich vorlehnte, konnte ich ihr Ohr betrachten. Es war ein weiches und hübsches Ohr, das wirkte, als sei es eben erst vollendet worden. Auf seiner feinen Umrandung schimmerte ein zarter Flaum.

Mit geübter Geste blies sie den Rauch genüsslich durch ihre Lippen und blickte dann, als sei ihr plötzlich etwas eingefallen, zu mir herauf. Auf den Gläsern ihrer Sonnenbrille sah ich die zweifache Reflexion meines Gesichts. Die Gläser waren so dunkel und noch dazu verspiegelt, dass ich ihre Augen dahinter nicht erkennen konnte.

»Sind Sie aus der Nachbarschaft?«, fragte sie.

»Ja«, antwortete ich und wollte gerade in die Richtung unseres Hauses zeigen, aber ich war mir nicht mehr sicher, wo es sich genau befand. Der Weg hatte mich um zu viele Biegungen und Ecken geführt. Ich zeigte daher einfach in irgendeine Richtung. Es machte eh keinen großen Unterschied.

»Was haben Sie denn die ganze Zeit da gemacht?«

»Ich habe meine Katze gesucht. Sie ist schon drei, vier Tage nicht mehr nach Hause gekommen«, antwortete ich, während ich meine verschwitzten Handflächen an meiner Hose abwischte. »Anscheinend ist die Katze hier in der Gegend gesehen worden.«

»Was ist das für eine Katze?«

»Ein großer Kater. Braun gestreift, mit einer abgeknickten Schwanzspitze.«

»Wie heißt er?«

»Wie er heißt?«

»Der Name der Katze! Er hat doch einen Namen, oder?«, sagte sie, wobei sie hinter ihrer Sonnenbrille die ganze Zeit in meine Augen starrte – oder zumindest glaubte ich, dass sie es tat.

»Noboru«, antwortete ich. »Noboru Watanabe.«

»Ziemlich schicker Name für eine Katze.«

»Mein Schwager heißt so. Wir haben ihn aus Spaß so genannt, weil er ihm irgendwie ähnelt.«

»Inwiefern ähnelt?«

»Die Art, wie er sich bewegt, wie er läuft, und der Blick, wenn er müde ist, so was eben.«

Das Mädchen lächelte zum ersten Mal. Sie wirkte auf einmal viel kindlicher als beim ersten Eindruck. Die leicht nach oben gewölbte Oberlippe stand beim Lächeln in einem seltsamen Winkel vor.

Streicheln Sie mich, glaubte ich eine Stimme zu hören. Aber das war die Stimme der Frau am Telefon. Nicht die des Mädchens. Ich wischte mir mit dem Handrücken den Schweiß von der Stirn.

»Eine braun gestreifte Katze mit einer abgeknickten Schwanzspitze«, wiederholte sie wie zur Bestätigung. »Trägt sie ein Halsband oder so was?«

»Ein schwarzes Flohhalsband«, antwortete ich.

Mit ihrer einen Hand auf das Holztor gestützt, dachte sie zehn oder fünfzehn Sekunden lang nach. Dann schnippte sie den kurzen Rest ihrer Zigarette auf den Boden vor meine Füße.

»Können Sie sie für mich austreten? Ich bin barfuß.«

Ich trat die Zigarette sorgfältig mit meinem Tennisschuh aus.

»Könnte sein, dass ich Ihre Katze gesehen habe.« Sie sprach langsam und artikulierte jedes Wort deutlich. »Ob sie einen abgeknickten Schwanz hatte, habe ich allerdings nicht gesehen, aber es war eine große braune Tigerkatze, und ich glaube, sie trug ein Halsband.«

»Wann hast du sie gesehen?«

»Ja, wann war das? Ich habe sie ein paar Mal gesehen. Ich sonne mich fast jeden Tag hier im Garten und kann daher die Tage nicht richtig auseinanderhalten, aber es muss vor drei oder vier Tagen gewesen sein. Unser Garten wird von den Katzen der Nachbarschaft als Durchgang benutzt, und dauernd laufen alle möglichen Katzen hier vorbei. Sie kommen durch den Zaun von Suzukis, durchqueren unseren Garten und gehen rüber in den von Miyawakis.«

Indem sie das sagte, zeigte sie auf den Garten des leerstehenden Hauses auf der anderen Seite. Dort breitete noch immer der steinerne Vogel seine Flügel aus, die Goldrute atmete die frühsommerlichen Sonnenstrahlen ein und die Taube auf der Fernsehantenne setzte ihr eintöniges Gurren fort.

»Danke für die Auskunft«, sagte ich zu ihr.

»Ich habe eine Idee. Warten Sie doch einfach hier in unserem Garten auf sie. Die Katzen kommen sowieso alle hier durch, und außerdem, wenn Sie hier in der Gegend herumstreunen, könnte Sie jemand für einen Dieb halten und die Polizei rufen. Ist schon öfters vorgekommen.«

»Aber ich kann doch nicht einfach in fremder Leute Garten auf eine Katze warten.«

»Natürlich können Sie das. Keine Zurückhaltung. Ich bin ganz allein zu Hause, und es ist furchtbar langweilig, wenn man sich nicht unterhalten kann. Wir können uns doch zusammen in die Sonne setzen und darauf warten, dass die Katze vorbeikommt. Ich habe gute Augen, das ist sehr nützlich.«

Ich sah auf meine Uhr. Es war sechs nach halb drei. Ich brauchte heute nur noch die Wäsche abzunehmen, bevor es dunkel wurde, und das Abendessen vorzubereiten.

»Also gut, ich bleibe bis drei«, sagte ich, ohne die Situation zu überblicken.

Ich öffnete das Holztor, trat ein und folgte dem Mädchen über den Rasen. Erst da bemerkte ich, dass sie ihr rechtes Bein leicht nachzog. Ihre schmalen Schultern hingen etwas schief nach rechts und wippten regelmäßig wie die Kurbel einer Maschine hin und her.

Nach ein paar Schritten hielt sie an und bedeutete mir, neben ihr zu gehen.

»Ich hatte letzten Monat einen Unfall«, sagte sie schlicht. »Ich habe hinten bei jemandem auf dem Motorrad gesessen und bin runtergefallen. Einfach Pech.«

In der Mitte des Rasens standen zwei mit Segeltuch bespannte Liegestühle. Über die Rückenlehne des einen war ein großes blaues Handtuch gebreitet, auf dem anderen Liegestuhl lagen quer durcheinander eine Packung Marlboro, ein Aschenbecher, ein Feuerzeug, ein großer Radio-Kassettenrekorder und Zeitschriften. Der Kassettenrekorder lief, und aus dem Lautsprecher tönte leise mir unbekannte Hard-Rock-Musik.

Sie legte die auf dem Liegestuhl verstreuten Sachen auf den Rasen, hieß mich hinsetzen und schaltete die Musik aus. Vom Stuhl aus konnte ich zwischen den Bäumen hindurch das Gässchen und das leerstehende Haus auf der anderen Seite sehen. Ich sah sogar den weißen Steinvogel, die Goldrute und den Maschendrahtzaun. Wahrscheinlich hatte sie mich von hier aus die ganze Zeit beobachtet, dachte ich.

Es war ein großer und einfacher Garten, der sich über einen Hügel erstreckte. Hier und da standen Bäume. Links von den Liegestühlen war ein relativ großer, mit Beton befestigter Teich angelegt, aber er schien in letzter Zeit nicht in Betrieb gewesen zu sein. Das Wasser war ausgelassen, und wie ein umgedrehtes Wassertier streckte er seinen grünlich verfärbten Grund der Sonne entgegen. Hinter den Bäumen sah der elegante Giebel eines alten, in westlichem Stil errichteten Gebäudes hervor, das Haus selbst war weder besonders groß noch schien es luxuriös zu sein. Nur der Garten war riesig und äußerst gepflegt.

»Ich habe früher mal bei einer Firma gejobbt, die Rasen mähte«, sagte ich.

»Wirklich?« Es schien sie nicht sonderlich zu interessieren.

»Einen so großen Garten zu pflegen ist viel Arbeit«, sagte ich, wobei ich mich umsah.

»Gibt es bei Ihrem Haus keinen Garten?«

»Nur einen kleinen. Gerade Platz genug für zwei bis drei Hortensien«, sagte ich. »Bist du immer alleine?«

»Ja. Tagsüber bin ich immer alleine hier. Morgens und abends kommt eine Haushälterin, aber sonst bin ich immer alleine. Übrigens, möchten Sie nicht vielleicht etwas Kaltes trinken? Es gibt auch Bier.«

»Nein danke, nicht nötig.«

»Bestimmt? Sie brauchen nicht bescheiden zu sein.«

»Ich bin nicht durstig«, sagte ich. »Gehst du nicht zur Schule?«

»Arbeiten Sie nicht?«

»Ich habe keine Arbeit«, sagte ich.

»Arbeitslos?«

»Sozusagen. Ich habe gekündigt.«

»Was haben Sie denn vorher gearbeitet?«

»Ich war eine Art Laufbursche bei einem Rechtsanwalt«, sagte ich und atmete lange und tief ein, um den schnellen Fortgang des Gesprächs zu bremsen. »Ich habe bei Rathäusern und Behörden alle möglichen Akten gesammelt, das Material geordnet, mir Präzedenzfälle angesehen, die geschäftlichen Formalitäten bei Gericht erledigt, all so was.«

»Aber dann haben Sie gekündigt.«

»Ja.«

»Arbeitet Ihre Frau?«

»Ja, sie arbeitet«, antwortete ich.

Ich holte eine Zigarette heraus, steckte sie mir in den Mund und zündete sie mit einem Streichholz an. Auf einem Baum in der Nähe quietschte der Aufziehvogel. Nachdem er zwölf- oder dreizehnmal die Feder aufgezogen hatte, flog er auf irgendeinen anderen Baum.

»Die Katzen gehen immer dort durch.« Sie zeigte auf das Ende des Rasens vor uns. »Sie sehen doch die Stelle zum Müllverbrennen hinter dem Zaun von Suzukis? Daneben kommen sie raus, gehen einmal quer über den ganzen Rasen, kriechen dann unter dem Holztor durch und verschwinden in dem Garten da drüben. Immer die gleiche Strecke. – Übrigens, Herr Suzuki ist Professor an der Universität und tritt dauernd im Fernsehen auf. Wussten Sie das?«

»Herr Suzuki?«

Sie erzählte mir noch mehr über diesen Herrn Suzuki, aber ich kannte ihn nicht.

»Ich sehe selten fern«, erklärte ich.

»Eine schreckliche Familie«, sagte sie. »Tun, als seien sie wer weiß wie berühmt. Die Leute beim Fernsehen sind doch alle Betrüger.«

»Meinst du?«

Sie nahm sich eine Marlboro aus der Schachtel und drehte sie eine Weile, ohne sie anzuzünden, zwischen den Fingern.

»Nun, vielleicht sind auch ein paar anständige Leute darunter, aber ich mag sie nicht. Die Miyawakis waren in Ordnung. Frau Miyawaki war sehr nett, und Herr Miyawaki betrieb zwei oder drei dieser *family restaurants*.«

»Und warum sind sie weggezogen?«

»Keine Ahnung«, sagte sie, wobei sie mit den Fingernägeln gegen die Spitze ihrer Zigarette schnippte. »Vielleicht hatten sie Schulden. Sie sind Hals über Kopf fortgegangen. Das ist jetzt schon zwei Jahre her, glaube ich. Das Haus steht einfach leer und die Katzen vermehren sich ständig, es ist ziemlich unvorsichtig. Meine Mutter beschwert sich immer.«

»Gibt es dort so viele Katzen?«

Sie steckte sich endlich die Zigarette in den Mund und zündete sie mit dem Feuerzeug an. Dann nickte sie.

»Es gibt alle möglichen Katzen. Einer geht das Fell aus, eine andere hat nur noch ein Auge … Das Auge ist richtig rausgerissen, und an der Stelle ist jetzt ein Fleischklumpen. Eklig, oder?«

»Eklig«, gab ich zu.

»Eine Verwandte von mir hat sechs Finger an einer Hand. Sie ist etwas älter als ich. Neben ihrem kleinen Finger hat sie noch einen ganz kleinen Babyfinger. Aber sie versteckt ihn so geschickt, dass man ihn kaum sieht. Sie ist sehr hübsch.«

»Hm«, sagte ich.

»Glauben Sie, das ist erblich? Also, ich meine – liegt das im Blut?«

»Keine Ahnung«, sagte ich.

Sie schwieg eine Weile.

Ich zog an meiner Zigarette und heftete den Blick auf den Katzenpfad. Bis jetzt hatte sich noch keine Katze blicken lassen.

»Wollen Sie wirklich nichts trinken? Ich hole mir jedenfalls eine Cola«, sagte sie.

»Nein danke«, antwortete ich.

Sie stand vom Liegestuhl auf und verschwand hinkend hinter den Bäumen; ich nahm mir eine der Zeitschriften, die neben meinen Füßen lagen, und blätterte sie durch. Zu meiner Überraschung war es ein Männermagazin. Auf dem Foto in der Mitte des Heftes saß eine Frau auf einem Stuhl, nur mit einem hauchdünnen Slip bekleidet, durch den man ihre Genitalien und Schamhaare sah, und spreizte in künstlicher Pose ihre Beine.

Oh je, dachte ich, legte die Zeitschrift wieder an ihren Platz zurück, verschränkte die Arme und wandte meinen Blick erneut dem Katzenpfad zu.

Nach einer ganzen Weile kam das Mädchen mit einem Glas Cola in der Hand zurück. Sie hatte ihr Adidas-T-Shirt ausgezogen und trug jetzt ein Bikini-Oberteil zu den Shorts.

Es war ein kleines Oberteil, das die Form ihrer Brüste deutlich zeigte und hinten mit einem Band zusammengebunden war.

Es war ein wirklich heißer Nachmittag. Nur vom In-der-Sonne-Liegen auf dem Liegestuhl hatten sich auf meinem grauen T-Shirt bereits an mehreren Stellen schwarze Schweißflecken gebildet.

»Wenn Sie herausfänden, dass das Mädchen, in das Sie sich verliebt haben, sechs Finger hat, wie würden Sie reagieren?«, nahm sie das Gespräch wieder auf.

»Ich würde sie an einen Zirkus verkaufen«, sagte ich.

»Wirklich?«

»War nur ein Spaß«, sagte ich überrascht. »Es würde mir wahrscheinlich nichts ausmachen.«

»Auch wenn es sich auf die Kinder vererben könnte?«

Ich dachte kurz darüber nach.

»Das würde mich nicht stören, glaube ich. Ein Finger zu viel ist ja nicht so schlimm.«

»Und wenn sie vier Brüste hätte?«

Ich dachte darüber nach. »Weiß ich nicht«, antwortete ich. *Vier Brüste?* Dieses Gespräch schien kein Ende zu nehmen. Ich entschloss mich, das Thema zu wechseln.

»Wie alt bist du?«

»Sechzehn«, sagte sie. »Gerade sechzehn geworden. Mein erstes Jahr auf dem Gymnasium.«

»Aber du fehlst in der Schule?«

»Wenn ich lange laufe, tut mein Bein noch weh. Auch neben meinem Auge habe ich eine Verletzung. Die Schule ist ziemlich streng, wissen Sie, und wenn sie herausfänden, dass ich vom Motorrad gefallen bin und mich verletzt habe, würden sie sonst was mit mir machen … deswegen bin ich lieber krank. Ich könnte auch ein ganzes Jahr aussetzen. Mir liegt nicht viel daran, ins zweite Jahr versetzt zu werden.«

»Hm«, meinte ich.

»Aber, um wieder auf das Gespräch von eben zurückzukommen, ein Mädchen mit einem sechsten Finger würden Sie heiraten, sagten Sie, aber vier Brüste sind Ihnen unangenehm.«

»Unangenehm habe ich nicht gesagt. Ich sagte: *Ich weiß es nicht.*«

»Warum wissen Sie es nicht?«

»Ich kann es mir nicht richtig vorstellen.«

»Aber sechs Finger können Sie sich vorstellen, oder?«

»Irgendwie ja.«

»Worin besteht der Unterschied? Zwischen sechs Fingern und vier Brüsten?«

Ich dachte darüber wieder eine Weile nach, aber ich wusste nicht, wie ich es richtig erklären könnte.

»Meinen Sie, dass ich zu viele Fragen stelle?«, fragte sie. Sie guckte hinter ihrer Sonnenbrille zu mir herüber.

»Sagt man dir das manchmal?«

»Manchmal, ja.«

»Fragen stellen ist ja nichts Schlechtes. Wenn man Fragen stellt, bringt man den anderen zum Nachdenken.«

»Aber die meisten Leute denken nicht über das nach, was ich sie frage«, meinte sie und sah auf ihre Zehenspitzen. »Sie antworten einfach nur irgendwas.«

Ich schüttelte vage den Kopf und sah wieder zum Katzenpfad hinüber. Was zum Teufel mache ich hier überhaupt, dachte ich. *Bis jetzt hatte sich keine einzige Katze blicken lassen.*

Ich verschränkte meine Arme über der Brust und schloss für zwanzig oder dreißig Sekunden die Augen. Mit geschlossenen Augen dasitzend, spürte ich, wie sich an einigen Stellen meines Körpers Schweißperlen bildeten. Auf meiner Stirn, unter der Nase und am Hals gab es ein komisches Gefühl, als ob man nasse Federn oder irgendetwas auf mich gelegt hätte, und mein T-Shirt klebte schlaff auf meiner Brust wie eine Fahne bei Windstille. Mit einer eigentümlichen Schwere fiel das Licht der Sonne auf mich. Wenn das Mädchen sein Colaglas bewegte, klingelte das Eis wie Kuhglocken.

»Schlafen Sie ruhig, wenn Sie müde sind. Wenn Ihre Katze auftaucht, wecke ich Sie«, sagte das Mädchen leise.

Ich nickte schweigend mit geschlossenen Augen.

Eine Weile gab es rundherum kein einziges Geräusch. Auch die Taube und der Aufziehvogel waren irgendwohin verschwunden. Kein

Wind wehte und noch nicht einmal das Auspuffgeräusch der Autos war zu hören. Ich dachte die ganze Zeit an die Frau am Telefon. *Kannte ich diese Frau womöglich doch?*

Ich konnte mich nicht an sie erinnern. Es war wie die Szene auf einem Bild von de Chirico: Nur der lange Schatten einer Frau überquerte die Straße. Die wirkliche Person aber befand sich außerhalb meiner Bewusstseinssphäre. In meinen Ohren klingelte es unablässig.

»He, schlafen Sie?«, fragte sie mit kaum hörbarer Stimme.

»Nein, ich schlafe nicht«, antwortete ich.

»Darf ich etwas näher kommen? Mir ist es angenehmer, leise zu sprechen.«

»Wenn du möchtest«, sagte ich mit geschlossenen Augen.

Ich spürte, wie sie ihren Liegestuhl zur Seite schob und ihn dicht neben meinen stellte. Ich hörte das trockene *Klacken*, als die Holzrahmen aneinanderstießen.

Seltsam, dachte ich. Mit geschlossenen Augen hört sich ihre Stimme ganz anders an. Was in aller Welt geschah bloß mit mir? Ich erlebte so etwas zum ersten Mal.

»Darf ich Ihnen etwas erzählen?«, fragte sie. »Ich spreche auch ganz leise, und Sie brauchen nicht zu antworten und dürfen sogar dabei einschlafen.«

»Gut«, sagte ich.

»Dass die Menschen sterben, ist aufregend, nicht?«, begann sie.

Sie sprach direkt neben meinem Ohr, und ihre Worte drangen zusammen mit ihrem warmen und feuchten Atem sanft in meinen Körper ein.

»Wieso?«, fragte ich.

Sie legte einen Finger auf meine Lippen, als wolle sie sie versiegeln.

»Keine Fragen«, sagte sie. »Ich möchte jetzt nichts gefragt werden. Und öffnen Sie nicht Ihre Augen. Verstanden?«

Ich bejahte ungefähr genauso leise, wie sie sprach.

Sie nahm ihren Finger von meinen Lippen und legte ihn auf mein Handgelenk.

»Ich würde es gern einmal mit dem Skalpell aufschneiden. Keine Leiche, meine ich. Sondern diesen Klumpen Tod. Ich habe das Gefühl, als müsste es da irgendwo so etwas geben. Dumpf und weich wie ein Softball, mit gelähmten Nerven. Ich würde es gern aus dem Toten herausholen und aufschneiden. Immer überlege ich, wie es wohl innen aussieht. Vielleicht gibt es da drinnen etwas Trockenes und Hartes, wie Zahnpasta, die in der Tube eingetrocknet ist? Meinen Sie nicht? Nein, Sie brauchen nicht zu antworten. Außen ist alles ganz breiig, aber je tiefer man dringt, desto fester wird es. Deswegen schneide ich zuerst die Haut auf, hole den ganzen Klumpen heraus und entferne dann das Breiige mit dem Skalpell und einer Art Spatel. Innen wird es langsam immer fester, bis ein kleiner Kern übrigbleibt. Klein wie eine Kugel in einem Kugellager und ganz hart. Glauben Sie nicht auch?«

Sie hustete etwas.

»In letzter Zeit denke ich ständig darüber nach. Bestimmt, weil ich jeden Tag so viel Zeit habe. Ganz sicher. Wenn ich viel Zeit habe, schweifen meine Gedanken immer ab. Manchmal so weit, dass ich ihnen nicht mehr richtig folgen kann.«

Sie nahm ihren Finger von meinem Handgelenk, griff nach ihrem Glas und trank es aus. Am Klang der Eiswürfel erkannte ich, dass es leer war.

»Ganz ruhig, ich pass schon auf die Katze auf. Sie brauchen sich keine Sorgen zu machen. Wenn sich Noboru Watanabe blicken lässt, sage ich Bescheid. Sie können Ihre Augen ruhig zu lassen. Noboru Watanabe spaziert bestimmt jetzt irgendwo hier herum. Alle Katzen gehen denselben Weg. Er taucht sicher gleich auf. Wir können ihn uns ja vorstellen, während wir warten. *Noboru Watanabe kommt jetzt näher.* Er streift durchs Gras, kriecht unter dem Zaun durch, bleibt irgendwo stehen und schnuppert an den Blumen, er kommt immer näher und näher. Versuchen Sie, ihn sich vorzustellen.«

Ich gehorchte und versuchte, mir die Gestalt der Katze vorzustellen, doch das Einzige, was mir in den Sinn kam, war das verschwommene Bild einer Katze, die aussah, als habe man sie bei Gegenlicht aufgenommen. Das starke Sonnenlicht drang durch meine Augenlider und löste das Dunkel in unbeständige Flecken auf. Sosehr ich mich auch bemühte, ich konnte mich nicht genau an die Katze erinnern. Der Noboru Watanabe, den ich vor mir sah, wirkte verzerrt und unnatürlich wie ein misslungenes Porträt. Es fing zwar gewisse Eigenheiten von ihm ein, aber das Wesentliche fehlte vollkommen. Noch nicht einmal an die Art, wie er lief, erinnerte ich mich.

Sie legte ihren Finger erneut auf mein Handgelenk und zeichnete diesmal sanft eine Art Muster darauf. Eine merkwürdige Figur ohne feste Formen. Und während sie malte, war mir, als ob gleichzeitig eine vollkommen anders geartete Dunkelheit sich in mein Bewusstsein senkte. Bestimmt schlafe ich gleich ein, dachte ich. Ich wollte nicht, aber ich schien es durch nichts mehr aufhalten zu können. In dem sanft geschwungenen Liegestuhl aus Segeltuch fühlte sich mein Körper ungewöhnlich schwer an.

Inmitten dieser Dunkelheit kamen mir nur die vier Pfoten von Noboru Watanabe in den Sinn. Vier leise braune Tatzen, unter denen eine Art weiches Gummipolster klebte. Lautlos tapsten sie über irgendein Grundstück.

Was für ein Grundstück? Wo?

Ich wusste es nicht.

Meinen Sie nicht, dass sich irgendwo in Ihrem Kopf ein fataler blinder Fleck befinden könnte?, hatte sie leise gesagt.

Als ich aufwachte, war ich allein. Das Mädchen auf dem Liegestuhl dicht neben mir war verschwunden. Das Handtuch, die Zigaretten und die Zeitschriften lagen noch genauso da, aber das Colaglas und der Radio-Kassettenrekorder fehlten.

Die Sonne neigte sich gen Westen, und der Schatten der Kiefernzweige bedeckte meinen Körper bis zu den Knöcheln. Die Uhr zeigte zwanzig vor vier. Ich schüttelte ein paar Mal meinen Kopf, als wäre er eine leere Dose, stand auf und schaute mich um. Alles um mich herum sah genauso aus wie vorher. Der weite Rasen, der ausgetrocknete Teich, der Zaun, der steinerne Vogel, die Goldrute und die Fernsehantenne. Keine Katze. Und kein Mädchen.

Ich setzte mich auf ein schattiges Stück Rasen, und während ich mit der Handfläche über die grünen Gräser strich, beobachtete ich den Katzenpfad und wartete auf das Mädchen. Es vergingen zehn Minuten, aber weder die Katze noch das Mädchen ließen sich blicken. Kein Hauch einer Bewegung um mich herum. Ich war unschlüssig, was ich machen sollte. Es kam mir vor, als wäre ich im Schlaf unendlich gealtert.

Ich stand wieder auf und blickte zum Haus hinüber. Aber auch dort war keine Menschenseele zu sehen. Nur das Erkerfenster funkelte hell in der Westsonne. Mir blieb nichts anderes übrig, als den Rasen zu überqueren, in das Gässchen zu treten und nach Hause zurückzukehren. Ich hatte die Katze zwar nicht gefunden, aber zumindest hatte ich getan, was ich konnte.

Zu Hause brachte ich die trockene Wäsche rein und bereitete ein einfaches Abendessen vor. Dann setzte ich mich auf den Boden im Wohnzimmer und las, an die Wand gelehnt, die Abendausgabe der Zeitung. Um halb sechs klingelte das Telefon zwölfmal, aber ich nahm nicht ab. Auch nachdem es aufgehört hatte, hing der Nachhall noch wie Staub im fahlen Abendlicht des Zimmers. Die Uhr auf dem Fernseher schlug mit ihren harten Krallenspitzen auf ein unsichtbares Brett im Raum. Eine mechanische Welt, dachte ich. Einmal am Tag kommt der Aufziehvogel und zieht die Federn der Welt auf. Und ich allein werde immer älter in dieser Welt, den anschwellenden Tod in mir, wie einen weißen Softball. Auch während ich irgendwo zwischen Saturn und Uranus fest schlafe, gehen die Aufziehvögel sorgsam ihrer Arbeit nach.

Wie wär's, wenn ich ein Gedicht über die Aufziehvögel schreibe, dachte ich. Aber sosehr ich auch überlegte, mir fiel kein Anfang ein. Vor allem aber glaubte ich nicht, dass sich Oberschülerinnen für ein Gedicht über Aufziehvögel begeistern würden. Sie wussten ja noch nicht einmal etwas von der Existenz des Aufziehvogels.

Um halb acht kam meine Frau nach Hause.

»Entschuldigung, ich musste länger arbeiten«, sagte sie. »Ich habe einfach die Unterlagen für die Studiengebühren einer Studentin nicht gefunden. Das Mädchen, das bei uns aushilft, ist so unzuverlässig, aber sie arbeitet nun mal für mich.«

»Kein Problem«, sagte ich. Ich ging in die Küche, briet den Fisch in etwas Butter, machte den Salat und kochte Miso-Suppe. In der Zwischenzeit las meine Frau am Küchentisch die Abendzeitung.

»Übrigens, wo warst du denn um halb sechs?«, fragte sie. »Ich habe angerufen, um dir zu sagen, dass es etwas später wird.«

»Es war keine Butter mehr da, ich bin welche einkaufen gegangen«, log ich.

»Bist du zur Bank gegangen?«

»Natürlich«, antwortete ich.

»Und die Katze?«

»Habe ich nicht gefunden.«

»Hm«, sagte meine Frau.

Nach dem Essen nahm ich ein Bad, und als ich herauskam, saß meine Frau allein im Wohnzimmer, ohne Licht. Wie sie da in ihrem grauen Hemd mitten im Dunkeln hockte, wirkte sie wie ein liegen gebliebenes Paket. Sie tat mir furchtbar leid. Man hatte sie am falschen Platz abgestellt. Hätte man sie woanders hingebracht, wäre sie vielleicht glücklicher.

Ich trocknete mir mit dem Handtuch die Haare und setzte mich ihr gegenüber aufs Sofa.

»Was ist los?«, fragte ich.

»Die Katze ist bestimmt tot«, sagte meine Frau.

»Bestimmt nicht«, sagte ich. »Sie treibt sich nur irgendwo rum. Sie kriegt sicher bald Hunger und dann kommt sie zurück. Das war doch schon mal so. Als wir noch in Kōenji wohnten, ist sie …«

»Dieses Mal ist es anders. Ich spüre es. Die Katze ist tot und verwest jetzt irgendwo im Gebüsch. Hast du in den Büschen im Garten des leerstehenden Hauses gesucht?«

»Hör mal. Auch wenn das Haus leersteht, gehört es immerhin noch jemandem. Ich kann doch nicht einfach mir nichts dir nichts da reingehen.«

»Du hast sie umgebracht«, sagte meine Frau.

Ich stieß einen Seufzer aus und rubbelte mir noch einmal mit dem Handtuch den Kopf.

»Du hast sie im Stich gelassen«, wiederholte sie im Dunkeln.

»Das verstehe ich nicht ganz«, sagte ich. »Die Katze ist ganz alleine abgehauen. Es ist nicht meine Schuld. Das muss dir doch auch klar sein.«

»Du hast die Katze sowieso nie richtig gemocht, oder?«

»Das mag vielleicht sein«, gab ich zu. »Zumindest habe ich sie nicht so geliebt *wie du*. Aber ich habe sie nicht schlecht behandelt und habe ihr jeden Tag ordentlich zu fressen gegeben. *Ich* habe sie gefüttert, oder? Nur weil ich sie nicht liebe, habe ich sie noch lange nicht umgebracht. Wenn das so wäre, hätte ich den Großteil der Menschheit auf dem Gewissen.«

»So jemand bist du, genau so«, sagte meine Frau. »Immer bist du so. Immer. Ohne eine Hand zu rühren, tötest du alles um dich herum.«

Ich wollte etwas antworten, aber als ich merkte, dass sie weinte, ließ ich es. Ich ging ins Bad, warf mein Handtuch in den Wäschekorb, ging in die Küche, holte mir ein Bier aus dem Eisschrank und trank. Ein idiotischer Tag war das. Ein idiotischer Tag in einem idiotischen Monat in einem idiotischen Jahr.

Noboru Watanabe, wo bist du? dachte ich. Vergaß der Aufziehvogel deine Feder aufzuziehen?

Fast ein richtiges Gedicht.

Noboru Watanabe,
wo bist du?
Vergaß der Aufziehvogel
deine Feder aufzuziehen?

Als ich mein Bier ungefähr halb getrunken hatte, klingelte das Telefon.

»Kannst du rangehen?«, rief ich ins Wohnzimmerdunkel.

»Ich will nicht. Geh selber ran«, sagte meine Frau.

»Ich habe keine Lust«, sagte ich.

Niemand nahm ab, und das Telefon klingelte weiter. Das Klingeln wirbelte dumpf den in der Dunkelheit schwebenden Staub auf. Weder ich noch meine Frau sprachen ein Wort. Ich trank mein Bier, sie weinte lautlos vor sich hin. Bis zum zwanzigsten Klingeln zählte ich mit, dann gab ich es auf und ließ es einfach klingeln. Man kann nicht ewig weiterzählen.

Der Bäckereiüberfall

Hunger hatten wir, so viel stand fest. Allerdings keinen gewöhnlichen, nein – uns kam es so vor, als hätten wir ein kosmisches Vakuum verschluckt. Anfangs war das Vakuum ganz klein, wie das Loch in einem Doughnut, wuchs sich in uns aber allmählich zu einem bodenlosen Nichts aus. Zu einem Hungermonument mit erhabener Begleitmusik.

Hunger entsteht wie? Aufgrund mangelnder Nahrungsaufnahme natürlich. Warum mangelt es an Nahrung? Weil es an äquivalenten Tauschobjekten fehlt. Und warum, schließlich, standen uns solche nicht zu Gebote? Weil wir nicht genug Fantasie besaßen, vermutlich. Oder aber der Hunger hing direkt und ursächlich mit unserem Mangel an Fantasie zusammen.

Egal.

Gott und Marx und John Lennon sind tot. Wir hatten Hunger, so viel stand fest, und deshalb wollten wir Böses tun. Aber nicht der Hunger trieb uns zum Bösen, sondern das Böse trieb, indem es uns hungern ließ. Klingt irgendwie, ich weiß nicht, existentialistisch.

»Scheiß drauf, jetzt kriegt der Affe Zucker«, sagte mein Kumpel. So stand die Sache, kurz gesagt.

Und das nicht ohne Grund. Zwei volle Tage hatten wir nichts als Wasser getrunken. Einmal hatten wir Sonnenblumenblätter probiert, aber uns stand kein zweites Mal der Sinn danach.

So machten wir uns auf zur Bäckerei. Sie lag mitten in der Geschäftsstraße, eingerahmt von einem Laden für Bürobedarf und einem, der Futons verkaufte. Der Bäckermeister war glatzköpfig, über fünfzig und Mitglied der kommunistischen Partei.

Mit Messern bewaffnet, gingen wir langsam die Geschäftsstraße entlang auf die Bäckerei zu. Wir kamen uns vor wie in »High Noon«. Mit jedem Schritt duftete es wohliger nach Brot. Und je wohliger es duftete, desto stärker wurde unser Hang zum Bösen. Wir überfielen eine Bäckerei, und wir überfielen einen Kommunisten! Und auch noch gleichzeitig! Das erhitzte und begeisterte uns wie die Hitlerjungen.

Es war schon früher Abend, im Laden befand sich nur eine Kundin. Ein dummes Tantchen mit einer schäbigen Einkaufstüte. Das Tantchen roch nach Gefahr. Immer sind es nämlich dumme Tantchen, die Gangsterpläne durchkreuzen. Jedenfalls im Fernsehen. Ich signalisierte meinem Kumpel mit Blicken, ja nichts zu unternehmen, bis das Tantchen draußen war. Dann verbarg ich das Messer hinterm Rücken und gab vor, mir etwas auszusuchen.

Mit einer Bedächtigkeit, die uns zur Weißglut trieb, und einer Sorgfalt, als ob sie sich für eine Kommode und einen Frisierspiegel entschiede, hob Tantchen einen Krapfen und ein Melonenteilchen auf ihr Tablett. Allerdings nicht, um sie gleich zu erwerben. Der Krapfen und das Melonenteilchen waren für sie nicht mehr als eine These. Beziehungsweise weit und fern wie der hohe Norden. Tantchen brauchte noch ein Weilchen, um sich daran zu gewöhnen.

Mit der verrinnenden Zeit verlor zuerst das Melonenteilchen seinen Status als These. Warum, schüttelte Tantchen den Kopf, habe ich eigentlich ein Melonenteilchen gewählt? Das kann nicht zur Debatte stehen. Melonenteilchen sind doch viel zu süß.

Sie legte es wieder zurück und schob nach kurzem Nachdenken zwei Croissants auf ihr Tablett. Die Geburt einer neuen These. Der Eisberg hatte sich eine Spur bewegt, und zwischen den Wolken lugten gar die Strahlen der Frühlingssonne hervor.

»Das *dauert*«, flüsterte mein Kumpel. »Legen wir die Alte gleich mit um!«

»Nur die Ruhe«, bremste ich ihn.

Den Bäckermeister focht das alles nicht an, er lauschte seinem Radiorekorder, aus dem Wagner erscholl. Ob es sich für ein KP-Mitglied geziemt, Wagner zu hören, weiß ich nicht.

Tantchen schaute unverwandt auf ihre Croissants und den Krapfen. Etwas stimmte nicht. War unnatürlich. Croissants und Krapfen durften offenbar auf keinen Fall Seite an Seite beieinander liegen. Sie schien zu spüren, dass hier, ja, unverträgliche Ideen miteinander stritten. Das beladene Tablett schwankte in ihrer Hand und klickte wie ein defekter Kühlschrankthermostat. Natürlich schwankte und klickte das Tablett nicht wirklich. Es schwankte gewissermaßen – metaphorisch. Klick.

»Ich leg sie um!« sagte mein Kumpel. Die Mischung aus Hunger und Wagner und Tantchen hatte seine nervöse Spannung verletzlich gemacht wie Pfirsichhaut. Ich schüttelte stumm den Kopf.

Derweil ließ Tantchen das Tablett in ihrer Hand wieder eine dostojewskische Hölle durchwandern. Zunächst trat der Krapfen auf die Tribüne und hielt eine Rede an das römische Volk, die man durchaus als bewegend bezeichnen konnte. Herrliche Phraseologie, perfekte Rhetorik, tragender Bariton … alle klatschten, Applaus, Applaus. Danach gingen die Croissants aufs Podium und redeten irgendeinen Unsinn bezüglich Verkehrsampeln. Linksabbieger fahren bei grünem Licht für den Geradeausverkehr langsam vor und biegen erst ab, nachdem sie sich vergewissert haben, dass kein Gegenverkehr herrscht. Etwas in der Art. Das römische Volk wusste nicht recht, wovon die Rede war, klatschte aber, denn es hörte sich kompliziert an: Applaus, Applaus. Der Beifall für die Croissants war ein bisschen lauter. Und der Krapfen wurde wieder zurückgelegt.

Auf Tantchens Tablett herrschte nun Perfektion von extremer Simplizität: zwei Croissants.

Und dann verließ Tantchen die Bäckerei.

Nun waren wir an der Reihe.

»Wir haben Hunger wie verrückt«, gestand ich dem Bäcker, das Messer immer noch hinter dem Rücken verborgen. »Und keinen Heller.«

»Aha«, nickte der Bäcker.

Auf der Theke lag ein Nagelknipser; mein Kumpel und ich starrten ihn unverwandt an. Er war von so gigantischen Ausmaßen, dass man damit die Krallen eines Geiers hätte stutzen können. Wahrscheinlich ein Scherzartikel.

»Wenn ihr solchen Hunger habt, dann esst Brot«, sagte der Bäcker.

»Wir haben aber kein Geld.«

»Ich hab's gehört«, sagte der Bäcker gelangweilt. »Geld brauch ich keins, esst, so viel ihr wollt.«

Ich sah noch einmal auf den Nagelknipser. »Hören Sie, wir führen Böses im Schilde.«

»Genau!«

»Und können Almosen deshalb nicht nehmen.«

»Richtig.«

»Verstehen Sie?«

»Verstehe«, sagte der Bäcker und nickte wieder. »Machen wir's also folgendermaßen: Ihr esst Brot, so viel ihr wollt, und ich verfluche euch dafür. Einverstanden?«

»Verfluchen? Wie zum Beispiel?«

»Ein Fluch bringt ständige Ungewissheit. Im Gegensatz zu einem Fahrplan beispielsweise.«

»Moment mal«, warf mein Kumpel ein, »das gefällt mir nicht. Fluch? Nein, danke. Wir legen dich um, und basta!«

»Halt, halt«, sagte der Bäcker. »Umgebracht will ich nicht werden.«

Mein Kumpel: »Und ich nicht verflucht.«

Ich: »Irgendeinen Tausch brauchen wir aber.«

Eine Weile starrten wir schweigend den Nagelknipser an.

»Ich hab's«, begann der Bäcker schließlich. »Mögt ihr Wagner?«

»Nein«, sagte ich.

»Hilfe«, sagte mein Kumpel.

»Mögt ihn, und ich gebe euch Brot!«

Das war die Story vom Missionar und den Eingeborenen, in Reinkultur, aber wir gingen sofort darauf ein. Besser als ein Fluch war es allemal.

»Ich mag ihn«, sagte ich.

»Klar, gute Musik«, sagte mein Kumpel.

Und dann hörten wir Wagner und stopften uns mit Brot voll.

»›Tristan und Isolde‹«, las uns der Bäcker vom Kassettenbegleittext vor, »der leuchtende Stern am Himmel der Musikgeschichte, erschien 1859, ein zum Verständnis des späteren Wagner unerlässliches Schlüsselwerk.«

»Mmhmmhmm.«

»Mampf.«

»Tristan, Neffe des Königs von Cornwall, will die Verlobte seines Oheims, Prinzessin Isolde, heimführen, verliebt sich jedoch auf dem Schiff während der Heimreise selbst in sie. Das wunderschöne Cello- und Oboen-Thema der Eröffnung symbolisiert die Liebe der beiden.«

Zwei Stunden später schieden wir voneinander, allseits zufrieden.

»Morgen hören wir ›Tannhäuser‹«, sagte der Bäcker.

Zu Hause angekommen, war das Nichts in uns völlig verschwunden. Und sachte, wie auf einem sanften Hang ins Rollen gebracht, setzte die Fantasie wieder ein. Klick.

Der zweite Bäckereiüberfall

Ob die Entscheidung, meiner Frau von dem Überfall auf die Bäckerei zu erzählen, richtig war oder nicht, weiß ich immer noch nicht genau.

Vermutlich ist das eine Frage, die sich nicht einfach als richtig oder falsch beantworten lässt. Schließlich gibt es in der Welt falsche Entscheidungen, die richtige Ergebnisse, und auch richtige Entscheidungen, die falsche Ergebnisse zur Folge haben. Um solcher, nennen wir es ruhig: Absurdität zu entgehen, muss man sich auf den Standpunkt stellen, dass *man in Wahrheit nichts, aber auch nichts entscheidet*, und im Großen und Ganzen denke und lebe ich danach. Was geschieht, das geschieht, und was nicht, eben nicht.

Von solcher Warte aus gesehen ist zu sagen, dass ich meiner Frau *auf jeden Fall und wie auch immer* von dem Überfall erzählte. Erzählt ist erzählt, und der Zwischenfall, der sich daraus ergab, hat sich bereits ergeben. Wenn er manch einem seltsam erscheinen mag, so ist der Grund dafür meines Erachtens in der ihn einschließenden Gesamtsituation zu suchen.

Aber wie auch immer, das sind nichts als Gedanken. Dadurch ändert sich nichts.

Es war ein nichtiger Anlass, der mich den Überfall auf die Bäckerei meiner Frau gegenüber zur Sprache bringen ließ. Ich hatte weder den festen Vorsatz gehabt, davon zu sprechen, noch erinnerte ich mich plötzlich daran und begann mit »ach, übrigens« zu erzählen. Ich hatte, bis ich das Wort »Bäckereiüberfall« in den Mund nahm, selbst völlig vergessen, dass ich früher einmal eine Bäckerei überfallen habe.

Was mir den Überfall in Erinnerung rief, war ein kaum auszuhaltender Hunger. Es war kurz vor zwei Uhr nachts. Meine Frau und ich hatten um sechs Uhr ein leichtes Abendessen eingenommen, waren um halb zehn ins Bett gegangen und hatten die Augen zugemacht, waren aber zu der genannten Zeit seltsamerweise gleichzeitig wieder aufgewacht. Mit der Macht des Wirbelwindes, der im »Zauberer von Oz« vorkommt, überfiel uns kurz darauf der Hunger. Ein gewaltiger, geradezu unfair zu nennender Hunger.

Unser Kühlschrank enthielt allerdings nichts, was den Namen »Lebensmittel« verdient hätte. Was wir fanden, waren French Dressing, sechs Dosen Bier, zwei schrumplige Zwiebeln, Butter und einen Beutel Geruchsfrei. Wir waren erst zwei Wochen verheiratet und hatten noch keine gemeinschaftliche Vorstellung davon entwickelt, was Essen sei. Damals gab es noch einen Haufen anderer Dinge, die wir entwickeln mussten.

Ich arbeitete zu der Zeit bei einem Rechtsanwalt, meine Frau im Büro einer Designschule. Ich war acht- oder neunundzwanzig (irgendwie kann ich mich einfach nicht an mein Hochzeitsjahr erinnern), sie war zwei Jahre und acht Monate jünger als ich. Unser Leben war wahnsinnig hektisch und durcheinander wie ein dreidimensionales Labyrinth, an Lebensmittelvorräte zu denken fehlte uns völlig die Muße.

Wir stiegen aus dem Bett, zogen in die Küche und setzten uns einander gegenüber an den Tisch. Wir hatten beide zu viel Hunger, um uns noch einmal schlafen zu legen – das Hinlegen allein bereitete Schmerzen –, und um aufzustehen und irgendetwas zu tun hatten wir selbstredend auch zu viel Hunger. Woher dieser gewaltige Hunger kam, war uns ein Rätsel.

Ein paar Mal machten wir mit einem kleinen Hoffnungsschimmer den Kühlschrank auf, aber der Inhalt blieb, sooft wir auch nachsahen, stets derselbe. Bier, Zwiebeln, Butter, Dressing und Geruchsfrei. Wir hätten die Zwiebeln in Butter dünsten können, aber es war nicht anzunehmen, dass zwei schrumplige Zwiebeln unsere leeren Mägen wirkungsvoll würden füllen können. Zwiebeln sind mit irgendetwas anderem einzunehmen, sie gehören nicht zu den Lebensmitteln, mit denen man Hunger stillen kann.

»Und Geruchsfrei mit French Dressing?«, schlug ich spaßeshalber vor, wurde aber wie erwartet ignoriert.

»Lass uns ins Auto steigen und ein 24-Stunden-Restaurant suchen«, sagte ich. »An den Durchgangsstraßen gibt's bestimmt welche.«

Aber meine Frau lehnte den Vorschlag ab. Sie hätte keine Lust, auswärts zu essen.

»Nach Mitternacht Essen zu gehen ist irgendwie nicht richtig«, sagte sie.

Sie ist in dieser Hinsicht furchtbar altmodisch.

»Na ja, das stimmt«, sagte ich zögernd.

In meinen Ohren klang die Meinung (beziehungsweise These) meiner Frau – bei Neuverheirateten mag so etwas häufig auftreten – wie eine Offenbarung. Ihre Worte erweckten in mir das Gefühl, dass der Hunger, den ich gerade verspürte, ein besonderer Hunger sei, den man nicht einfach opportunistisch in einem 24-Stunden-Restaurant stillen dürfe.

Was heißt aber *besonderer Hunger*?

Ich kann das mit einem Bild veranschaulichen:

1 Ich sitze in einem kleinen Boot und treibe auf dem ruhigen Meer.
2 Unter mir im Wasser sehe ich den Gipfel eines Vulkans.
3 Der Abstand zwischen Gipfel und Meeresoberfläche scheint nicht allzu groß zu sein, ist aber nicht genau zu bestimmen.
4 Das Wasser ist nämlich zu klar, um eine Entfernungsbestimmung zuzulassen.

Das ist im Großen und Ganzen, was mir in den zwei oder drei Sekunden zwischen den Worten meiner Frau – in ein 24-Stunden-Restaurant zu gehen, habe sie keine Lust – und meiner zustimmenden Antwort – na ja, das stimme – durch den Kopf ging. Ich bin natürlich nicht Sigmund Freud und war deshalb nicht in der Lage, präzise zu analysieren, welche Bedeutung dieses Bild nun hat, begriff aber immerhin intuitiv, dass es sich um eine Art Offenbarungsbild handelte. Und gerade deshalb stimmte ich – der ungewöhnlichen Heftigkeit meines Hungers zum Trotz – der These (beziehungsweise Proklamation) meiner Frau, zum Essen nicht auszugehen, halb automatisch zu.

Notgedrungen machten wir das Bier auf. Bier zu trinken war immerhin viel besser, als Zwiebeln zu essen. Meine Frau mag Bier nicht so sehr, und deshalb trank ich von den sechs Dosen vier und sie die anderen zwei.

Während ich trank, durchsuchte sie emsig wie ein Eichhörnchen im November die Küchenregale und fand ganz unten in einem Beutel vier übrig gebliebene Butterkekse. Sie hatten bei der Herstellung eines Kuchens keinen Platz mehr gefunden, und obwohl sie feucht und ganz weich geworden waren, aßen wir andächtig jeder zwei.

Aber leider hinterließen weder das Bier noch die Kekse auch nur die geringste Spur in unseren Mägen, die so unendlich leer waren wie die Halbinsel Sinai aus der Luft betrachtet. Das Bier und die Kekse waren wie ein Ausschnitt aus einer am Fenster vorbeifliegenden kargen Landschaft, mehr nicht.

Wir lasen den Aufdruck auf den Aluminiumdosen, schauten immer wieder auf die Uhr, fixierten die Kühlschranktür, blätterten in der Abendzeitung vom Vortag und schoben mit dem Rand einer Postkarte die auf dem Tisch verstreuten Kekskrümel zusammen. Die Zeit war dunkel und träge wie ein verschlucktes Bleigewicht im Magen eines Fisches.

»So einen Hunger hab ich noch nie gehabt«, sagte meine Frau. »Ob das was damit zu tun hat, dass wir geheiratet haben?«

»Keine Ahnung«, sagte ich. Vielleicht, vielleicht auch nicht.

Während meine Frau erneut auf der Suche nach Lebensmittelfragmenten die Küche durchstöberte, lehnte ich mich wieder aus dem Boot und schaute auf den Gipfel des unterseeischen Vulkans. Die Klarheit des das Boot umgebenden Meerwassers machte mich unheimlich unsicher, ein Gefühl, als wäre irgendwo tief in meiner Magengrube mit einem Schlag eine Höhle entstanden. Eine reine Höhle, ohne Ausgang, ohne Eingang. Dieses merkwürdige Fehlgefühl im Körper – ein Gefühl der Präsenz des Nichts – glich irgendwie, so kam es mir vor, der betäubenden Angst, die man auf der Spitze eines Turms empfindet, den man erklommen hat. Dass Hunger und Höhenangst Gemeinsamkeiten aufweisen, war eine ganz neue Entdeckung.

Genau in dem Augenblick fiel mir ein, dass ich früher einmal etwas Ähnliches erlebt hatte. Damals hatte ich den gleichen Hunger verspürt wie heute. *Damals...*

»Das war bei dem Überfall auf die Bäckerei!«, sagte ich spontan.

»Bei dem Überfall auf die Bäckerei?«, fragte meine Frau prompt.

Und damit nahm die Erinnerung ihren Lauf.

»Vor ewigen Zeiten habe ich mal eine Bäckerei überfallen«, erklärte ich. »Es war keine besonders große und auch keine bekannte. Auch war sie weder besonders gut noch besonders schlecht. Es war eine normale Bäckerei, wie man sie in jeder Stadt findet. Sie lag mitten im Geschäftsviertel, und der Meister buk und verkaufte das Brot alleine. Die Bäckerei war so klein, dass sie einfach zumachte, wenn das morgens gebackene Brot ausverkauft war.«

»Warum hast du denn so eine unscheinbare Bäckerei für deinen Überfall ausgesucht?«, fragte meine Frau.

»Eine große zu überfallen war nicht notwendig. Wir wollten nur genug Brot, um unseren Hunger zu stillen, Geld zu stehlen hatten wir nicht vor. Das war ein kleiner Überfall, kein Raubzug.«

»*Wir?*«, fragte meine Frau. »Wer ist denn *wir?*«

»Ich hatte damals einen Kumpel«, erklärte ich. »Ist aber schon über zehn Jahre her. Wir waren beide furchtbar arm, konnten uns nicht mal Zahnpasta leisten. Zu essen hatten wir natürlich auch nie genug. Wir haben damals wirklich alles Mögliche angestellt, um was Essbares in die Finger zu kriegen. Dazu gehört auch der Bäckereiüberfall.«

»Das verstehe ich nicht«, sagte meine Frau und sah mich unverwandt an mit Augen, als suchte sie in der Morgendämmerung am Himmel verblassende Sterne. »Warum habt ihr so etwas gemacht? Warum habt ihr nicht gearbeitet? Mit einem kleinen Job hättet ihr euch doch wenigstens Brot besorgen können, oder nicht? Das wäre zumindest einfacher gewesen. Einfacher jedenfalls, als eine Bäckerei zu überfallen, oder?«

»Arbeiten wollten wir ja gerade nicht«, sagte ich. »So viel stand fest.«

»Aber jetzt arbeitest du doch auch, oder?«, fragte meine Frau.

Ich nickte und nahm einen Schluck Bier. Dann rieb ich mir mit den Innenseiten der Handgelenke die Augen. Die paar Bier wollten mich schläfrig machen. Wie ein Nebelschleier senkte sich die Müdigkeit in mein Hirn und stritt mit dem Hunger. »Andere Zeiten, andere Meinungen«, sagte ich. »Aber wollen wir nicht langsam wieder schlafen gehen? Wir müssen morgen früh raus.«

»Ich bin nicht müde, und außerdem will ich die Geschichte von dem Bäckereiüberfall hören«, sagte meine Frau.

»Die ist langweilig«, sagte ich. »Zumindest nicht so interessant, wie du sie dir vorstellst. Viel ist nicht passiert.«

»Hat der Überfall denn geklappt?«

Resigniert riss ich eine neue Bierdose auf. Wenn meine Frau von irgendwas den Anfang gehört hatte, meint sie, unbedingt auch noch den Schluss kennen zu müssen.

»Einerseits ja, andererseits nein«, sagte ich. »Das heißt, wir bekamen zwar so viel Brot, wie wir wollten, aber nicht aufgrund von Nötigung. Denn bevor wir es ihm entwenden konnten, gab der Bäcker es uns.«

»Umsonst?«

»Nicht umsonst. Das ist ja der Punkt«, sagte ich und schüttelte den Kopf. »Der Bäcker war ein großer Liebhaber klassischer Musik und hörte gerade Wagner-Ouvertüren. Er schlug uns folgendes Geschäft vor: Wenn wir uns die Platte geduldig bis zum Ende anhören würden, könnten wir so viel Brot aus dem Laden mitnehmen, wie wir wollten. Warum eigentlich nicht, meinten mein Kumpel und ich, Musik können wir uns anhören. Das ist keine Arbeit im eigentlichen Sinne, und außerdem tut's niemandem weh. Also steckten wir die Messer ein, setzten uns jeder auf einen Stuhl und lauschten mit dem Bäcker den Ouvertüren von ›Tannhäuser‹ und dem ›Fliegenden Holländer‹.«

»Und bekamt dann das Brot.«

»Genau, wir warfen fast das ganze Brot, das im Laden war, in unsere Reisetasche, brachten es nach Hause und aßen vier oder fünf Tage lang davon«, sagte ich und schlürfte weiter mein Bier. Wie eine von einem Seebeben erzeugte lautlose Welle schaukelte die Müdigkeit träge mein Boot.

»Unser Ziel, Brot zu bekommen, hatten wir natürlich erreicht«, fuhr ich fort. »Aber wie man es auch drehen mochte – es war nichts, was man hätte Verbrechen nennen können. Es war sozusagen ein Tauschgeschäft. Wir hörten uns Wagner an und bekamen dafür Brot. Juristisch gesehen so etwas wie eine Transaktion, verstehst du?«

»Wagner hören ist keine Arbeit«, sagte meine Frau.

»So ist es«, sagte ich. »Wenn der Bäcker von uns verlangt hätte, Geschirr zu spülen oder das Schaufenster zu polieren, hätten wir das kategorisch abgelehnt und ihm das Brot schlicht abgenötigt. Aber solche Forderungen stellte er nicht, er verlangte schlicht und einfach, Wagner anzuhören. Das verwirrte meinen Kumpel und mich völlig. Denn mit Wagner hatten wir selbstverständlich nicht gerechnet. Es war wie verflucht. Wir hätten dem, wenn ich jetzt so drüber nachdenke, überhaupt kein Ohr leihen, sondern den Kerl wie geplant mit dem Messer bedrohen und das Brot einfach klauen sollen. Dann hätte es keine Probleme gegeben.«

»Es gab Probleme?«

Ich rieb mir wieder mit den Innenseiten der Handgelenke die Augen. »Allerdings«, antwortete ich. »Wenn auch keine sichtbaren, keine

56

konkreten. Nur, ausgehend von diesem Zwischenfall veränderte sich nach und nach einiges. Und was sich verändert hatte, wurde nicht mehr so, wie es einmal war. Ich ging schließlich wieder zur Uni, machte glücklich meinen Abschluss, arbeitete bei einem Anwalt und bereitete mich auf das Staatsexamen vor. Dann lernte ich dich kennen und heiratete. Eine Bäckerei habe ich nicht mehr überfallen.«

»Ist das alles?«

»Ja, das ist die ganze Geschichte«, sagte ich und trank mein Bier aus. Damit waren die sechs Dosen leer. Im Aschenbecher lagen die sechs Dosenringe, wie abgefallene Schuppen einer Meerjungfrau.

Natürlich war nicht wirklich nichts passiert. Einige sehr sichtbare, konkrete Dinge waren passiert. Aber davon wollte ich meiner Frau nichts erzählen.

»Und dein Kumpel, was macht der jetzt?«, fragte sie.

»Keine Ahnung«, antwortete ich. »Danach war was, und wir haben uns getrennt. Seitdem haben wir uns nicht wieder gesehen. Was er jetzt macht, weiß ich nicht.«

Meine Frau schwieg eine Weile. Sie hatte wahrscheinlich gemerkt, dass ich irgendwie undeutlich blieb, vermied aber, diesen Punkt weiter anzusprechen.

»Der unmittelbare Grund für die Auflösung eures Duos war aber die Sache mit dem Bäckereiüberfall, nicht?«

»Ich glaube ja. Der Schock, den wir bei dem Vorfall erlitten, war offenbar viel größer, als es erst den Anschein gehabt hatte. Wir unterhielten uns danach noch tagelang über die Wechselbeziehung von Brot und Wagner: Ob die Entscheidung, die wir getroffen hatten, letztlich richtig war. Wir kamen aber zu keinem Ergebnis. Genau genommen musste sie richtig gewesen sein: Niemand war verletzt worden, jeder war fürs Erste zufriedengestellt. Der Bäcker – wozu, weiß ich zwar immer noch nicht – konnte seine Wagner-Reklame machen, und wir konnten uns den Bauch mit Brot vollschlagen. Trotzdem spürten wir, dass uns da irgendwie ein bedeutsamer Fehler unterlaufen war, und obwohl wir nicht begriffen, was für ein Fehler, warf er einen dunklen Schatten auf unser Leben. Deshalb habe ich eben das Wort Fluch benutzt. Es war ohne jeden Zweifel ein Fluch.«

»Und, ist er jetzt weg? Dieser Fluch über euch?«

Mit den sechs Dosenringen aus dem Aschenbecher bastelte ich eine Aluminiumkette, die ungefähr die Länge eines Armbands hatte.

»Das weiß ich nicht. In der Welt scheint es von Flüchen nur so zu wimmeln, und wenn etwas Unangenehmes passiert, ist es schwer herauszufinden, welcher Fluch nun schuld daran war.«

»Das stimmt nicht«, sagte meine Frau und sah mir dabei fest in die Augen. »Bei genauem Nachdenken kann man es herausfinden. Und solange du diesen Fluch nicht mit eigener Hand bannst, wird er dich quälen bis an dein Ende wie ein fauler Zahn. Und nicht nur dich, mich auch.«

»Dich?«

»Klar, dein Kumpel bin doch jetzt ich«, sagte sie. »Nimm zum Beispiel den Hunger, den wir jetzt haben. So einen wahnsinnigen Hunger habe ich vor unserer Heirat nie gehabt. Das ist doch kein normaler Hunger! Bestimmt hat der Fluch auch mich erfasst.«

Ich nickte, löste die verketteten Ringe wieder voneinander und legte sie in den Aschenbecher zurück. Ich wusste nicht, ob das, was sie sagte, wahr war, aber als sie es sagte, leuchtete es mir irgendwie ein.

Der Hunger, der eine Weile aus meinem Bewusstsein verschwunden war, kehrte zurück – stärker als zuvor und so heftig, dass mir wie wild das Hirn schmerzte. Sobald mein Magen sich zusammenzog, wurde das Zittern per Kupplungszug bis ins Zentrum des Kopfes übertragen, als wären in meinen Körper allerlei komplexe Maschinenteile eingebaut.

Ich wandte meine Augen wieder dem unterseeischen Vulkan zu. Das Meerwasser hatte verglichen mit vorhin noch an Klarheit zugenommen; man hätte gar, wenn man nicht aufmerksam hinschaute, übersehen können, dass dort Wasser war – als schwebte das Boot ohne jede Unterstützung, durch nichts gehalten, in der Luft. Und die Steinchen auf dem Grund waren so deutlich zu sehen, als könnte man sie einzeln in die Hand nehmen.

»Wir leben jetzt erst einen halben Monat zusammen, aber ständig habe ich eine Art Fluch um uns gespürt, bestimmt«, sagte sie. Sie sah mich fest an, die Hände dabei verschränkt auf dem Tisch. »Natürlich wusste ich, bis ich deine Geschichte hörte, nicht, dass es sich um einen Fluch handelt, aber jetzt ist mir das ganz klar: Du bist verflucht!«

»In welcher Form spürst du denn diesen Fluch?«

»Wie einen Vorhang, der jahrelang nicht gewaschen worden ist und staubig von der Decke hängt.«

»Das ist kein Fluch, das bin vielleicht ich«, sagte ich lachend.

Sie lachte nicht.

»Nein, das bist nicht du. Das weiß ich genau.«

»Angenommen, es ist, wie du sagst, ein Fluch«, sagte ich, »was zum Teufel soll ich dann tun?«

»Noch einmal eine Bäckerei überfallen! Und zwar sofort«, sagte sie bestimmt. »Eine andere Möglichkeit, den Fluch zu bannen, gibt es nicht.«

»Jetzt sofort?«, fragte ich zurück.

»Ja, jetzt sofort! Solange der Hunger anhält. Was nicht gelöst worden ist, muss jetzt gelöst werden.«

»Aber welche Bäckerei hat denn zu dieser nachtschlafenden Zeit noch auf?«

»Suchen wir eine«, sagte meine Frau. »Tōkyō ist eine große Stadt, irgendwo wird es schon eine geben, die durchgehend geöffnet hat.«

Wir stiegen in unseren alten Toyota Corolla und suchten nachts um halb drei die Stadt nach einer Bäckerei ab. Ich steuerte, und meine Frau vom Beifahrersitz aus hielt mit dem scharfen Blick eines Raubvogels nach allen Seiten hin Ausschau. Auf dem Rücksitz lag wie ein steifer, langer Fisch ein Remington-Automatik-Schrotgewehr, und die

Ersatzmunition in den Taschen des Blousons, den meine Frau übergezogen hatte, verursachte ein trockenes Rascheln. Außerdem lagen im Handschuhfach zwei schwarze Skimützen. Weshalb meine Frau ein Schrotgewehr besaß, war mir ein Rätsel. Ebenso die Skimützen. Weder sie noch ich waren jemals Ski gelaufen. Sie erklärte das aber nicht weiter, und ich fragte auch nicht. Eine Ehe ist schon irgendwie merkwürdig, dachte ich nur.

Unserer wohl als komplett zu bezeichnenden Ausrüstung zum Trotz gelang es uns allerdings nicht, eine durchgehend geöffnete Bäckerei ausfindig zu machen. Durch die nachtleeren Straßen fuhr ich von Yoyogi nach Shinjuku, dann nach Yotsuya, Akasaka, Aoyama, Hiroo, Roppongi, Daikanyama und Shibuya. Wir bekamen im nächtlichen Tōkyō die verschiedensten Leute und Läden zu sehen, nur keine Bäckerei. Mitten in der Nacht gab es kein frisches Brot.

Unterwegs stießen wir zwei Mal auf Streifenwagen der Polizei. Einer stand versteckt am Straßenrand, der andere kam mit relativ geringer Geschwindigkeit von hinten und überholte uns. Ich schwitzte beide Male unter den Armen, aber meine Frau suchte eifrig unsere Bäckerei und würdigte die Streifen keines Blickes. Mit jeder Änderung ihrer Körperhaltung raschelten die Schrotkugeln in ihrer Tasche wie die Häckselfüllung in einem Kopfkissen.

»Geben wir auf«, sagte ich. »So spät in der Nacht hat kein Bäcker mehr auf. So was muss man eben vorher auskundschaften…«

»Stop!«, sagte meine Frau unvermittelt.

Hastig trat ich auf die Bremse.

»Die hier nehmen wir!«, sagte sie ganz ruhig.

Ich legte die Hände aufs Lenkrad und schaute mich um, entdeckte aber nichts, was nach Bäckerei aussah. Die Geschäfte hatten alle ihre tiefschwarzen Gitter unten und waren in Totenstille versunken. In der Finsternis schwebte die blaurote Reklameröhre eines Friseurladens, kalt, ein langgezwirbeltes Glasauge. Nur etwa zweihundert Meter weiter war eine Leuchtreklame zu sehen: McDonald's Hamburger.

»Hier gibt's keine Bäckerei«, sagte ich.

Doch meine Frau öffnete wortlos das Handschuhfach, nahm eine Rolle Isolierband heraus und stieg damit aus dem Wagen. Ich stieg ebenfalls aus. Meine Frau kauerte sich vorn vor den Wagen, schnitt das Band in passende Stücke und klebte damit das Nummernschild so ab, dass die Nummer nicht mehr zu lesen war. Dann lief sie ums Auto und machte das hintere Schild dort auf die gleiche Weise unkenntlich. Sie ging sehr routiniert vor. Ich stand einfach nur da und schaute ihr zu.

»Wir nehmen das McDonald's da«, sagte meine Frau. Es klang so beiläufig, als ob sie mir mitteilte, was es zum Abendessen gibt.

»McDonald's ist keine Bäckerei«, verwies ich sie.

»Aber so etwas Ähnliches«, sagte meine Frau und stieg wieder ins Auto. »Manchmal muss man eben Kompromisse machen. Fahr jedenfalls vor zu McDonald's.«

Folgsam fuhr ich die zweihundert Meter vor. Auf dem Parkplatz von McDonald's stand nur ein Wagen, ein rot funkelnder Bluebird. Meine Frau gab mir das in eine Wolldecke gewickelte Schrotgewehr.

»Mit so was hab ich noch nie geschossen, und ich möchte auch nicht schießen«, protestierte ich.

»Schießen ist nicht nötig. Du brauchst es nur zu halten. Niemand wird Widerstand leisten«, sagte meine Frau. »Hör zu. Mein Plan ist folgender: Zuerst gehen wir selbstsicher hinein. Und sobald die Angestellten ihr ›Willkommen bei McDonald's‹ intonieren, ziehen wir schnell die Skimützen über. Verstanden?«

»Schon, aber…«

»Dann richtest du das Gewehr auf die Angestellten und treibst das gesamte Personal und die Gäste an einer Stelle zusammen. Und zwar rasch. Den Rest erledige ich dann schon.«

»Aber…«

»Was meinst du, wie viele Hamburger wir brauchen«, fragte sie. »Ob dreißig reichen?«

»Bestimmt«, sagte ich. Seufzend nahm ich das Schrotgewehr in Empfang und lupfte die Wolldecke ein bisschen. Das Gewehr war schwer wie ein Sandsack und schwarz wie die Nacht.

»Ist das wirklich nötig?«, sagte ich. Die Frage war halb an meine Frau und halb an mich selbst gerichtet.

»Natürlich!«, sagte sie.

»Willkommen bei McDonald's!«, sagte das Mädchen mit der McDonald's-Kappe und dem McDonald's-Lächeln, das hinter der Theke stand.

Ich hatte geglaubt, dass bei McDonald's nachts keine Mädchen mehr arbeiten, und war deshalb einen Moment verwirrt, als ich sie erblickte, besann mich aber gleich eines Besseren und zog mir die Skimütze übers Gesicht.

Das Mädchen starrte uns verblüfft an. In den »Verhaltensregeln für McDonald's-Personal« steht nirgendwo, wie man Kunden zu begegnen hat, die plötzlich Skimützen überziehen. Sie wollte mit dem weitermachen, was nach dem »Willkommen bei McDonald's« kommt, aber ihr Mund gefror, und sie brachte kein Wort heraus. Nur ihr Arbeitslächeln blieb ihr unsicher an den Lippen hängen wie die Neumondsichel bei Tagesanbruch.

So rasch ich konnte, wickelte ich das Gewehr aus der Decke und richtete es auf die Gästeplätze, aber dort war nur ein Pärchen, vermutlich Studenten, die mit dem Oberkörper auf dem Plastiktisch lagen und tief und fest schliefen. Die beiden Köpfe und zwei Erdbeer-Shakes waren auf dem Tisch so systematisch angeordnet wie ein avantgardistisches *objet d'art*. Da die beiden wie Tote schliefen, war kaum zu befürchten, dass sie, wenn wir sie einfach schlafen ließen, unserer Operation besonders hinderlich sein würden. Deshalb richtete ich die Gewehrmündung auf die Theke.

Insgesamt waren drei McDonald's-Angestellte da. Das Mädchen hinter der Theke, der Filialleiter, Ende zwanzig, mit einem eiförmigen Gesicht von ungesunder Farbe, und ein schattengleicher, in der Küche hantierender Student, bei dem so etwas wie ein Gesichtsausdruck kaum auszumachen war.

Die drei versammelten sich hinter der Registrierkasse und schauten gebannt wie Touristen, die in einen Inka-Brunnen starren, in die Gewehrmündung. Niemand schrie um Hilfe, und niemand ging auf uns los. Das Gewehr war furchtbar schwer, deshalb stützte ich es, den Finger weiter am Abzug, auf der Kasse ab.

»Geld können Sie haben«, sagte der Filialleiter heiser. »Sehr viel ist es nicht, weil um elf Uhr abgerechnet worden ist, aber nehmen Sie ruhig alles. Wir sind versichert, es macht nichts.«

»Eingangsgitter runter und die Leuchtreklame aus!«, sagte meine Frau.

»Einen Moment«, sagte der Filialleiter, »das geht nicht! Wenn ich das Geschäft einfach schließe, bekomme ich Schwierigkeiten. Ich trage die Verantwortung.«

Langsam wiederholte meine Frau ihren Befehl.

»Besser du tust, was man dir sagt«, riet ich, denn der Filialleiter sah ziemlich unschlüssig aus. Eine Weile schaute er zwischen der Gewehrmündung auf der Kasse und meiner Frau hin und her, aber dann gab er auf, machte die Leuchtreklame aus und betätigte einen Schalter am Switchboard, worauf das Gitter am Eingang herunterrasselte. Ich passte die ganze Zeit auf, dass er in dem Tohuwabohu nicht einen Alarmknopf oder so was drückte, aber McDonald's hat in seinen Läden offenbar keine Alarmanlagen installiert. Der Gedanke, dass man ein McDonald's überfallen könnte, ist wohl noch niemandem gekommen.

Das Pärchen am Tisch lag immer noch im Tiefschlaf, auch als sich das Gitter mit einem Lärm schloss, als würde ein Dutzend Blecheimer mit Baseballschlägern bearbeitet. So ein tiefer Schlaf war mir schon lange nicht mehr untergekommen.

»Dreißig Big Mäc, zum Mitnehmen«, sagte meine Frau.

»Ich gebe Ihnen noch Geld dazu. Dann könnten Sie doch in ein anderes Restaurant gehen und dort essen«, sagte der Filialleiter. »Die Bücher kommen total durcheinander. Ich meine…«

»Besser du tust, was man dir sagt«, wiederholte ich.

Die drei zogen ab in die Küche und begannen mit der Herstellung der dreißig Big Mäc. Der Student briet die Hamburger, der Filialleiter steckte sie zwischen die Brötchenhälften, und das Mädchen wickelte sie in weißes Einschlagpapier. Währenddessen sprach niemand ein Wort.

Ich lehnte mich an den großformatigen Kühlschrank und richtete die Mündung des Schrotgewehrs auf den Bratrost. Dort lag das Fleisch, eine Reihe brauner Scheiben, und brutzelte. Wie ein Schwarm winziger unsichtbarer Insekten drang der süße Bratgeruch durch alle Poren meines Körpers, mischte sich ins Blut und reiste in alle Ecken und Winkel. Schließlich konzentrierte er sich in der mitten in meinem Körper entstandenen Hungerhöhle und setzte sich an deren rosafarbenen Wänden fest.

Mir war danach, einen oder zwei der Hamburger, die weiß eingeschlagen an der Seite aufgehäuft wurden, zu packen und auf der Stelle zu verschlingen, aber da ich nicht sicher war, ob sich das mit unseren Absichten vertrüge, entschloss ich mich auszuharren, bis auch der letzte der dreißig fertig wäre. In der Küche war es heiß, ich begann unter der Skimütze zu schwitzen.

Während sie die Hamburger zubereiteten, blickten die drei hin und wieder flüchtig in die Gewehrmündung. Ich kratzte mich ab und zu mit dem kleinen Finger der linken Hand am Ohr. Wenn ich aufgeregt bin, juckt es mich da nämlich immer. Sooft ich mich durch die Skimütze hindurch am Ohr kratzte, schwankte der Gewehrlauf unsicher auf und ab, was die drei einigermaßen entsetzte.

Das Gewehr war nicht entsichert, sodass nicht zu befürchten war, dass sich ein Schuss lösen würde, aber das wussten sie natürlich nicht, und ich hatte nicht die Absicht, es ihnen eigens mitzuteilen.

Während die drei die Hamburger zubereiteten und ich sie dabei überwachte, das Gewehr auf den Bratrost gerichtet, schaute meine Frau zu den Gästeplätzen oder beschäftigte sich damit, die Anzahl der fertigen Hamburger zu zählen. Die in das Papier eingeschlagenen Hamburger packte sie ordentlich in Papiertragetaschen. In eine Papiertragetasche gingen fünfzehn Big Mäc.

»Warum tun Sie das nur?«, sagte das Mädchen zu mir. »Sie können doch mit dem Geld fliehen und sich damit alles kaufen, was Ihnen schmeckt. Dreißig Big Mäc essen, wozu soll das denn gut sein?«

Ich wiegte nur den Kopf.

»Uns tut es ja auch leid, aber eine Bäckerei war nicht auf«, erklärte meine Frau dem Mädchen. »Wenn eine auf gewesen wäre, hätten wir schon eine richtige Bäckerei überfallen.«

Diese Erklärung bot zwar, wie mir schien, nicht den geringsten Anhaltspunkt zum Verständnis der Lage, aber sie fragten jedenfalls nicht weiter, brieten schweigend das Fleisch, steckten es in die Brötchen und schlugen die in Papier ein.

Als die dreißig Big Mäc in den zwei Papiertragetaschen verstaut waren, bestellte meine Frau bei dem Mädchen zwei große Cola und legte ihm das Geld dafür hin.

»Außer den Brötchen wollen wir nichts stehlen«, erklärte sie. Das Mädchen vollführte eine komplizierte Kopfbewegung, die sowohl ein Nicken als auch ein Kopfschütteln hätte sein können. Vielleicht hatte sie beide Bewegungen gleichzeitig ausführen wollen.

Irgendwie konnte ich sie sogar verstehen.

Dann zog meine Frau Paketschnur aus der Tasche – sie hatte einfach alles dabei! – und fesselte die drei geschickt an einen Pfeiler, gerade so, als nähte sie Knöpfe an. Die drei hatten wohl eingesehen, dass alles Reden umsonst war, und verharrten in Schweigen. Auch als meine Frau fragte, ob es weh tue oder ob sie vielleicht zur Toilette müssten, sagten sie kein Wort. Ich wickelte das Gewehr in die Decke, meine Frau nahm in jede Hand eine der Tragetaschen mit dem McDonald's-Emblem, und durch einen Spalt im Gitter gelangten wir nach draußen. Auch zu diesem Zeitpunkt schliefen die beiden an dem Plastiktisch noch fest wie Tiefseefische. Ich fragte mich, was in aller Welt wohl ihren kernigen Schlaf würde stören können.

Nach etwa einer halben Stunde Fahrt parkten wir den Wagen auf dem Parkplatz irgendeines Hochhauses, stürzten uns auf die Hamburger und tranken Cola dazu. Ich schickte insgesamt sechs Big Mäcs in Richtung jener Höhle im Magen, meine Frau aß vier. Trotzdem lagen noch zwanzig im Fond. Beim Einsetzen der Morgendämmerung war der intensive Hunger, von dem wir geglaubt hatten, dass er ewig anhalten würde, verschwunden. Die ersten Strahlen der Sonne färbten die schmutzige Fassade des Hochhauses purpurn und ließen einen riesigen Anzeigenturm mit »Sony Beta Hifi«-Werbung grell aufscheinen. Vogelgezwitscher war zu hören und gelegentlich das Brummen vorbeirauschender Fernlaster. Im Far East Network lief Country Music. Wir teilten uns eine Zigarette. Als wir sie geraucht hatten, lehnte meine Frau sanft den Kopf an meine Schulter.

»Sag mal, war das wirklich nötig?«, fragte ich sie noch einmal.

»Natürlich«, antwortete sie. Dann seufzte sie einmal tief und schlief ein. Ihr Körper war leicht und weich wie der einer Katze.

Als ich allein war, lehnte ich mich aus dem Boot und schaute auf den Meeresgrund, aber der Vulkan war nicht mehr zu sehen. Die Wasseroberfläche spiegelte ruhig das Blau des Himmels, nur kleine Wellen nippten an den Außenplanken des Bootes, sacht wie ein im Winde schaukelnder Seidenpyjama.

Ich legte mich der Länge nach ins Boot, schloss die Augen und wartete, dass die Flut mich trüge, wohin ich gehöre.

Schlaf

1

Es ist der siebzehnte Tag ohne Schlaf.

Ich spreche nicht von Schlaflosigkeit. Mit Schlaflosigkeit kenne ich mich etwas aus. Als Studentin litt ich einmal an einer Art Schlaflosigkeit. Ich sage »Art«, weil ich mir nicht wirklich sicher bin, ob die Symptome mit dem übereinstimmen, was man allgemein als Schlaflosigkeit bezeichnet. Wäre ich zum Arzt gegangen, hätte sich vielleicht zumindest herausgestellt, ob es eine war oder nicht. Aber ich ging nicht. Zum Arzt zu gehen würde wahrscheinlich auch nichts nützen, dachte ich. Nicht, dass es irgendeinen Grund gab, das zu denken. Es war bloß eine Intuition. Es würde bestimmt nichts bringen. Deswegen ging ich nicht zum Arzt, und auch meiner Familie und meinen Freunden gegenüber schwieg ich die ganze Zeit. Hätte ich sie um Rat gefragt, hätten sie mich sicher zum Arzt geschickt.

Diese Art Schlaflosigkeit hielt ungefähr einen Monat an. In diesem Monat habe ich nicht ein Mal richtig geschlafen. Am Abend gehe ich ins Bett und will schlafen. Aber schon werde ich wie aus einem bedingten Reflex heraus wieder wach. Sosehr ich mich auch bemühe, ich kann nicht schlafen. Je bewusster ich einschlafen will, desto wacher werde ich. Ich versuche es mit Alkohol und Schlaftabletten, aber ohne Erfolg.

Mit der einsetzenden Morgendämmerung scheine ich endlich einzudösen. Aber man kann es nicht wirklich als Schlaf bezeichnen. Mit meinen Fingerspitzen berühre ich gleichsam den äußersten Rand des Schlafs. Doch sofort ist mein Bewusstsein zur Stelle. Ganz leicht schlummere ich ein. Aber mein Bewusstsein, nur durch eine dünne Wand getrennt, ist hellwach und kontrolliert mich. Während mein

Körper schwankend durch die Morgendämmerung irrt, spürt er den Blick und den Atem meines Bewusstseins ständig neben sich. Ich bin ein sich nach Schlaf sehnender Körper und ein Bewusstsein, das wach bleiben will.

Diese halbe Schläfrigkeit hält den Tag über an. Die ganze Zeit ist mein Kopf wie benebelt. Ich kann den genauen Abstand zwischen den Dingen und ihre Masse nicht mehr erfassen, weiß nicht mehr, wie sie sich anfühlen. Und wie eine Welle überkommt mich in bestimmten Abständen die Schläfrigkeit. In der Bahn, an meinem Tisch in der Uni oder beim Abendessen nicke ich ein, ohne es zu merken. Jäh trennt sich das Bewusstsein von meinem Körper. Lautlos schwankt die Welt. Ich lasse alles Mögliche fallen. Bleistifte, Handtasche, Gabeln stürzen mit Getöse zu Boden. Am liebsten würde ich mich selbst dazulegen und tief schlafen. Aber es geht nicht. Die Wachheit steht ständig neben mir. Ständig spüre ich ihren kalten Schatten. Es ist mein eigener. Seltsam, denke ich schläfrig. Ich stehe in meinem eigenen Schatten. Halb schlafend laufe, esse und spreche ich. Aber sonderbarerweise schien niemand in meiner Umgebung etwas von meinem Grenzzustand zu merken. In diesem einen Monat habe ich sechs Kilo abgenommen. Trotzdem hat niemand in meiner Familie und keiner meiner Freunde etwas gemerkt. Ich lebte die ganze Zeit im Schlaf.

Ich lebte, während ich buchstäblich schlief. Wie bei einer Wasserleiche war jede Empfindung aus meinem Körper gewichen. Alles war dumpf und trübe. Der Zustand, in dem ich in dieser Welt lebte und existierte, war wie eine vage Halluzination. Bei einem Windstoß, glaubte ich, würde mein Körper bis ans Ende der Welt geweht, an einen Flecken am Ende der Welt, den ich nie gesehen und von dem ich nie gehört hatte. Ewig wären mein Körper und mein Bewusstsein voneinander getrennt. Ich wollte mich an etwas festklammern. Aber sosehr ich in meiner Umgebung Ausschau hielt, ich fand nichts, an dem ich mich hätte festhalten können.

Wenn es Abend wurde, überkam mich eine erbarmungslose Wachheit. Ich war ihr vollkommen ausgeliefert. Eine große Macht fesselte mich an ihren Grund. Diese Macht war so stark, dass mir nichts anderes übrig blieb, als gebannt auf den Morgen zu warten. Im Dunkel der Nacht standen meine Augen die ganze Zeit offen. Ich konnte kaum denken. Dem Ticken der Uhr lauschend, starrte ich unverwandt in die dunkler und dann wieder heller werdende Nacht.

Doch eines Tages war es vorbei. Ohne jede Vorankündigung, ohne jeden äußeren Anlass. Beim Frühstück fühlte ich plötzlich eine Schläfrigkeit, als würde ich in Ohnmacht fallen. Ohne ein Wort stand ich vom Stuhl auf. Mir ist, als hätte ich etwas vom Tisch gestoßen und als hätte jemand etwas gesagt. Aber ich erinnere mich an nichts. Wie taumelnd ging ich in mein Zimmer, kroch ohne mich auszuziehen ins Bett und schlief sofort ein. Ich schlief siebenundzwanzig Stunden wie ein Stein. Meine Mutter machte sich Sorgen und schüttelte mich mehrmals. Sie tätschelte meine Wangen. Aber ich wachte nicht auf. Siebenundzwanzig Stunden lang schlief ich unerschütterlich, ohne die Augen aufzumachen. Als ich aufwachte, war ich wieder ich selbst. Vielleicht.

Ich hatte keine Ahnung, warum ich unter Schlaflosigkeit gelitten hatte und warum ich plötzlich wieder davon geheilt war. Es war wie eine tiefschwarze Wolke, die der Wind von weit her herantreibt. In dieser Wolke sitzt völlig verschrumpelt ein mir unbekanntes böses Omen. Niemand weiß, woher es kommt und wohin es geht. Auf jeden Fall kam es, schwebte über meinem Kopf und verschwand wieder.

Aber mein jetziges Nicht-schlafen-Können ist völlig anders. Absolut anders. Ich kann *einfach nicht schlafen*. Noch nicht einmal ein Nickerchen. Doch abgesehen von der Tatsache, dass ich nicht schlafen kann, fühle ich mich ganz normal. Ich bin kein bisschen müde, und mein Bewusstsein ist vollkommen klar. Fast noch klarer als sonst. Auch körperlich gibt es keine Besonderheiten. Ich habe Appetit, spüre keine Müdigkeit. Es gibt wirklich keine Probleme. Nur dass ich nicht schlafen kann.

Weder meinem Mann noch meinem Sohn fällt überhaupt auf, dass ich nie schlafe. Und ich sage auch nichts. Ich würde doch nur zu hören bekommen, ich solle zum Arzt gehen. Und das weiß ich: Es wäre sinnlos, zum Arzt zu gehen. Deswegen sage ich lieber nichts. Es ist genau wie beim letzten Mal, als ich unter Schlaflosigkeit litt. Ich weiß nur eins: Es ist etwas, was ich alleine schaffen muss.

Deswegen merken sie auch nichts. Oberflächlich verläuft mein Leben wie immer. Sehr ruhig, sehr regelmäßig. Nachdem ich am Morgen meinen Mann und meinen Sohn hinausbegleitet habe, fahre ich wie immer mit dem Auto zum Einkaufen. Mein Mann ist Zahnarzt, er hat eine Praxis, ungefähr zehn Minuten mit dem Auto von unserer Wohnung entfernt. Er betreibt sie zusammen mit einem Freund, den er vom Studium her kennt. Sie teilen sich den Techniker und die Sprechstundenhilfe. Hat einer der beiden einmal keinen Termin mehr frei, kann der andere den Patienten übernehmen. Da mein Mann und sein Freund beide sehr tüchtig sind, läuft die Praxis, die sie erst vor fünf Jahren fast ganz ohne Beziehungen aufgemacht haben, ziemlich gut. Mein Mann hat eher zu viel zu tun.

»Ich würde lieber weniger arbeiten. Aber ich kann mich nicht beklagen«, sagt er.

»Ja«, antworte ich. Beklagen können wir uns nicht, das ist wahr. Um die Praxis zu eröffnen, hatten wir bei der Bank einen Kredit aufnehmen müssen, der unsere anfänglichen Vorstellungen weit übertraf. Bei einer Zahnarztpraxis sind kostspielige Investitionen für die Ausstattung nötig. Außerdem ist die Konkurrenz hart. Wenn man eine Praxis aufmacht, stehen die Patienten ja nicht am nächsten Tag Schlange.

Viele Zahnarztpraxen gehen sogar pleite, weil zu wenig Patienten kommen.

Als wir die Praxis aufmachten, waren wir noch jung, ohne Geld und mit einem neugeborenen Baby. Niemand wusste, ob wir in dieser harten Welt überleben könnten. Aber irgendwie haben wir es fünf Jahre lang geschafft. Wir können uns nicht beklagen. Vom Kredit sind noch ungefähr zwei Drittel offen.

»Vielleicht drängeln sich die Patienten ja so, weil du so gut aussiehst«, sage ich. Es ist ein alter Scherz zwischen uns. Ich sage es, weil er nicht im Geringsten gut aussieht. Mein Mann hat eher ein etwas sonderbares Gesicht. Ich denke das auch jetzt noch ab und zu. Warum habe ich bloß einen Mann mit einem so sonderbaren Gesicht geheiratet? Meine Freunde davor haben besser ausgesehen.

Ich kann nicht wirklich erklären, was an seinem Gesicht sonderbar ist. Mein Mann sieht zwar nicht gut aus, aber er ist auch nicht hässlich. Er hat nicht das, was man ein ausdrucksvolles Gesicht nennen würde. Ehrlich gesagt, fällt mir nichts anderes als »sonderbar« ein. Vielleicht passt »ohne erkennbare Züge« noch besser. Aber das allein ist es nicht. Es muss etwas Bestimmtes geben, wodurch sein Gesicht keine erkennbaren Züge hat. Wenn ich es benennen könnte, würde diese »Sonderbarkeit« vielleicht klar werden. Aber das ist mir bisher noch nicht gelungen. Einmal habe ich aus irgendeinem Grund versucht, ihn zu porträtieren. Aber es war unmöglich. Als ich mit dem Bleistift vor dem Blatt Papier saß, konnte ich mich nicht im Mindesten an sein Gesicht erinnern. Ich war etwas schockiert. So lange leben wir schon zusammen, und ich weiß nicht, wie er aussieht. Ich würde ihn natürlich wiedererkennen. Ab und zu taucht sein Gesicht auch vor meinen Augen auf. Aber sobald ich ihn zu malen versuche, kann ich mich an nichts mehr erinnern. Als würde ich gegen eine unsichtbare Wand rennen. Ich weiß mir keinen Rat. Das Einzige, woran ich mich erinnere, ist, dass er ein sonderbares Gesicht hat.

Manchmal ängstigt mich das.

Die meisten Leute mögen ihn gern, was in seiner Branche natürlich wichtig ist. Wäre er nicht Zahnarzt, hätte er bestimmt auch in vielen anderen Berufen Erfolg. Die meisten überkommt unbewusst ein Gefühl der Sicherheit, wenn sie mit ihm sprechen. Ich hatte vorher noch nie so jemanden wie ihn getroffen. Auch meinen Freundinnen gefällt er. Und dass ich ihn mag, ist klar. Ja, ich glaube, ich liebe ihn. Aber ehrlich gesagt, besonders »gefallen« tut er mir nicht.

Auf jeden Fall lacht er ganz natürlich, wie ein Kind. Normalerweise können erwachsene Männer nicht so lachen. Und außerdem hat er, vielleicht versteht sich das von selbst, sehr schöne Zähne.

»Es ist nicht meine Schuld, dass ich so gut aussehe«, sagt mein Mann lächelnd. Es ist immer der gleiche Spruch. Dieser alberne Witz, den nur wir verstehen. Aber mit diesem Witz bestätigen wir sozusagen die Wirklichkeit. Die Wirklichkeit, dass wir es irgendwie geschafft haben. Es ist ein sehr wichtiges Ritual.

Morgens um viertel nach acht fährt er mit seinem Bluebird aus der Garage unseres Apartmenthauses. Unser Sohn sitzt auf dem Beifahrersitz. Die Grundschule liegt auf dem Weg zur Praxis. »Sei vorsichtig«, sage ich. »Mach dir keine Sorgen«, sagt er. Es sind immer die gleichen Sätze. Aber ich kann nicht umhin, sie zu sagen: Sei vorsichtig. Und mein Mann muss antworten: Mach dir keine Sorgen. Er schiebt eine Haydn- oder Mozart-Kassette in die Stereoanlage, und während er die Melodie vor sich hinsummt, startet er den Motor. Winkend fahren die beiden ab. Beide haben eine frappierend ähnliche Art, mit der Hand zu winken. Sie halten ihren Kopf im gleichen Winkel, und mit der Hand, deren Handfläche sie beide in gleicher Weise mir zuwenden, machen sie kleine Bewegungen nach links und rechts. Als ob es jemand mit ihnen einstudiert hätte.

Ich habe mein eigenes Auto, einen gebrauchten Honda City. Ich habe ihn vor zwei Jahren fast umsonst einer Freundin abgekauft. Die Stoßstangen sind verbeult, die Form altmodisch, und an einigen Stellen rostet er. Er hat schon ungefähr 150 000 Kilometer runter. Ab und zu, etwa ein- bis zweimal im Monat, spielt der Anlasser verrückt. Ich kann den Schlüssel noch so oft im Schloss umdrehen, der

Motor springt nicht an. Aber ich würde ihn deshalb nicht extra in die Werkstatt bringen. Wenn man ihn etwa zehn Minuten tröstet und besänftigt, startet der Motor mit einem angenehm satten Brumm. Ist eben so, denk ich mir. Jeder Mensch und jedes Ding hat ein- bis zweimal im Monat einen schlechten Tag. So ist das nun mal im Leben. Mein Mann sagt zu meinem Auto »dein Esel«. Aber er mag es nennen, wie er will, es ist mein Auto.

Ich fahre mit meinem City zum Supermarkt einkaufen. Nach dem Einkauf putze ich und wasche die Wäsche. Dann bereite ich das Mittagessen vor. Ich bemühe mich, morgens alles möglichst rasch und effizient zu erledigen. Wenn es geht, bereite ich auch schon das Abendessen vor. Dann habe ich den ganzen Nachmittag für mich.

Kurz nach zwölf kommt mein Mann zum Essen nach Hause. Er isst nicht gern auswärts. »Es ist voll, das Essen schlecht und hinterher hat man den ganzen Tabakgeruch in den Kleidern«, sagt er. Trotz der Fahrerei isst er lieber zu Hause. Wie dem auch sei, ich koche mittags nichts Aufwendiges. Wenn es noch Essen vom Vortag gibt, mache ich es in der Mikrowelle warm. Gibt es keins mehr, essen wir einfach Soba. Das Essenkochen selbst kostet mich also nicht viel Mühe. Und natürlich ist es viel schöner, mit meinem Mann zusammen zu essen, als alleine schweigend dazusitzen.

Früher, als er die Praxis gerade erst eröffnet hatte, kam es öfters vor, dass der erste Nachmittagstermin frei blieb. Dann gingen wir nach dem Mittagessen oft noch zusammen ins Bett. Es war der schönste Sex mit ihm. Alles um uns herum war still, die milde Nachmittagssonne durchflutete das Zimmer. Wir waren noch viel jünger als heute, und glücklicher.

Auch jetzt sind wir natürlich noch glücklich. Keine Unstimmigkeit trübt unser Familienleben. Ich liebe meinen Mann und vertraue ihm. Glaube ich wenigstens. Und er tut es auch.

Doch langsam, aber sicher verändert sich unsere Art zu leben, da ist nichts zu machen. Jetzt sind die Nachmittagstermine alle besetzt.

Nach dem Essen putzt er sich im Badezimmer die Zähne, steigt in sein Auto und fährt zurück in die Praxis. Tausende, Abertausende von kranken Zähnen warten auf ihn. Aber wir können uns nicht beklagen.

Wenn mein Mann in die Praxis zurückgefahren ist, nehme ich meinen Badeanzug und ein Handtuch und fahre mit dem Auto zu dem in der Nähe gelegenen Sportclub. Dort schwimme ich ungefähr eine halbe Stunde. Ich strenge mich ziemlich an dabei. Nicht dass mir Schwimmen so wahnsinnig viel Spaß machte, ich will nur kein Fett ansetzen. Meine Figur mochte ich schon immer. Mein Gesicht dagegen mochte ich, ehrlich gesagt, noch nie. Ich finde es nicht unbedingt hässlich. Doch ich mag es nicht. Meinen Körper aber mag ich. Ich stehe gern nackt vorm Spiegel und betrachte seine weichen Linien und seine ausgewogene Lebenskraft. Ich habe das Gefühl, als sei etwas für mich sehr Wichtiges darin enthalten. Ich weiß nicht, was es ist, aber ich weiß, dass ich es nicht verlieren möchte.

Ich bin dreißig. Wenn man dreißig wird, merkt man, dass die Welt mit dreißig nicht zu Ende ist. Ich bin nicht gerade froh, älter zu werden, aber manche Sachen werden dadurch auch einfacher. Es ist eine Frage der Einstellung. Aber eins weiß ich sicher: Wenn eine Frau mit dreißig ihren Körper liebt und ihn ernsthaft in Form halten möchte, dann muss sie dafür etwas tun. Ich weiß das von meiner Mutter. Meine Mutter war früher eine schlanke schöne Frau, doch jetzt ist sie das leider nicht mehr. Ich möchte nicht so werden wie sie.

Nach dem Schwimmen verbringe ich den restlichen Nachmittag ganz unterschiedlich. Manchmal gehe ich rüber zum Bahnhof und mache einen Schaufensterbummel. Oder ich fahre zurück nach Hause, setze mich aufs Sofa und lese ein Buch, oder ich höre Radio oder döse einfach ein. Bald kommt dann mein Sohn von der Schule. Ich sorge dafür, dass er sich umzieht, und mache ihm was Kleines zu essen. Wenn er fertig ist, geht er raus und spielt mit seinen Freunden. Er ist erst in der zweiten Klasse, braucht also noch nicht nachmittags in die Paukschule, und ich schicke ihn auch nicht zum Klavierunterricht oder

Ähnlichem. »Lass ihn spielen«, sagt mein Mann. »Beim Spielen wird er ganz von selber groß.« Wenn er geht, sage ich: »Sei vorsichtig.« Und er antwortet: »Mach dir keine Sorgen.« Genau wie mein Mann.

Wenn es Abend wird, fange ich an, das Abendessen vorzubereiten. Mein Sohn kommt spätestens um sechs nach Hause. Er sieht dann Zeichentrickfilme im Fernsehen. Wenn es in der Praxis nicht länger dauert, kommt mein Mann vor sieben zurück. Mein Mann trinkt nicht einen Tropfen Alkohol, und er trifft sich auch nicht gern öfter als notwendig mit anderen. Meist kommt er direkt nach der Arbeit nach Hause.

Beim Essen reden wir drei über das, was wir am Tag erlebt haben. Unser Sohn redet allerdings am meisten. Es ist normal, für ihn ist jedes Ereignis in seiner Umgebung neu und voller Rätsel. Unser Sohn erzählt, und wir geben unsere Meinung dazu ab. Nach dem Essen macht mein Sohn, wozu er gerade Lust hat, er guckt fern, liest ein Buch oder spielt mit meinem Mann irgendein Spiel. Wenn er Hausaufgaben aufhat, verzieht er sich in sein Zimmer und erledigt sie. Um halb neun geht er schlafen. Ich decke ihn ordentlich zu, streiche ihm über das Haar, sage »Gute Nacht« und lösche das Licht.

Die Zeit danach gehört meinem Mann und mir. Mein Mann sitzt auf dem Sofa, liest die Abendausgabe der Zeitung und erzählt mir ab und zu etwas – von seinen Patienten oder über das, was in der Zeitung steht. Danach hört er Haydn oder Mozart. Ich höre auch gern Musik, aber ich kann Haydn und Mozart nie auseinanderhalten. Sie hören sich für mich fast gleich an. Wenn ich ihm das sage, sagt mein Mann, dass man den Unterschied nicht unbedingt kennen muss. »Es ist einfach schön. Das reicht doch, oder.«

»So wie du«, sage ich.

»Ja, so wie ich«, sagt er mit einem Lachen. Er scheint sehr zufrieden.

Das ist mein Leben. Das heißt mein Leben, bevor ich aufhörte zu schlafen. Eigentlich war fast jeder Tag gleich. Ich führte ein kleines Tagebuch, doch wenn ich einmal zwei, drei Tage die Eintragungen vergessen hatte, konnte ich schon nicht mehr auseinanderhalten, was an welchem Tag geschehen war. Wenn gestern vorgestern wäre, würde es mir nicht auffallen. Manchmal frage ich mich, was das für ein Leben ist. Ich empfinde es nicht als leer. Ich wundere mich einfach nur. Darüber, dass sich gestern und vorgestern nicht unterscheiden lassen. Darüber, dass ich Teil eines solchen Lebens bin und davon verschluckt werde. Darüber, dass meine eigenen Fußspuren vom Wind fortgeweht werden, ehe ich Zeit habe, sie zu betrachten. In solchen Momenten gehe ich ins Badezimmer und betrachte mein Gesicht im Spiegel. Ich sehe es ungefähr eine Viertelstunde lang an. Ich lasse meinen Kopf ganz leer werden und denke an nichts. Ich starre in mein Gesicht wie in einen rein physischen Gegenstand. Langsam löst es sich von mir. Es wird zu etwas, das einfach gleichzeitig mit mir existiert. Ich weiß, das ist die Gegenwart. Fußspuren spielen hier keine Rolle. Realität und ich existieren gleichzeitig, das ist das Wichtigste.

Aber jetzt kann ich nicht mehr schlafen. Seit ich nicht mehr schlafen kann, führe ich auch kein Tagebuch mehr.

2

Ich erinnere mich klar und deutlich an die erste Nacht, in der ich nicht mehr schlafen konnte. Ich hatte einen schrecklichen Traum. Einen finsteren, ekligen Traum. An den Inhalt erinnere ich mich nicht, was mir aber im Gedächtnis blieb, ist dieses unheimliche, unglückverheißende Gefühl. Am Höhepunkt des Traums wachte ich auf. Ich war mit einem Schlag wach, als sei ich im äußersten Moment der Gefahr gerade noch rechtzeitig zurückgerissen worden, bevor ich nicht mehr aus dem Traum hätte zurückkehren können. Eine Weile rang ich keuchend nach Atem. Meine Arme und Beine waren taub und ließen sich nicht richtig bewegen. Starr und wie in einer Höhle lag ich da, nur mein eigener Atem war auffällig laut.

Es war nur ein Traum, sagte ich zu mir selbst. Das Gesicht starr nach oben gewandt, wartete ich darauf, dass mein Atem sich wieder beruhigte. Mein Herz schlug heftig, und wie ein Blasebalg spannten sich meine Lungen und zogen sich wieder zusammen, um es rasch mit Blut zu versorgen. Mit der Zeit aber nahmen die Schwingungen ab und hörten dann ganz auf. Ich fragte mich, wie viel Uhr es wohl sei. Ich wollte auf meine Uhr neben dem Kopfkissen gucken, doch ich konnte meinen Kopf nicht richtig drehen. In dem Moment meinte ich an meinen Füßen etwas zu sehen, einen undeutlichen, schwarzen Schatten. Ich hielt den Atem an. Mein Herz, meine Lungen, alles in meinem Körper schien zu erstarren. Bewegungslos sah ich auf den Schatten.

Unter meinem Blick nahm der Schatten jäh, als habe er darauf gewartet, klare Formen an. Die Umrisse wurden deutlich, das Innere füllte sich mit Substanz, dann wurden auch die Einzelheiten sichtbar. Es war ein abgemagerter alter Mann in eng anliegender schwarzer Kleidung. Seine Haare waren grau und kurz, seine Wangen eingefallen. Der Alte stand starr an meinen Füßen. Er fixierte mich mit seinen durchdringenden Augen. Er hatte riesige Augen, in denen ich deutlich die sich abzeichnenden roten Äderchen erkennen konnte. Aber sein Gesicht war völlig ohne Ausdruck. Es sagte mir nichts. Es war leer wie ein Loch.

Das ist kein Traum, dachte ich. Aus dem Traum war ich ja bereits erwacht. Und ich war nicht nur halb wach, sondern meine Augen waren weit aufgerissen. Nein, dies ist kein Traum. *Es ist Wirklichkeit*. Ich versuchte, mich zu bewegen. Vielleicht sollte ich meinen Mann wecken oder das Licht anmachen. Aber wie sehr ich mich auch anstrengte, ich konnte mich nicht bewegen. Ich konnte noch nicht einmal einen Finger rühren. Als mir klar wurde, dass ich zu keiner Bewegung fähig war, überfiel mich plötzlich Angst. Eine archaische grauenvolle Angst, die lautlos wie Kälte aus der bodenlosen Quelle des Gedächtnisses aufstieg. Diese Kälte drang bis in das Mark meiner Existenz. Ich wollte schreien. Aber ich brachte keinen Laut heraus. Ich konnte noch nicht einmal meine Zunge bewegen. Das Einzige, was ich konnte, war, den alten Mann anzustarren.

Er hielt irgendetwas in der Hand. Etwas Schmales, Langes, mit einer Rundung. Es schimmerte weiß. Ich starrte es an, und dieses *Etwas* begann deutlich zu werden. Es war ein Krug. Der alte Mann zu meinen Füßen hielt einen Wasserkrug. Einen altmodischen irdenen Wasserkrug. Bald darauf hob er ihn hoch und begann, Wasser auf meine Füße zu gießen. Doch ich spürte auch das Wasser nicht. Ich sah, wie das Wasser auf meine Füße floss. Ich hörte es auch. Aber meine Füße fühlten nichts.

Der alte Mann goss unaufhörlich Wasser auf meine Füße. Seltsamerweise wurde das Wasser im Krug, so viel er auch goss, nicht alle. Ich dachte, dass meine Füße langsam faulen und sich auflösen würden. Das wäre nicht verwunderlich, da sie so lange mit Wasser begossen wurden. Bei der Vorstellung meiner faulenden und sich auflösenden Füße hielt ich es nicht länger aus.

Ich schloss meine Augen und ließ einen Schrei los, so laut ich konnte.

Aber der Schrei drang nicht nach außen. Meine Zunge brachte die Luft nicht zum Vibrieren. Er hallte nur lautlos im Innern meines Körpers wider. Dieser lautlose Schrei tobte durch meinen Körper und ließ mein Herz stillstehen. Einen Moment lang wurde alles in meinem Kopf weiß. Der Schrei drang in jede Zelle meines Körpers. Irgendetwas starb in mir, irgendetwas löste sich auf. Wie der Blitz einer Explosion verbrannte dieses luftleere Beben alles, was mit meiner Existenz zu tun hatte.

Als ich meine Augen öffnete, war der alte Mann verschwunden. Auch der Krug war fort. Ich sah auf meine Füße. Nichts auf dem Bett deutete auf vergossenes Wasser hin. Die Decke war absolut trocken. Ich hingegen war schweißgebadet. So nass, dass es mich schaudern machte. Es war mir unvorstellbar, dass ein einzelner Mensch so viel Schweiß produzieren konnte. Aber es gab keinen Zweifel, es war mein Schweiß.

Ich bewegte einen Finger nach dem anderen. Ich bewegte meine Arme und meine Beine. Ich ließ meine Füße kreisen und beugte meine Knie. Es ging zwar nicht so leicht, aber es ging. Nachdem ich meinen ganzen Körper einmal sorgfältig überprüft hatte, setzte ich mich vorsichtig auf. Im trüben Licht, das von der Straßenlaterne hereinfiel, ließ ich meine Augen durch alle Ecken des Zimmers wandern. Der alte Mann war nirgends zu entdecken.

Auf der Uhr neben dem Kopfkissen war es halb eins. Ich war kurz vor elf ins Bett gegangen, hatte also nur etwa eineinhalb Stunden geschlafen. Neben mir schlief mein Mann tief und fest. Er schlief so fest und leise, als sei er bewusstlos. Wenn mein Mann einmal schläft, kann ihn fast nichts mehr aus dem Schlaf holen.

Ich stand auf, ging ins Badezimmer, zog mein schweißnasses Nachthemd aus, warf es in die Waschmaschine und duschte. Ich trocknete mich ab und nahm einen neuen Pyjama aus dem Schrank. Dann knipste ich die Stehlampe im Wohnzimmer an, setzte mich aufs Sofa und trank ein ganzes Glas Cognac. Eigentlich trinke ich fast nie Alkohol. Es ist nicht wie bei meinem Mann, der aufgrund seiner körperlichen Konstitution keinen Alkohol verträgt. Früher habe ich sogar relativ viel getrunken, aber nach meiner Heirat hörte ich plötzlich auf. Manchmal, wenn ich nicht schlafen kann, trinke ich einen Schluck Cognac. Doch in dieser Nacht brauchte ich ein ganzes Glas, um meine angegriffenen Nerven zu beruhigen.

Im Schrank stand eine Flasche Rémy Martin, der einzige Alkohol in unserem Haushalt. Irgendjemand hatte sie uns geschenkt, aber es war schon so lange her, dass ich vergessen hatte, wer es gewesen war. Die Flasche war mit einer dünnen Staubschicht bedeckt. Da wir keine Cognacgläser hatten, nahm ich ein normales Glas und trank in kleinen Schlucken.

Mein Körper zitterte noch leicht, aber die Angst wurde langsam weniger.

Vielleicht war es eine Trance, dachte ich. Ich kannte so etwas nicht, aber eine Freundin aus der Unizeit hatte das schon mal erlebt. Alles sei unheimlich deutlich, hatte sie erzählt, man glaube gar nicht, dass es ein Traum sei. »Ich habe damals nicht geglaubt, dass es ein Traum ist, und kann es noch immer nicht glauben.« Mir ging es jetzt ebenso. Sicherlich war es ein Traum. Aber eine Art Traum, der kein Traum zu sein schien.

Obwohl die Angst abnahm, hörte mein Körper nicht auf zu zittern. Meine Haut zitterte immer noch, so wie Ringe auf dem Wasser nach einem Erdbeben. Das leichte Zittern war genau zu sehen. Das liegt an dem Schrei, dachte ich. Der lautlose Schrei war in meinem Innern eingeschlossen und ließ meinen Körper erbeben.

Ich schloss die Augen und trank noch einen Schluck Cognac. Ich spürte, wie die warme Flüssigkeit von meiner Kehle in den Magen rann. Ich spürte es ganz deutlich.

Auf einmal machte ich mir Sorgen um meinen Sohn. Sofort begann mein Herz wieder zu klopfen. Ich stand vom Sofa auf und lief in sein Zimmer. Aber er schlief tief und fest, eine Hand über dem Mund, die andere zur Seite ausgestreckt. Er schlief genauso friedlich wie mein Mann. Ich deckte ihn richtig zu. Was immer auch meinen Schlaf so grausam gestört haben mochte, es schien jedenfalls nur mich überfallen zu haben. Mein Mann und mein Sohn hatten nichts gemerkt.

Ich ging zurück ins Wohnzimmer und lief ein wenig herum. Ich fühlte nicht die geringste Müdigkeit.

Ich überlegte, ob ich noch ein Glas Cognac trinken sollte. Ich wollte noch mehr trinken. Ich wollte meinen Körper noch mehr wärmen, meine Nerven noch mehr beruhigen, und ich wollte noch einmal diesen klaren starken Geschmack im Mund spüren. Doch nach kurzem Zögern entschied ich mich dagegen. Ich mochte nicht am nächsten

Morgen noch betrunken sein. Ich stellte den Cognac in den Schrank zurück, trug das Glas in die Küche und wusch es ab. Ich nahm ein paar Erdbeeren aus dem Eisschrank und aß sie.

Das Zittern auf meiner Haut war fast verschwunden.

Was war das nur für ein alter schwarz gekleideter Mann, überlegte ich. Er war mir vollkommen unbekannt. Auch seine schwarze Kleidung war so seltsam, wie ein eng anliegender Trainingsanzug, doch zugleich altmodisch. Ich hatte so ein Kleidungsstück noch nie gesehen. Und seine Augen, blutunterlaufene Augen, die nicht ein einziges Mal geblinzelt hatten. Wer war das? Und warum hatte er Wasser auf meine Füße gegossen? Warum musste er das tun?

Ich hatte nicht die geringste Ahnung. Es gab keine Erklärung dafür.

Als meine Freundin in Trance geriet, hatte sie im Haus ihres Verlobten übernachtet. Während sie schlief, tauchte ein ungefähr fünfzigjähriger, verärgert dreinblickender Mann auf und befahl ihr, das Haus zu verlassen. Sie konnte sich damals vor Schreck nicht bewegen. Und sie war auch völlig nassgeschwitzt. Für sie bestand kein Zweifel daran, dass es der Geist des verstorbenen Vaters ihres Verlobten war, der ihr befahl, das Haus zu verlassen. Aber als sie sich am nächsten Tag von ihrem Verlobten ein Foto des Vaters zeigen ließ, sah dieser völlig anders aus. »Ich war wahrscheinlich sehr angespannt«, sagte sie, »das hat die Trance ausgelöst.«

Aber ich bin nicht angespannt. Und außerdem ist dies mein Haus. Es gibt hier nichts, was mich bedrohen könnte. Warum musste ich jetzt hier in Trance fallen?

Ich schüttelte den Kopf. Denk nicht mehr darüber nach. Denken nützt nichts. Es war nur ein realistischer Traum. Wahrscheinlich war ich bloß erschöpft. Bestimmt war das Tennisspielen von vorgestern daran schuld. Nach dem Schwimmen hatte ich im Sportclub eine Freundin getroffen, die mich zum Tennis einlud, und ich hatte es etwas übertrieben. Meine Arme und Beine waren eine Weile danach noch ganz schlapp gewesen.

Als ich die Erdbeeren aufgegessen hatte, legte ich mich aufs Sofa und schloss probehalber die Augen.

Ich war nicht im Mindesten müde.

Also gut, dachte ich. Ich bin absolut nicht müde.

Ich könnte ein Buch lesen, bis ich müde würde. Ich ging ins Schlafzimmer und suchte mir im Bücherregal einen Roman aus. Obwohl ich dafür das Licht anknipste, rührte sich mein Mann kein bisschen. Ich entschied mich für »Anna Karenina«. Ich hatte irgendwie Lust auf einen langen russischen Roman. »Anna Karenina« hatte ich vor langer Zeit als Gymnasiastin schon einmal gelesen. An die Geschichte erinnerte ich mich nicht mehr, nur noch die erste Zeile war mir im Gedächtnis geblieben und die letzte Szene, in der sich die Heldin vor den Zug wirft. Der Anfang hieß, glaube ich: »Alle glücklichen Familien gleichen einander, jede unglückliche Familie ist auf ihre eigene Weise unglücklich.« Außerdem gab es gleich zu Beginn eine Szene, die den Höhepunkt, den Selbstmord der Heldin, andeutet. Und spielte nicht eine Szene auf einer Rennbahn? Oder war das ein anderer Roman?

Jedenfalls ging ich zum Sofa zurück und öffnete das Buch. Es musste Jahre her sein, dass ich so in aller Ruhe und konzentriert ein Buch gelesen hatte. Natürlich hatte ich manchmal in meiner freien Zeit am Nachmittag für eine halbe oder eine Stunde in einem Buch gelesen. Aber man kann das nicht wirklich lesen nennen. Auch wenn ich ein Buch las, dachte ich im nächsten Moment schon wieder an etwas anderes – an meinen Sohn oder ans Einkaufen, daran, dass der Eisschrank nicht ganz in Ordnung war oder daran, was ich zur Hochzeit der Verwandten tragen sollte, oder an die Magenoperation meines Vaters vor einem Monat. Unwillkürlich kamen mir diese alltäglichen Dinge in den Sinn und dehnten sich immer weiter aus. Nach einer Weile bemerkte ich, dass nur die Zeit verstrichen war, ich aber kaum eine Seite weitergelesen hatte.

Ohne es zu merken, hatte ich mich an ein Leben ohne Bücher gewöhnt. Als ich jetzt darüber nachdachte, schien mir das sehr seltsam.

Seit meiner Kindheit war Lesen der Mittelpunkt meines Lebens gewesen. In meiner Grundschulzeit hatte ich jedes Buch aus der Bücherei verschlungen, und fast mein ganzes Taschengeld war für Bücher draufgegangen. Ich sparte sogar am Essen, um Bücher zu kaufen, die ich lesen wollte. In der Mittelschule und auch im Gymnasium gab es niemanden, der so viel gelesen hatte wie ich. Ich war die mittlere von fünf Geschwistern, meine beiden Eltern arbeiteten und waren sehr beschäftigt, sodass keiner aus meiner Familie mir groß Beachtung schenkte. Ich konnte allein vor mich hinlesen, so viel ich wollte. Ich bewarb mich immer bei den Aufsatzwettbewerben über Bücher, denn ich wollte die Buchgutscheine gewinnen. Meistens gewann ich sie. In der Universität studierte ich englische Literatur und hatte auch dort gute Noten. Meine Abschlussarbeit über Katherine Mansfield wurde mit der besten Note bewertet, und mein Professor empfahl mir, weiterzustudieren. Aber ich wollte damals raus ins Leben, und schließlich wusste ich selbst ganz genau, dass ich kein Wissenschaftler war. Ich las nur gerne Bücher. Und selbst wenn ich an der Universität hätte bleiben wollen, verfügte meine Familie doch nicht über die nötigen finanziellen Mittel, um mich promovieren zu lassen. Nicht dass wir arm gewesen wären, aber nach mir kamen noch zwei Schwestern. Also musste ich, nachdem ich mit dem Studium fertig war, von zu Hause ausziehen und selbst für mich sorgen. Ich musste, im wahrsten Sinne des Wortes, von meiner Hände Arbeit leben.

Wann hatte ich das letzte Mal ein Buch gelesen? Und was für ein Buch war das? Sosehr ich auch nachdachte, ich konnte mich noch nicht einmal an einen Titel erinnern. Warum veränderte sich ein Leben so vollständig? Wohin war mein früheres Ich verschwunden, das wie besessen Bücher verschlungen hatte? Was hatten diese Jahre und diese schon fast sonderbare, extreme Leidenschaft für mich bedeutet?

In dieser Nacht aber las ich »Anna Karenina« mit voller Konzentration. Wie betäubt las ich Seite um Seite. Nachdem ich ohne Unterbrechung bis zu der Szene gelesen hatte, wo sich Anna Karenina und Wronski am Bahnhof zum ersten Mal begegnen, legte ich ein Lesezeichen in das Buch und holte erneut die Flasche Cognac. Ich goss mir ein Glas ein und trank.

Es war mir beim ersten Lesen nicht aufgefallen, aber jetzt kam mir der Roman irgendwie seltsam vor. Die Heldin des Romans, Anna Karenina, taucht bis Seite 116 nicht ein einziges Mal auf. Hatte das die Leser der damaligen Zeit nicht verwundert? Ich dachte eine Weile darüber nach. Ertrugen die Leser die ewig andauernde Beschreibung der langweiligen Figur Oblonskij und warteten gespannt auf den Auftritt der schönen Heldin? Vielleicht. Wahrscheinlich hatten die Menschen damals viel mehr Zeit. Oder jedenfalls die aus den Schichten, die Romane lasen.

Auf einmal sah ich, dass die Uhr schon drei zeigte. Drei Uhr? Ich war noch kein bisschen müde.

Was soll ich machen, dachte ich.

Ich bin nicht im Geringsten müde. Ich könnte ewig so weiterlesen. Ich wüsste wahnsinnig gerne, wie es weitergeht. Aber ich muss schlafen.

Mir fiel jene Zeit ein, als ich schon einmal von Schlaflosigkeit geplagt worden war. Die Zeit, in der ich den ganzen Tag wie in eine neblige Wolke gehüllt vor mich hin gelebt hatte. Nicht noch einmal. Damals war ich Studentin, da war das noch möglich. Aber jetzt ist das anders. Ich bin Ehefrau und Mutter. Ich trage Verantwortung. Ich muss das Mittagessen für meinen Mann machen, und ich muss für meinen Sohn sorgen.

Auch wenn ich jetzt ins Bett ginge, würde ich wahrscheinlich kein Auge zumachen können. Das wusste ich. Ich schüttelte den Kopf. So ist es nun mal, sagte ich mir. Ich bin kein bisschen müde, und ich würde gern das Buch weiterlesen. Ich seufzte und sah auf das Buch vor mir.

Ich las in »Anna Karenina«, bis die Sonne aufging. Anna und Wronski sehen einander auf dem Ball und verfallen ihrer fatalen Liebe. Als Anna auf der Rennbahn – es gab also wirklich eine Rennbahn – Wronski vom Pferd stürzen sieht und völlig aufgelöst ist, gesteht sie ihrem Mann ihre Untreue. Ich saß zusammen mit Wronski auf dem Pferd und setzte mit ihm über die Hürden, und ich hörte die Leute ihm zujubeln. Von den Zuschauerreihen aus sah ich Wronski vom Pferd stürzen. Als es draußen hell wurde, legte ich das Buch zur Seite und kochte mir in der Küche einen Kaffee. Die Szenen aus dem Roman, die immer noch in meinem Kopf herumschwirrten, und ein plötzliches Hungergefühl machten jeden Gedanken unmöglich. Es war, als wären Bewusstsein und Körper auseinandergedriftet und irgendwo eingerastet. Ich schnitt mir zwei Scheiben Brot ab, bestrich sie mit Butter und Senf und machte mir ein Käse-Sandwich. Ich aß im Stehen vor dem Spülbecken. Es kam äußerst selten vor, dass ich solchen Hunger hatte. Ich war so wahnsinnig hungrig, dass mir das Atmen schwerfiel. Nach dem einen Sandwich hatte ich immer noch Hunger. Ich machte mir ein zweites, aß auch dieses und trank noch einen Kaffee.

3

Meinem Mann sagte ich nichts über die Trance und darüber, dass ich bis zum Morgen kein Auge zugetan hatte. Nicht dass ich irgendetwas vor ihm verbergen wollte. Ich fand es einfach unnötig, ihm davon zu erzählen. Und auch wenn ich es ihm erzählt hätte, ich hatte doch schließlich bloß eine Nacht nicht geschlafen. Das kann jedem mal passieren.

Wie jeden Morgen machte ich meinem Mann seine Tasse Kaffee und gab meinem Sohn heiße Milch zu trinken. Mein Mann aß einen Toast, mein Sohn Cornflakes. Mein Mann überflog die Morgenzeitung, und mein Sohn summte ein Lied, das er gerade gelernt hatte. Dann stiegen sie in den Bluebird und fuhren ab. »Sei vorsichtig«, sagte ich. »Mach dir keine Sorgen«, sagte mein Mann. Beide winkten. Genau wie immer.

Als sie weg waren, setzte ich mich aufs Sofa und überlegte, was jetzt zu tun sei. Was sollte ich tun? Was musste ich tun? Ich ging in die Küche, machte die Tür vom Eisschrank auf und inspizierte den Inhalt. Selbst wenn ich heute nicht einkaufen ginge, wäre das kein Problem. Es gab Brot, Milch, Eier, und im Gefrierfach war auch noch Fleisch. Es gab Gemüse. Bis morgen Mittag war genug da.

Ich hatte etwas bei der Bank zu erledigen, aber das musste nicht unbedingt heute sein. Ich konnte es genauso gut morgen machen.

Ich setzte mich wieder aufs Sofa und las weiter »Anna Karenina«. Erst bei der jetzigen zweiten Lektüre fiel mir auf, dass ich eigentlich fast nichts vom Inhalt des Buches behalten hatte. An die meisten der auftretenden Personen und die meisten Szenen erinnerte ich mich nicht. Ich hatte das Gefühl, als würde ich ein mir völlig unbekanntes Buch lesen. Seltsam, dachte ich. Ich war beim Lesen sicherlich sehr berührt gewesen, und doch war nichts davon geblieben. Jede Erinnerung an Schauder oder Erregung, die ich damals empfunden haben musste, war fein säuberlich, ohne dass ich es bemerkt hatte, verlöscht.

Was für eine Bedeutung besaßen dann überhaupt jene unzähligen Stunden, die ich damals mit Lesen verbracht hatte?

Ich unterbrach meine Lektüre und sann eine Weile darüber nach. Doch ich fand keine Antwort, und kurz darauf hatte ich auch schon vergessen, worüber ich eigentlich nachdachte. Ich merkte nur plötzlich, dass ich geistesabwesend auf den Baum vorm Fenster blickte. Ich schüttelte den Kopf und las weiter.

Kurz nach der Mitte des ersten Bandes entdeckte ich ein paar vertrocknete Schokoladenkrümel zwischen den Seiten. Ich hatte also Schokolade gegessen, als ich das Buch damals las. Bücher zu lesen und dabei zu essen war eins meiner größten Vergnügen gewesen. Mir fiel auf, dass ich seit meiner Heirat kein Stück Schokolade mehr angerührt hatte. Mein Mann mag es nicht, wenn ich Süßigkeiten esse, und auch meinem Sohn geben wir nur selten welche. Daher gibt es in unserem Haushalt nichts dergleichen.

Als ich diese weiß verfärbten Schokoladenkrumen von vor über zehn Jahren betrachtete, überkam mich das dringende Bedürfnis nach Schokolade. Ich wollte wie früher »Anna Karenina« lesen und dabei Schokolade essen. Ich hatte das Gefühl, als ziehe sich jede Faser in meinem Körper vor Verlangen nach Schokolade zusammen.

Ich warf mir eine Strickjacke über und fuhr mit dem Aufzug nach unten. Dann ging ich zu dem Süßigkeitengeschäft in der Nähe und kaufte zwei der am süßesten aussehenden Milchschokoladen. Kaum war ich aus dem Laden raus, machte ich eine auf und aß davon. Der Geschmack von Milchschokolade breitete sich in meinem Mund aus. Ich konnte spüren, wie die pure Süße von jeder Zelle meines Körpers aufgesogen wurde. Im Aufzug steckte ich mir ein zweites Stück in den Mund.

Ein Geruch von Schokolade schwebte in der Luft.

Ich setzte mich wieder aufs Sofa und las, Schokolade kauend, weiter in »Anna Karenina«. Ich war kein bisschen müde. Ich fühlte mich auch sonst nicht erschöpft. Ich hätte ewig so weiterlesen können. Als ich die erste Schokolade aufgegessen hatte, öffnete ich das Papier der zweiten und aß die Hälfte. Nach ungefähr zwei Dritteln des ersten Bandes sah ich auf die Uhr. Es war zwanzig vor zwölf.

Zwanzig vor zwölf?

Gleich würde mein Mann nach Hause kommen. Überstürzt schlug ich das Buch zu und eilte in die Küche. Ich füllte Wasser in einen Topf und zündete das Gas an. Dann schnitt ich ein paar Schalotten und stellte die Soba zum Kochen bereit. Bis das Wasser kochte, weichte ich einige getrocknete Algen in Wasser ein und machte sie mit Essig an. Ich nahm den Tofu aus dem Eisschrank und bereitete ihn in Würfeln geschnitten als Hiyayakko zu. Zum Schluss ging ich ins Badezimmer und putzte mir die Zähne, um den Schokoladengeruch loszuwerden.

Fast im gleichen Moment, als das Wasser kochte, kam mein Mann zur Tür herein. Er sei früher als erwartet fertig gewesen, sagte er.

Wir aßen zu zweit die Soba. Mein Mann erzählte dabei von einem zahnmedizinischen Gerät, das er sich vielleicht anschaffen wolle, eine Maschine, mit der sich viel besser und auch schneller als mit allen herkömmlichen Geräten Zahnstein entfernen ließe. Das Gerät sei natürlich dementsprechend teuer, meinte er, aber es würde sich auszahlen. In letzter Zeit kämen immer mehr Leute nur, um sich Zahnstein entfernen zu lassen. »Was hältst du davon«, fragte er mich. Ehrlich gesagt, hatte ich keine Lust, über Zahnstein nachzudenken, ich wollte beim Essen weder etwas darüber hören noch groß darüber nachdenken.

Ich war in meinen Gedanken mit Wronskis Hindernislauf beschäftigt. Über Zahnstein wollte ich wirklich nicht nachdenken. Aber das konnte ich ihm natürlich nicht sagen. Es war ihm ernst mit seiner Frage. Ich erkundigte mich nach dem Preis der Maschine und tat, als würde ich darüber nachdenken. »Du solltest es kaufen, wenn du es brauchst«, sagte ich. »Mit dem Geld wird das schon irgendwie klappen. Außerdem gibst du es ja nicht für irgendein Vergnügen aus.«

»Das stimmt«, sagte er. »Ich gebe es nicht für irgendein Vergnügen aus«, wiederholte er meine Worte. Dann aß er schweigend weiter seine Soba.

Auf dem Baum vorm Fenster saßen zwei große Vögel auf einem Ast und krächzten. Ich sah ihnen gedankenverloren zu. Ich war nicht müde, kein bisschen müde. Wieso bloß?

Während ich den Tisch abräumte, saß mein Mann auf dem Sofa und las Zeitung. Neben ihm lag »Anna Karenina«, aber er schien es nicht zu bemerken. Es interessierte ihn nicht, ob ich ein Buch las oder nicht.

Als ich mit dem Abwasch fertig war, sagte mein Mann: »Ich habe noch eine nette Überraschung, rate mal, was.«

»Weiß ich nicht«, antwortete ich.

»Der erste Patient heute Nachmittag hat abgesagt. Ich habe also bis halb zwei frei.« Er lächelte.

Trotz einigen Nachdenkens verstand ich nicht, was daran eine nette Überraschung sein sollte. Wieso kam ich nicht drauf?

Erst als mein Mann aufstand und mich ins Schlafzimmer lockte, wurde mir klar, dass er mit mir schlafen wollte. Aber ich war absolut nicht in der Stimmung. Ich verstand überhaupt nicht, warum ich so etwas machen sollte. Ich wollte so schnell wie möglich zu meinem Buch zurück. Ich wollte allein auf dem Sofa liegen und Schokolade kauend »Anna Karenina« lesen. Beim Abwaschen hatte ich die ganze Zeit über Wronski nachgedacht und darüber, wieso es Tolstoi gelang, all seine Charaktere so vortrefflich zu führen. Tolstoi schrieb mit einer bewundernswerten Präzision. Doch genau dadurch war seinen Beschreibungen eine Erlösung verwehrt. Und diese Erlösung schließlich …

Ich schloss meine Augen und presste die Finger gegen die Schläfen. »Tut mir leid, aber ich habe seit heute Morgen etwas Kopfschmerzen«, sagte ich, »wirklich nicht nett von mir.« Da ich manchmal unter ziemlichen Kopfschmerzen litt, akzeptierte mein Mann das ohne Weiteres. »Du solltest dich etwas hinlegen und ausruhen«, meinte er. »So schlimm ist es nicht«, erwiderte ich. Bis kurz nach eins saß er auf dem Sofa, hörte Musik und las Zeitung. Er redete weiter über medizinische Geräte. Man kaufe die modernsten und teuersten Geräte, aber nach ein paar Jahren seien sie schon wieder überholt. Dann müsse man wieder alles neu anschaffen. Die Einzigen, die davon profitierten, seien die Hersteller der medizinischen Geräte – diese Art von Gespräch. Hin und wieder bekundete ich meine Zustimmung, aber ich hörte kaum zu.

Als mein Mann gegangen war, faltete ich die Zeitung zusammen und brachte die Sofakissen durch Klopfen wieder in ihre alte Form. Ich lehnte mich an den Fensterrahmen und blickte durchs Zimmer. Was war los? Warum wurde ich nicht müde? Früher hatte ich öfters die Nächte durchgemacht, aber so lange war ich noch nie wach geblieben. Normalerweise wäre ich schon viel früher eingeschlafen, oder zumindest wäre ich todmüde. Doch ich spürte nicht die geringste Müdigkeit, und mein Kopf war absolut klar. Ich ging in die Küche und trank einen aufgewärmten Kaffee. Ich überlegte, was ich machen sollte. Natürlich wollte ich »Anna Karenina« weiterlesen. Zugleich aber wollte ich wie gewöhnlich zum Schwimmen gehen. Nach einigem Hin und Her entschied ich mich fürs Schwimmen. Es ist schwer zu erklären, aber ich wollte etwas aus meinem Körper ausstoßen, indem ich ihn bis zum Exzess trieb. *Ausstoßen.* Was will ich eigentlich ausstoßen? Ich dachte darüber nach. *Was will ich ausstoßen?*

Ich wusste es nicht.

Doch dieses Etwas schwebte wie eine Möglichkeit undeutlich in meinem Körper. Ich wollte es benennen, aber mir kam kein Wort dafür in den Sinn. Worte zu finden ist nicht meine Stärke. Tolstoi hätte bestimmt genau das richtige Wort gefunden.

Ich packte jedenfalls wie immer meinen Badeanzug in die Tasche, stieg in den City und fuhr zum Sportclub. Im Schwimmbad war niemand, den ich kannte. Nur ein junger Mann und eine etwas ältere Frau waren im Becken. Ein Bademeister betrachtete gelangweilt die Wasseroberfläche.

Ich zog meinen Badeanzug an, setzte die Schwimmbrille auf und schwamm wie gewöhnlich dreißig Minuten. Aber dreißig Minuten waren nicht genug. Ich schwamm noch mal fünfzehn Minuten. Zum Schluss kraulte ich noch mit voller Kraft zwei Bahnen. Ich war außer Atem, aber mein Körper schien noch immer vor Energie zu schäumen. Als ich aus dem Schwimmbad stieg, starrten mir die anderen nach.

Da es noch vor drei war, fuhr ich mit dem Auto zur Bank und erledigte meine Sachen. Ich überlegte, ob ich noch beim Supermarkt vorbeifahren und den Einkauf machen sollte, aber ich ließ es sein und fuhr nach Hause zurück. Dort nahm ich mir wieder »Anna Karenina« vor und aß die restliche Schokolade. Als um vier mein Sohn nach Hause kam, gab ich ihm ein Glas Saft und etwas selbstgemachte Obstgrütze. Dann begann ich mit den Vorbereitungen fürs Abendessen. Zuerst nahm ich das Fleisch aus dem Tiefkühlfach, taute es auf, schnitt das Gemüse und legte alles zum Fritieren bereit. Danach kochte ich Miso-Suppe und Reis. Alle Arbeiten verrichtete ich schnell und effizient.

Dann las ich wieder weiter in »Anna Karenina«.

Ich war nicht müde.

4

Um zehn ging ich zusammen mit meinem Mann ins Bett. Ich tat, als wolle ich schlafen. Mein Mann schlief sofort ein, fast im selben Moment, in dem er die Lampe am Kopfende gelöscht hatte. Als wären der Schalter der Lampe und sein Bewusstsein durch ein Kabel verbunden.

Bewundernswert, dachte ich. Leute wie er sind selten. Die meisten Leute leiden darunter, nicht schlafen zu können. Mein Vater zum Beispiel. Mein Vater hatte immer darüber geklagt, nicht richtig tief schlafen zu können. Er hatte nicht nur Schwierigkeiten mit dem Einschlafen, sondern wachte auch bei dem kleinsten Geräusch oder irgendeiner Veränderung auf.

Nicht so mein Mann. Wenn er einmal schläft, ist er bis zum nächsten Morgen durch nichts mehr wachzukriegen. Als wir gerade frisch verheiratet waren, fand ich das sehr interessant. Ich machte Experimente, um herauszubekommen, wie man ihn wecken könnte. Ich tröpfelte mit einer Spritze Wasser auf sein Gesicht und kitzelte seine Nasenspitze mit einem Pinsel. Aber nie wachte er auf. Machte ich hartnäckig weiter, grunzte er nur ungemütlich. Mein Mann träumte auch nicht. Zumindest erinnerte er sich nie an seine Träume. Er war natürlich auch noch nie in Trance gewesen. Er schlief tief und fest wie eine im Schlamm vergrabene Schildkröte.

Bewundernswert. Nachdem ich zehn Minuten gelegen hatte, stand ich leise auf. Ich ging ins Wohnzimmer, knipste die Stehlampe an und goss mir ein Glas Cognac ein. Ich setzte mich aufs Sofa und las mein Buch, während ich den Cognac in kleinen Schlucken über meine Zunge gleiten ließ. Wenn mir danach war, aß ich von der Schokolade, die ich im Regal versteckt hatte. Nach einer Weile wurde es Morgen. Ich schloss das Buch und kochte mir einen Kaffee. Dann machte ich mir ein Sandwich und aß es.

Das wiederholte sich von da an jeden Tag.

Ich erledigte geschwind meine Hausarbeiten und verbrachte den ganzen Vormittag mit Lesen. Kurz vor Mittag legte ich das Buch zur Seite und bereitete das Mittagessen für meinen Mann. Wenn er um kurz vor eins wieder ging, stieg ich in meinen Wagen und fuhr zum Schwimmen. Seit ich nicht mehr schlafen konnte, schwamm ich jeden Tag eine Stunde. Dreißig Minuten reichten nicht aus. Ich konzentrierte mich vollkommen aufs Schwimmen. Ich dachte an nichts anderes als daran, meinen Körper möglichst effektiv zu bewegen, ich atmete ganz regelmäßig ein und aus. Wenn ich einen Bekannten traf, sprach ich kaum etwas und tauschte nur kurze Grußworte aus. Wurde ich von jemandem eingeladen, lehnte ich mit der Entschuldigung ab, dass ich dringend etwas zu erledigen hätte. Ich wollte mit niemandem etwas zu tun haben. Ich hatte keine Zeit für sinnloses Gerede. Nachdem ich mich beim Schwimmen verausgabt hatte, wollte ich sofort nach Hause zurück und mein Buch lesen.

Ich kaufte pflichtgemäß ein, kochte, putzte und spielte mit meinem Sohn. Ich schlief pflichtgemäß mit meinem Mann. Erst einmal daran gewöhnt, war es gar nicht weiter schwierig. Im Gegenteil, es war einfach. Ich brauchte nur die Verbindung zwischen Kopf und Körper zu kappen. Während mein Körper ganz von selbst funktionierte, schwebte mein Geist in seinen eigenen Sphären. Ich erledigte die Hausarbeiten ohne einen einzigen Gedanken. Ich machte meinem Sohn nachmittags etwas Kleines zu essen und plauderte mit meinem Mann.

Seit ich nicht mehr schlief, empfand ich die Realität als extrem einfach. Sie lässt sich ganz einfach meistern. Es ist einfach Realität. Einfach Hausarbeit, einfach Familie. So wie man eine simple Maschine in Gang setzt: Kann man sie einmal bedienen, ist der Rest nur noch Wiederholung. Man drückt auf diesen Knopf hier und zieht an jenem Hebel. Man wählt das Programm, schließt den Deckel und stellt den Timer. Bloß Wiederholung.

Natürlich gab es manchmal Variationen. Meine Schwiegermutter kam zum Abendessen. Am Sonntag gingen wir zu dritt in den Zoo. Oder mein Sohn hatte fürchterlichen Durchfall.

Aber keins dieser Ereignisse brachte meine Existenz ins Wanken. Wie ein lautloser Wind strichen sie an mir vorbei. Ich plauderte mit meiner Schwiegermutter, kochte Abendessen für vier, machte ein Foto vor dem Bärenkäfig, wärmte den Bauch meines Sohnes und verabreichte ihm eine Arznei.

Niemand bemerkte, dass ich mich verändert hatte. Dass ich ganz und gar aufgehört hatte zu schlafen, dass ich unentwegt Bücher las, dass sich mein Kopf mehrere hundert Jahre und mehrere tausend Kilometer von der Realität entfernt hatte. Ich mochte noch so pflichtgemäß und mechanisch, so ohne jede Liebe und jedes Gefühl den alltäglichen Anforderungen nachkommen, mein Mann, mein Sohn und meine Schwiegermutter begegneten mir wie immer. Ja, sie schienen mir gegenüber sogar entspannter zu sein als sonst.

So verging eine Woche.

Mit Beginn der zweiten Woche meines permanenten Wachzustands bekam ich Angst. Es war einfach nicht normal. Menschen müssen schlafen, es gibt keine Menschen ohne Schlaf. Ich hatte einmal irgendwo etwas über eine Folter gelesen, bei der man Menschen am Schlafen hinderte. Eine Folter der Nazis. Sie sperrten ihre Opfer in einen kleinen Raum, fixierten deren Augenlider und blendeten sie die ganze Zeit über mit Lampen, sodass sie nicht schlafen konnten, dazu machten sie unaufhörlich Lärm. Das Opfer wurde schließlich verrückt und starb.

Wie lange es dauerte, bis man verrückt wurde, wusste ich nicht mehr. Waren es drei oder vier Tage? Ich aber hatte schon eine Woche nicht geschlafen. Viel zu lange jedenfalls. Trotzdem hatte mein Körper kein bisschen an Kraft verloren. Ich fühlte mich eher noch kräftiger als sonst.

Eines Tages stand ich, nachdem ich geduscht hatte, nackt vorm Spiegel. Ich war überrascht von der berstenden Vitalität meines Körpers. Ich überprüfte jeden Teil, vom Kopf bis zu den Füßen, konnte aber kein Gramm Fett zu viel und nicht eine Falte entdecken. Natürlich war es nicht der Körper eines jungen Mädchens, aber meine Haut besaß viel mehr Glanz, viel mehr *Spannung* als früher. Zur Probe kniff ich in meinen Bauch. Das Fleisch war fest und straff und hatte seine schöne Elastizität bewahrt.

Mir wurde bewusst, dass ich schöner war, als ich gedacht hatte. Ich sah viel jünger aus. Ich könnte für vierundzwanzig durchgehen. Meine Haut war weich, meine Augen glänzten. Meine Lippen waren jung und frisch und auch die Schatten unter meinen vorstehenden Backenknochen (den Teil an mir, den ich am wenigsten mochte) waren nicht mehr auszumachen. Ich setzte mich vor den Spiegel und starrte dreißig Minuten lang in mein Gesicht. Ich sah es von allen Winkeln aus an, ganz objektiv. Ich irrte mich nicht. Ich war wirklich hübsch geworden.

Was geschah nur mit mir?

Ich erwog, zum Arzt zu gehen. Ich hatte einen Arzt, der mich schon als Kind behandelt hatte und mir sehr vertraut war. Doch als ich mir vorstellte, wie er auf meine Geschichte reagieren würde, wurde mir schwer ums Herz. Würde er mir überhaupt Glauben schenken? Wenn ich ihm erzählte, dass ich schon seit einer Woche nicht geschlafen hatte, würde er wahrscheinlich erst einmal an meinem

Verstand zweifeln. Oder er würde es einfach als Schlaflosigkeitsneurose abtun. Falls er aber meiner Geschichte wirklich glaubte, würde er mich bestimmt zur Untersuchung in irgendeine große Klinik einweisen.

Und was passierte dann?

Ich würde dort eingeschlossen, überall herumgeschickt und allen möglichen Experimenten ausgesetzt werden. Man würde EEGs und EKGs, Urinanalysen und Blutuntersuchungen und psychologische Tests und was sonst noch machen.

Das könnte ich nicht ertragen. Ich wollte allein in aller Ruhe meine Bücher lesen. Und einmal am Tag genau eine Stunde schwimmen. Und vor allem wollte ich frei sein. Das war es, was ich mir wünschte. Ich wollte in kein Krankenhaus.

Und selbst wenn ich in ein Krankenhaus käme, was könnte man denn überhaupt herausfinden? Man würde nur Berge von Untersuchungen machen und einen Haufen Hypothesen aufstellen. Ich wollte nicht dort eingesperrt werden.

Eines Nachmittags ging ich in die Bibliothek und las ein paar Bücher über Schlaf. Sehr viel gab es nicht zu diesem Thema, und die wenigen Bücher, die ich fand, waren nicht besonders interessant. Letztlich sagten sie alle nur das eine: Schlafen ist Ausruhen. Es ist das Gleiche, wie den Motor eines Autos abzustellen. Lässt man einen Motor ständig ohne Unterbrechung laufen, so geht er über kurz oder lang kaputt. Ein laufender Motor produziert unausweichlich Hitze, die angestaute Hitze wiederum hat die Erschöpfung der Maschine zur Folge. Daher muss man sie zwecks Wärmeabstrahlung ausruhen lassen. Sie abkühlen lassen. Den Motor abstellen – das ist also der Schlaf. Bei Menschen bedeutet das, Körper und Geist ausruhen zu lassen. Wenn ein Mensch sich hinlegt und seine Muskeln entspannt, schließt er zugleich seine Augen und unterbricht seine Denktätigkeit. Die überschüssigen Gedanken aber finden in der Form des Traumes ihre ganz natürliche elektrische Entladung.

In einem der Bücher stieß ich auf etwas Interessantes. Der Autor behauptete, dass der Mensch sowohl in seiner Denktätigkeit als auch in seinen körperlichen Bewegungen einer bestimmten individuellen Disposition nicht entkommen könne. Unbewusst bilde der Mensch seine eigene Handlungs- und Denkdisposition aus, und außer in Ausnahmefällen verschwände diese einmal ausgebildete Disposition nie wieder. Der Mensch lebe also eingesperrt im Käfig seiner Disposition. Und gerade der Schlaf sei es, welcher der Einseitigkeit einer solchen Disposition – dem einseitigen Ablaufen eines Schuhabsatzes vergleichbar, wie der Autor schrieb – entgegenwirke. Der Schlaf reguliere und therapiere also eine solche Einseitigkeit. Im Schlaf entspanne der Mensch die einseitig benutzten Muskeln ganz natürlich, und er beruhige oder entlade die einseitig benutzten Denkstromkreise. Auf diese Art und Weise werde der Mensch abgekühlt. Dabei handle es sich um ein schicksalhaft ins System Mensch einprogrammiertes Verhalten, und niemand vermöge sich daraus zu lösen. Löse man sich daraus, so der Autor, verliere die Existenz als solche ihre Existenzgrundlage.

»Disposition?«, fragte ich mich.

Das Einzige, was mir bei dem Wort »Disposition« einfiel, war meine Hausarbeit, diese verschiedenen Arbeiten, die ich tagtäglich gefühllos und mechanisch ausführte. Kochen und einkaufen und waschen und Mutter sein, alles ohne Zweifel nichts als Disposition. Ich konnte sie sogar mit geschlossenen Augen verrichten. Denn es ist bloße Disposition. Knöpfe drücken und Hebel ziehen. Die Realität geht dabei flott vonstatten. Die ewig gleichen Körperbewegungen – bloße Disposition. Sie verzehren mich, so wie der Absatz eines Schuhs einseitig abgetragen wird. Der tägliche Schlaf, notwendig, um sie zu regulieren und abzukühlen.

Verhält es sich so?

Ich las den Absatz noch einmal mit höchster Konzentration. Ich nickte. Ja, wahrscheinlich ist es so.

Aber was ist dann mein Leben? Ich werde von Dispositionen aufgezehrt und schlafe als Therapie. Besteht mein Leben in nichts anderem als der Wiederholung dieses Ablaufs? Führt es nirgendwo hin?

Ich saß am Tisch in der Bibliothek und schüttelte den Kopf.

Ich brauche keinen Schlaf, dachte ich. Und wenn ich dabei verrückt werde. Und wenn ich ohne Schlaf meine »lebensnotwendige Existenzgrundlage« verliere. Das macht mir nichts. Ich will jedenfalls nicht von meiner Disposition aufgezehrt werden. Und wenn Schlaf nur die periodische Wiederkehr ist, um mich von der Aufzehrung durch meine Disposition zu heilen, dann will ich ihn nicht. Ich brauche ihn nicht mehr. Mein Körper mag von Dispositionen aufgezehrt werden, doch mein Geist gehört mir. Ich behalte ihn fest für mich. Ich gebe ihn nicht her. Ich will nicht therapiert werden. Ich schlafe nicht.

Mit diesem Entschluss verließ ich die Bibliothek.

5

Ich hatte keine Angst mehr davor, nicht schlafen zu können. Es gab nichts zu befürchten. Nach vorne denken! *Ich erweitere mein Leben*, dachte ich. Die Zeit zwischen zehn Uhr abends und sechs Uhr früh gehörte mir. Bis jetzt war ein Drittel des Tages vom Schlaf – oder der »Therapie zur Abkühlung«, wie es hieß – beansprucht worden. Jetzt gehört diese Zeit mir. Niemand anderem, nur mir. Ich kann über diese Zeit so, wie ich will, verfügen. Niemand stört mich, niemand verlangt etwas von mir. Ja, ich habe mein Leben erweitert. Ich habe mein Leben um ein Drittel erweitert.

Das ist biologisch anomal, mag man mir entgegenhalten. Mag sein. Und vielleicht werde ich später diese Schuld, die ich mit der Fortsetzung dieser Anomalie anhäufe, begleichen müssen. Vielleicht wird das Leben diesen erweiterten Teil – den ich mir jetzt im Voraus nehme –

später zurückfordern. Eine unbegründete Annahme, doch gibt es auch keinen Grund, sie zu negieren, und zunächst scheint sie mir vernünftig. Zuletzt also wird sich das Soll und Haben der Zeit ausgleichen.

Aber ehrlich gesagt, ist mir das schon egal. Auch wenn ich nach irgendeiner Rechnung früher sterben müsste, ist mir das vollkommen gleich. Sollen die Hypothesen doch ihren Lauf nehmen. Ich jedenfalls erweitere jetzt mein Leben. Und das ist großartig. Darin besteht das wirkliche Gefühl. Ich spüre real, dass ich lebe. Ich werde nicht mehr aufgezehrt. Oder zumindest existiert hier ein Teil von mir, der nicht aufgezehrt wird. Und genau das verschafft mir dieses sinnliche Gefühl zu leben. Ein Leben ohne dieses sinnliche Gefühl mag ewig dauern, doch es ist ohne Bedeutung. Das weiß ich jetzt.

Nachdem ich mich vergewissert hatte, dass mein Mann eingeschlafen war, setzte ich mich im Wohnzimmer aufs Sofa, trank einen Cognac und öffnete mein Buch. In der ersten Woche las ich »Anna Karenina« dreimal. Mit jedem Lesen machte ich neue Entdeckungen. Dieser ungeheuer lange Roman war voller Enthüllungen und Rätsel. Wie in einer kunstvollen Schachtel enthielt seine Welt kleinere Welten, und diese kleineren Welten enthielten wiederum noch kleinere Welten. Und diese Welten bildeten zusammen ein Universum, und dieses Universum lag da und wartete darauf, vom Leser entdeckt zu werden. Mein früheres Ich hatte nur ein klitzekleines Bruchstück davon zu erfassen vermocht, mein jetziges Ich aber durchschaute und verstand es. Ich verstand genau, was der Schriftsteller Tolstoi sagen wollte, was er dem Leser zu verstehen geben wollte, wie seine Botschaft sich organisch als Roman kristallisiert hatte und was in diesem Roman am Schluss den Schriftsteller selbst übertroffen hatte. Ich konnte alles genau durchschauen.

Wie sehr ich mich auch konzentrierte, ich wurde nicht müde. Nachdem ich »Anna Karenina«, sooft ich konnte, gelesen hatte, nahm ich mir Dostojewski vor. Ich konnte so viele Bücher lesen, wie ich wollte, mich noch so sehr konzentrieren, ich wurde nicht müde. Auch die unverständlichsten Passagen waren mir ohne jede Mühe eingängig. Ich war sehr berührt.

Ich spürte, dies war die Person, die ich eigentlich sein sollte. Durch den Verzicht auf Schlaf hatte ich mich selbst erweitert. Das Wichtigste ist die Kraft, sich zu konzentrieren. Ein Leben ohne die Kraft zur Konzentration ist, als ob man die Augen öffnete, ohne zu sehen.

Schließlich ging der Cognac zu Ende. Ich hatte fast die ganze Flasche getrunken. Ich ging ins Kaufhaus und kaufte eine neue Flasche Rémy Martin. Bei der Gelegenheit kaufte ich auch gleich eine Flasche Rotwein. Dazu ein paar edle kristallene Cognacgläser. Und Schokolade und Kekse.

Manchmal wurde ich beim Lesen ganz aufgeregt. Dann legte ich das Buch beiseite und bewegte mich ein bisschen. Ich machte Gelenkigkeitsübungen oder lief einfach ein bisschen im Zimmer herum. Wenn ich Lust hatte, machte ich eine nächtliche Spazierfahrt. Ich zog mir etwas anderes an, holte den City aus der Garage und fuhr ohne bestimmtes Ziel in der Gegend herum. Manchmal fuhr ich auch zu einem der Kettenrestaurants, die die ganze Nacht über geöffnet hatten, und trank einen Kaffee, doch da ich es als Anstrengung empfand, anderen Leuten zu begegnen, blieb ich meist die ganze Zeit im Auto. Ich parkte mein Auto an einem ungefährlich aussehenden Platz und hing meinen Gedanken nach. Manchmal fuhr ich zum Hafen und schaute ein bisschen den Schiffen zu.

Nur einmal kam ein Polizist und stellte mir routinemäßig Fragen. Das war nachts um halb drei. Ich hatte mein Auto in der Nähe des Hafenkais unter einer Straßenlaterne geparkt und hörte Radiomusik, während ich den Lichtern der Schiffe nachsah. Der Polizist klopfte an mein Fenster. Ich kurbelte es runter. Es war ein junger Polizist. Er sah gut aus und war sehr höflich. Ich erklärte ihm, dass ich nicht schlafen könne. Er fragte mich nach meinem Führerschein, und ich gab ihn ihm. Er studierte ihn eine Weile. »Letzten Monat wurde hier jemand ermordet«, sagte er. Ein Pärchen sei von drei Jugendlichen überfallen worden, der Mann sei ermordet und die Frau vergewaltigt worden. Ich erinnerte mich, davon gehört zu haben. Ich nickte. »Wenn Sie hier nichts zu tun haben, sollten Sie sich besser nicht nachts um diese Uhrzeit hier herumtreiben«, sagte er. Ich bedankte mich und sagte, dass ich heimfahren würde. Er gab mir meinen Führerschein zurück. Ich fuhr ab.

Aber das war das einzige Mal, dass ich von jemandem angesprochen wurde. Sonst fuhr ich ein oder zwei Stunden durch die nächtlichen Straßen, ohne von irgendjemandem gestört zu werden. Dann stellte ich das Auto zurück in die Garage unseres Apartmenthauses. Neben den weißen Bluebird meines Mannes, der im Dunkeln friedlich schlief. Ich lauschte dem Ticken des sich abkühlenden Motors. Wenn das Geräusch verebbte, stieg ich aus dem Auto und ging nach oben.

Zurück in der Wohnung, ging ich zuerst ins Schlafzimmer, um mich zu vergewissern, dass mein Mann auch wirklich schlief. Er schlief immer. Dann ging ich in das Zimmer meines Sohnes. Auch er schlief tief und fest. Sie wissen nichts. Für sie bewegt sich die Welt wie bisher, ohne jede Veränderung. Aber sie irren sich. Die Welt verändert sich an Stellen, von denen sie nichts ahnen. Und zwar unwiederbringlich.

Eines Nachts betrachtete ich lange das Gesicht meines schlafenden Mannes. Ich hatte ein Plumpsen im Schlafzimmer gehört, und als ich hineilte, lag der Wecker auf dem Boden. Wahrscheinlich hatte mein Mann im Schlaf seinen Arm bewegt und ihn dabei umgeworfen. Doch er schlief tief und fest, als sei nichts passiert. Was musste geschehen, damit dieser Mensch aufwachte? Ich hob den Wecker auf und stellte ihn ans Kopfende des Bettes.

Dann verschränkte ich die Arme und starrte auf das Gesicht meines Mannes. Es war schon sehr lange her, seit ich das letzte Mal das schlafende Gesicht meines Mannes so aufmerksam betrachtet hatte. Wie viele Jahre mochten es sein?

Am Anfang unserer Ehe hatte ich das oft getan. Ich brauchte ihn nur anzusehen, dann wurde ich selbst ganz ruhig und friedlich. Solange er so friedlich schläft, wird mir nichts passieren, dachte ich. Es kam daher früher häufig vor, dass ich, wenn mein Mann eingeschlafen war, sein Gesicht betrachtete.

Aber irgendwann hatte ich damit aufgehört. Wann war das gewesen? Ich versuchte mich zu erinnern. Vielleicht seit es damals zwischen seiner Mutter und mir zum Zank um den Namen unseres Sohnes gekommen war. Seine Mutter gehörte einer Art religiösen Sekte an und hatte dort einen Namen für unseren Sohn »empfangen«. Ich habe vergessen, was das für ein Name war, aber auf jeden Fall hatte ich damals nicht die Absicht, einen Namen für mein Baby zu »empfangen«. Ich geriet mit meiner Schwiegermutter in einen ziemlich erbitterten Wortwechsel, doch mein Mann bezog nicht Position. Er stand nur daneben und versuchte, uns zu beruhigen.

Damals ging mir das Gefühl verloren, von ihm beschützt zu werden. Mein Mann hatte nicht zu mir gehalten. Ich hatte mich sehr darüber geärgert. Natürlich ist das eine alte Geschichte, und meine Schwiegermutter und ich haben uns längst wieder vertragen. Ich gab meinem Sohn seinen Namen. Und auch mein Mann und ich hatten uns schon kurz darauf wieder ausgesöhnt.

Doch hörte ich damals auf, ihn im Schlaf zu betrachten.

Ich stand also da und sah auf sein schlafendes Gesicht. Er schlief fest wie immer. An einer Seite des Futons guckte ein nackter Fuß in einem so seltsamen Winkel heraus, dass man den Eindruck hatte, es sei der Fuß von jemand anderem. Es war ein großer, klobiger Fuß. Der riesige Mund stand halb offen, die untere Lippe hing runter, und ab und zu zuckten die Nasenflügel. Das Muttermal unter seinem Auge sah ungewöhnlich groß und gemein aus. Auch die Art der geschlossenen Augen war irgendwie ordinär. Die Augenlider waren schlaff und sahen wie verfärbte Fleischlappen aus. Wie ein Idiot schläft er, dachte ich. Eine Art zu schlafen, jenseits von Gut und

Böse. Wie hässlich sein Gesicht beim Schlafen ist. Widerlich. Es muss früher anders gewesen sein. Als wir heirateten, war sein Gesicht noch lebendig und fest. Auch im tiefsten Schlaf war es unmöglich so schlaff gewesen.

Ich versuchte, mich daran zu erinnern, was für ein Gesicht er früher beim Schlafen gehabt hatte. Aber sosehr ich mich auch bemühte, ich konnte mich nicht mehr erinnern. Ich wusste nur, dass es nicht so schrecklich gewesen sein konnte. Oder war das nur eine Illusion? Vielleicht hatte er damals das gleiche Gesicht beim Schlafen wie heute. Vielleicht hatte ich nur irgendwelche Gefühle hineinprojiziert. Das würde meine Mutter wahrscheinlich behaupten. Diese Art Logik ist ihre Stärke. »Weißt du, dieses Verliebtheitsgedusel nach der Heirat dauert maximal zwei bis drei Jahre«, war einer ihrer Sprüche. »Natürlich hatte er ein goldiges Gesicht im Schlaf, du warst ja auch schrecklich in ihn verliebt«, würde sie sagen.

Aber ich wusste, das war es nicht. Mein Mann war ohne Zweifel hässlich geworden. Sein Gesicht hatte jede Spannung verloren. Vielleicht war es das Alter. Mein Mann ist alt und erschöpft. Er ist ausgelaugt. Er würde in den nächsten Jahren zweifellos noch hässlicher werden. Und ich würde es ertragen müssen.

Ich seufzte. Es war ein lauter Seufzer, aber mein Mann rührte sich nicht. Kein Seufzer könnte ihn wecken.

Ich ging zurück ins Wohnzimmer. Ich trank noch einen Cognac und las in meinem Buch. Aber irgendwas beunruhigte mich. Ich legte das Buch beiseite und ging ins Kinderzimmer. Ich öffnete die Tür und betrachtete beim Licht der Flurlampe das Gesicht meines Sohnes. Er schlief genauso fest wie mein Mann. Wie immer. Ich sah eine Weile auf das schlafende Gesicht meines Sohnes. Er hatte ein ganz glattes Gesicht, völlig anders als das meines Mannes. Natürlich, er war ja noch ein Kind. Die Haut schimmerte, und nichts Gemeines war darin.

Doch irgendetwas störte mich. Zum ersten Mal überkam mich dieses Gefühl meinem Sohn gegenüber. Was an ihm könnte mich stören? Ich stand da, mit verschränkten Armen. Natürlich liebe ich meinen Sohn. Ich liebe ihn sogar sehr. Doch ohne Zweifel gab es da jetzt etwas, was mir auf die Nerven ging.

Ich schüttelte den Kopf.

Ich schloss einen Moment lang die Augen. Dann öffnete ich sie wieder und betrachtete erneut das Gesicht meines schlafenden Kindes. Auf einmal wusste ich, was es war. Das schlafende Gesicht meines Sohnes sah exakt so aus wie das meines Mannes. Und wie das meiner Schwiegermutter. Diese Veranlagung zu Starrsinn und Selbstzufriedenheit – diese Art von Hochmut in der Familie meines Mannes, die ich so hasste. Keine Frage, mein Mann ist gut zu mir. Er ist zärtlich und sehr fürsorglich. Er macht nicht mit anderen Frauen rum, und er arbeitet viel. Er ist ernst und jedem gegenüber freundlich. Alle meine Freunde sind sich darin einig, dass jemand wie er schwer zu finden ist. Es gibt nichts, was ich ihm vorwerfen könnte. Doch gerade das ärgert mich manchmal. In seiner Tadellosigkeit liegt etwas Rigides, das keine Fantasie zulässt. Das macht mich wütend.

Und mit demselben Gesichtsausdruck schlief jetzt mein Sohn.

Ich schüttelte erneut den Kopf. Er ist also letztlich ein Fremder, dachte ich. Wenn er groß ist, wird er meine Gefühle gewiss nie verstehen können. So wie mein Mann heute kaum in der Lage ist, sie zu verstehen.

Ohne Zweifel liebe ich meinen Sohn. Aber ich ahnte, dass ich ihn in Zukunft nicht mehr so aufrichtig würde lieben können. Ein nicht gerade mütterlicher Gedanke. Andere Mütter denken so etwas bestimmt nie. Aber ich weiß: Eines Tages werde ich dieses Kind plötzlich verachten. Dieser Gedanke ging mir durch den Kopf, als ich das Gesicht meines schlafenden Kindes betrachtete.

Er stimmte mich furchtbar traurig. Ich schloss die Tür zum Kinderzimmer und löschte das Licht im Flur. Dann setzte ich mich aufs Sofa im Wohnzimmer und schlug mein Buch auf. Nach einigen Seiten klappte ich es wieder zu. Ich sah auf die Uhr. Es war kurz vor drei.

Ich überlegte, der wievielte Tag ohne Schlaf dies war. Am Dienstag vorletzter Woche hatte ich das erste Mal nicht geschlafen. Dann war also heute der siebzehnte Tag. Siebzehn Tage lang habe ich nicht ein einziges Mal geschlafen. Siebzehn Tage und siebzehn Nächte. Eine sehr sehr lange Zeit. Ich erinnerte mich bereits nicht mehr daran, was Schlaf war.

Ich schloss die Augen und versuchte, mir das Gefühl von Schlaf ins Gedächtnis zu rufen. Aber ich fand nur eine wache Dunkelheit vor. Wache Dunkelheit – ich dachte an den Tod.

Muss ich sterben?, fragte ich mich.

Wenn ich jetzt sterbe, was wäre dann mein Leben gewesen?

Natürlich wusste ich darauf keine Antwort.

Also gut, was ist dann der Tod?

Bis dahin hatte ich mir den Schlaf als eine Art Vorform des Todes gedacht. Auf der Verlängerungslinie des Schlafes steht der Tod, hatte ich mir vorgestellt. Der Tod als ein bewusstloser Schlaf, viel tiefer jedoch als der normale Schlaf – ein ewiges Ausruhen, ein Blackout.

Aber vielleicht ist das falsch, dachte ich plötzlich. Ist der Tod nicht völlig anders beschaffen als der Schlaf – eine endlos tiefe wache Dunkelheit vielleicht, wie ich sie jetzt vor mir sehe. Vielleicht ist der Tod ein ewiges Wachsein in der Finsternis.

Nein, das ist zu grausam. Wenn der Tod kein Ausruhen ist, welche Erlösung bleibt uns dann in unserem unvollkommenen Leben voller Entbehrungen? Doch schließlich weiß niemand, was der Tod ist. Wer hat den Tod denn wirklich gesehen? Niemand. Die den Tod gesehen haben, sind tot. Von den Lebenden weiß niemand, was der Tod ist. Es sind alles bloß Vermutungen. Welche Vermutung es auch sein mag, sie bleibt Vermutung. Dass der Tod ein Ausruhen sein soll, ist unlogisch. Dazu muss man sterben. *Der Tod kann alles Mögliche sein.*

Bei diesem Gedanken überkam mich plötzlich eine schreckliche Furcht. Ein eiskalter Schauer lief mir über den Rücken und ließ mich erstarren. Ich hatte die Augen noch immer geschlossen. Ich war unfähig, sie zu öffnen. Ich starrte in die dichte Dunkelheit vor meinen Augen. Sie war so weit wie das Universum, und es gab keine Erlösung. Ich war ganz allein. Mein Geist konzentrierte sich und wurde weit. Ich hatte das Gefühl, als könne ich bis in die Tiefe des Universums blicken, wenn ich wollte. Doch ich tat es nicht. Noch zu früh, dachte ich.

Wenn das der Tod war, was sollte ich dann machen? Wenn sterben hieße, ewig wach zu sein und in die Dunkelheit zu starren?

Endlich gelang es mir, meine Augen zu öffnen. Ich nahm das Glas mit dem restlichen Cognac und trank es in einem Zug aus.

6

Ich streife mein Nachthemd ab und ziehe eine Jeans, ein T-Shirt und darüber eine Windjacke an. Ich binde mir die Haare hinten fest zusammen, stecke sie unter die Jacke und setze die Baseball-Mütze meines Mannes auf. Im Spiegel sehe ich aus wie ein Junge. Gut. Dann ziehe ich meine Turnschuhe an und gehe runter zur Tiefgarage.

Ich steige in den City, drehe den Zündschlüssel um und lasse den Motor einen Moment laufen. Ich lausche dem Geräusch des Motors. Es ist das gleiche Geräusch wie immer. Ich lege beide Hände aufs Lenkrad und atme ein paar Mal tief ein und aus. Ich schalte in den ersten Gang und fahre aus dem Gebäude. Das Auto fährt leichter als sonst. Als ob es über Eis gleitet. Ich schalte vorsichtig in einen höheren Gang, verlasse die Stadt und fahre auf die Hauptstraße in Richtung Yokohama.

Obwohl es schon nach drei ist, sind nicht wenige Autos unterwegs. Riesige Langstreckenlaster fahren von West nach Ost und lassen die Straßendecke erbeben. Die Lastwagenfahrer schlafen nicht. Um effizienter zu sein, schlafen sie am Tag und arbeiten nachts.

Ich könnte Tag und Nacht arbeiten, denke ich. Ich brauche nicht zu schlafen.

Biologisch gesehen ist das wahrscheinlich nicht natürlich. Aber wer weiß schon, was Natur ist? Was als biologisch natürlich gilt, ist letztlich doch nur eine empirisch abgeleitete Schlussfolgerung. Ich aber befinde mich jenseits solcher Schlussfolgerungen. Man könnte mich als das transzendentale Modell eines menschlichen Evolutionssprungs betrachten. Die Frau, die niemals schläft. Die Erweiterung des Bewusstseins.

Ich muss lächeln.

Transzendentales Evolutionsmodell.

Während ich Musik aus dem Radio höre, fahre ich zum Hafen. Eigentlich hatte ich Lust auf klassische Musik, fand aber keinen Sender, der nachts Klassik spielte. Auf allen Sendern läuft dieselbe öde japanische Rockmusik. Klebrig süße Liebesschnulzen. Wohl oder übel höre ich ihnen zu. Sie versetzen mich in eine Stimmung, weit weit weg von hier. Weit entfernt von Haydn und Mozart.

Auf dem großen, durch weiße Linien abgeteilten Parkplatz am Park halte ich an und stelle den Motor ab. Es ist der hellste Platz, unter einer Laterne, rundherum ist alles leer. Nur ein anderes Auto steht noch da, ein weißer zweitüriger Coupé, wie ihn junge Leute gerne fahren. Es ist ein altes Modell. Vielleicht ein Liebespaar. Wahrscheinlich haben sie kein Geld fürs Hotel und lieben sich im Auto. Um Ärger zu vermeiden, ziehe ich meine Mütze tief ins Gesicht. So sehe ich nicht wie eine Frau aus. Ich vergewissere mich noch mal, dass alle Türen geschlossen sind.

Geistesabwesend betrachte ich die Landschaft um mich herum, als mir plötzlich eine Autofahrt mit meinem Freund im ersten Jahr auf der Universität einfällt. Wir hatten uns ziemlich heftig gestreichelt. Er könne es nicht mehr zurückhalten, sagte er, und bat mich, ihn reinstecken zu dürfen. Ich hatte es ihm nicht erlaubt. Ich lege beide Hände aufs Lenkrad, lausche der Musik und versuche, mir die

Szene von damals ins Gedächtnis zu rufen. Aber ich kann mich nicht mehr richtig an sein Gesicht erinnern. Alles scheint schon so furchtbar lange her.

Als ob sich die Erinnerungen aus der Zeit, bevor ich nicht mehr schlafen konnte, mit immer größerer Geschwindigkeit entfernten. Ein seltsames Gefühl, als sei das Ich, das jeden Abend schlafen ging, nicht mein wahres Ich, und als seien meine Erinnerungen aus der damaligen Zeit nicht meine wahren Erinnerungen. So sehr verändert man sich also, dachte ich. Doch niemandem sind diese Veränderungen bewusst. Niemand bemerkt sie. Nur ich weiß davon. Auch wenn ich es ihnen erklärte, sie verstünden es nicht. Sie würden es nicht glauben wollen. Und selbst wenn sie es glaubten, verstünden sie doch niemals genau, was ich fühle. Ich wäre bloß eine Bedrohung für ihre induktive Weltsicht.

Aber ich verändere mich *wirklich*.

Ich weiß nicht, wie lange ich unbeweglich dasaß. Ich hatte beide Hände auf dem Steuer, die Augen fest geschlossen. Und blickte in die schlaflose Dunkelheit.

Die Anwesenheit von Menschen lässt mich plötzlich wieder zu mir kommen. Da ist jemand. Ich öffne die Augen und sehe mich um. Es ist jemand draußen am Auto. Er versucht, die Tür zu öffnen. Aber die Türen sind natürlich verschlossen. An beiden Seiten des Autos sehe ich einen schwarzen Schatten. Rechts und links, an jeder Tür einer. Die Gesichter kann ich nicht erkennen. Auch die Kleidung erkenne ich nicht. Nur zwei schwarze Schatten stehen da.

Eingeklemmt zwischen diesen beiden Schatten fühlt sich mein City ganz klein an, wie eine kleine Kuchenschachtel. Ich merke, wie der Wagen nach rechts und links geschaukelt wird. Eine Faust schlägt an die rechte Fensterscheibe. Ich weiß, dass es kein Polizist ist. Ein Polizist würde nicht so gegen die Scheibe schlagen. Er würde auch mein Auto nicht hin und her schaukeln. Ich halte den Atem an. Was soll ich machen? In meinem Kopf herrscht ein totales Chaos. Ich spüre den

Schweiß unter meinen Armen. Ich muss weg, denke ich. Der Schlüssel. Ich muss den Schlüssel umdrehen. Ich strecke meinen Arm aus, greife den Schlüssel und drehe ihn nach rechts. Ich höre den Anlasser.

Doch der Motor springt nicht an.

Meine Hände zittern. Ich schließe die Augen und drehe noch einmal langsam den Schlüssel um. Es geht nicht. Nur ein Geräusch, als würden Finger an einer riesigen Mauer kratzen. Der Anlasser dreht und dreht sich. Die Männer, diese Schatten, schaukeln weiter mein Auto. Das Schaukeln wird immer stärker. Vielleicht wollen sie mein Auto umkippen.

Irgendwas stimmt nicht. Nimm dich zusammen und denk nach, dann wird alles gut. Denk nach. Nimm dich zusammen. Ganz ruhig. Denk nach. Irgendwas stimmt nicht.

Irgendwas stimmt nicht.

Aber was? In meinem Kopf staut sich dichte Dunkelheit. Sie bringt mich nirgendwo mehr hin. Meine Hände zittern immer noch. Ich ziehe den Schlüssel raus und versuche, ihn wieder reinzustecken. Doch meine Finger zittern, und ich kriege ihn nicht wieder ins Schloss rein. Als ich es noch mal versuche, fällt der Schlüssel zu Boden. Ich beuge mich nach vorne und versuche, ihn aufzuheben. Aber ich schaffe es nicht. Das Schaukeln ist zu stark. Beim Vorbeugen schlage ich heftig mit der Stirn gegen das Lenkrad.

Ich gebe auf und falle in den Sitz zurück, bedecke mein Gesicht mit beiden Händen. Und weine. Ich weine nur noch. Die Tränen fließen und fließen. Allein, eingesperrt in dieser kleinen Schachtel, kann ich nirgendwo hin. Es ist tiefste Nacht. Die Männer schaukeln mein Auto immer noch. Sie werden es umstürzen.

Der Untergang des Römischen Reiches, der Indianeraufstand von 1881, Hitlers Einfall in Polen und die Sturmwelt

1 Der Untergang des Römischen Reiches

Sonntag. Kurz nach Mittag bemerkte ich, dass Wind aufgekommen war. Um 14.07 Uhr, um präzise zu sein.

Ich saß gerade am Küchentisch, hörte harmlose Musik und trug dabei wie immer – das heißt, wie ich es immer sonntags nachmittags tue – das Wochenpensum in mein Tagebuch ein. Sonntags bringe ich die Tagesereignisse, die ich sonst nur in Stichpunkten notiere, gesammelt in eine schöne Form.

Ich hatte gerade das Dreitagespensum bis Dienstag zu Papier gebracht, als ich das Heulen des Sturms draußen bemerkte. Ich unterbrach meine Arbeit, setzte die Kappe auf den Stift, ging auf den Balkon und holte die Wäsche herein. Sie schlug und tanzte in der Luft wie ein Haufen abgerissener Kometenschweife.

Der Wind war, ohne dass ich es gemerkt hätte, nach und nach stärker geworden. Am Morgen – um 10.48 Uhr, um präzise zu sein –, als ich die Wäsche zum Trocknen auf den Balkon gehängt hatte, war nicht das leiseste Lüftchen gegangen. In diesem Punkt ist meine Erinnerung so solide wie eine Schmelzofentür. Ich hatte nämlich noch gedacht: An einem so windstillen Tag brauchst du nicht mal Wäscheklammern.

Es hatte sich wirklich auch nicht der Hauch eines Lüftchens geregt.

Nachdem ich die Wäsche geschickt zusammengelegt und gestapelt hatte, schloss ich alle Fenster. Danach war der Wind kaum noch zu hören. Wie Hunde, die es vor Juckreiz kaum aushalten können, wanden sich draußen lautlos die Bäume – eine Himalayazeder und eine

Kastanie –, hasteten verschlagene Wolkenagenten aneinander vorbei über den Himmel. Auf dem Balkon der Wohnung gegenüber klammerten sich ein paar Hemden wie im Stich gelassene Waisenkinder in wilden Schlingen an und um die Plastikleine.

Das ist ja ein richtiger Sturm, dachte ich.

Aber in der Zeitung, die ich aufschlug, um die Wetterkarte unter die Lupe zu nehmen, war nirgendwo von einem Taifun die Rede.

Die Wahrscheinlichkeit von Niederschlägen lag bei absoluten null Prozent. Wenn es nach der Wetterkarte ging, sollte heute ein friedlicher Sonntag sein wie zur goldensten Zeit des Römischen Reiches.

Mit einem leichten, etwa dreißigprozentigen Seufzer faltete ich die Zeitung zusammen, verstaute die Wäsche im Schrank, schenkte mir, weiter harmlose Musik anhörend, einen Kaffee ein und schrieb, Kaffee trinkend, mein Tagebuch weiter.

Am Donnerstag habe ich mit meiner Freundin geschlafen. Sie steht auf Sex mit verbundenen Augen. Deshalb läuft sie immer mit einer Stoffaugenbinde aus einem Flugzeug-Overnightbag herum.

Ich bin nicht besonders versessen auf so was, aber weil sie mit Augenbinde unheimlich süß aussieht, habe ich auch nichts dagegen. Schließlich sind alle Menschen, jeder ein bisschen, irgendwo verrückt.

Das ist so im Großen und Ganzen, was ich auf die Donnerstagseite des Tagebuchs schrieb. Achtzig Prozent Fakten und zwanzig Prozent Kommentar. Das ist meine Tagebucheintragspolitik.

Freitag traf ich in einer Buchhandlung auf der Ginza einen alten Freund. Er hatte eine höchst merkwürdig gemusterte Krawatte um. Gestreift mit unzähligen Telefonnummern…

An dieser Stelle läutete das Telefon.

2 Der Indianeraufstand von 1881

Als das Telefon läutete, zeigte die Uhr 14.36. Das wird sie – das heißt meine Freundin mit dem Augenbindentick – sein, dachte ich.

Sonntags kam sie nämlich immer zu mir, und bevor sie kam, rief sie, das hatte sich so eingespielt, stets an. Sie würde die Zutaten fürs Abendessen mitbringen. Für diesen Sonntag hatten wir uns bereits auf Austerntopf geeinigt.

Wie auch immer, als das Telefon läutete, war es 14.36 Uhr. Das weiß ich ganz genau, weil meine Uhr neben dem Telefon steht und ich jedes Mal, wenn es läutet, draufgucke.

Aber als ich den Hörer abnahm, war nur das Heulen des Windes zu hören. »Huuuuuuh«, tobte es im Hörer wie beim konzertierten Indianeraufstand von 1881. Sie setzten die Hütten der Siedler in Brand, durchtrennten die Nachrichtenverbindungen und vergingen sich an Candice Bergen.

»Hallo«, sagte ich, aber meine Stimme ging ungehört in den wilden Wogen der überwältigenden Historie unter.

»HALLO«, donnerte ich, aber das Ergebnis war das gleiche.

Ich meinte, gespannt lauschend, in den winzigen Päuschen des Windes die Stimme einer Frau gehört zu haben, aber das kann auch eine Sinnestäuschung gewesen sein. Jedenfalls tobte der Wind zu stark. Vielleicht hatte auch die Zahl der Büffel zu sehr abgenommen.

Eine Weile presste ich wortlos den Hörer ans Ohr. So stark, dass er mir, hatte ich fast den Eindruck, am Ohr kleben bleiben würde und nie wieder zu entfernen wäre. Aber nach fünfzehn oder zwanzig Sekunden riss, als ob auf dem absoluten Höhepunkt eines Anfalls der Lebensfaden abgeschnitten worden wäre, die Verbindung ab. Danach blieb nur leere Stille, ohne Wärme, wie übermäßig gebleichte Unterwäsche.

Jungejunge, sagte ich mir und seufzte wieder. Dann machte ich mich an die Fortsetzung des Tagebuchs. Ich brachte es besser schnell hinter mich.

Am Samstag fielen Hitlers hochgerüstete Truppen in Polen ein. Stukas, die auf Warschau ...

Halt, falsch. Zurück, marsch, marsch. Hitlers Einfall in Polen trug sich am 1. September 1939 zu. Das war nicht gestern. Gestern bin ich nach dem Abendessen ins Kino gegangen und hab mir »Sophie's Choice« angesehen, mit Meryl Streep. Hitlers Einfall in Polen ist eine Szene aus dem Film.

Die Streep lässt sich von Dustin Hoffman scheiden, lernt im Zug auf dem Weg zur Arbeit einen von Robert de Niro verkörperten Bauingenieur in den mittleren Jahren kennen und heiratet noch einmal. Das war ein wirklich interessanter Film.

Neben mir saß ein Gymnasiastenpärchen, das sich die ganze Zeit gegenseitig am Bauch anfasste. Gymnasiastenbäuche sind wirklich nicht schlecht. Ich selbst habe früher auch mal einen gehabt.

4 Und die Sturmwelt

Nachdem ich das Pensum der vergangenen Woche ins Tagebuch eingetragen hatte, setzte ich mich vor mein Plattenregal und suchte nach Musik, die zu einem stürmischen Sonntagnachmittag passen könnte. Schließlich schienen mir Schostakowitschs Cellokonzert und eine Platte von Sly and the Family Stone eine angemessene Wahl, und ich hörte sie mir nacheinander an.

Draußen flogen ab und zu von Ost nach West Objekte vorbei, ein weißes Laken in der Gestalt eines Graswurzeln köchelnden Zauberers zum Beispiel oder ein dünnes, längliches Blechschild, das seine schwächlichen Wirbel beugte wie ein Liebhaber des Analverkehrs.

Zu den Klängen von Schostakowitschs Cellokonzert besah ich mir das Schauspiel vor dem Fenster, als wieder das Telefon läutete. Die Uhr neben dem Telefon zeigte 15.48.

Ich nahm den Hörer ab und erwartete wieder diesen Boeing-747-Düsenmotorenlärm, aber diesmal war von Wind nichts zu hören.

»Hallo«, sagte sie.

»Hallo«, sagte ich.

»Ich komm jetzt mit den Zutaten für den Austerntopf, wenn's dir recht ist«, sagte meine Freundin. Sie war auf dem Weg zu mir – mit den Zutaten für den Austerntopf und der Augenbinde.

»Klar, ist mir recht. Aber...«

»Hast du einen Keramiktopf?«

»Klar, hab ich«, sagte ich. »Aber was ist eigentlich los? Man hört ja gar keinen Wind.«

»Der hat sich schon gelegt. In Nakano um 15.25 Uhr, also wird er sich bei dir wohl auch so langsam legen.«

»Vermutlich hast du recht«, sagte ich, legte auf, nahm in der Küche den Keramiktopf aus dem Oberschrank und spülte ihn aus.

Wie sie vorhergesagt hatte, legte sich der Wind von einem Moment auf den anderen um fünf vor vier. Ich öffnete das Fenster und schaute mir die Landschaft draußen an. Unter dem Fenster schnüffelte ein großer schwarzer Hund eifrig auf dem Boden herum. Er gab sich dieser Tätigkeit circa fünfzehn bis zwanzig Minuten hin, ohne genug zu bekommen. Warum Hunde so etwas tun, ist mir ein Rätsel.

Aber davon abgesehen hatten sich das Aussehen der Welt und ihr System kein bisschen verändert. Sie war wie vor dem Wind. Die Himalayazeder und die Kastanie standen arrogant auf dem Grundstück, als ob überhaupt nichts vorgefallen wäre, die Wäschestücke hingen schlaff von der Plastikleine, und ganz oben auf den Telegrafenstangen saßen Krähen und flappten mit ihren kreditkartenglänzenden Schwingen.

Unterdessen kam meine Freundin und begann mit dem Austerntopf. Sie stand in der Küche, wusch die Austern, hobelte Chinakohl, legte den Tofu zurecht und bereitete die Brühe zu. Ich fragte sie, ob sie mich vielleicht um 14.36 Uhr angerufen hätte.

»Habe ich«, antwortete sie, während sie in einem Sieb den Reis wusch.

»Ich konnte kein Wort verstehen«, sagte ich.

»Kein Wunder, das war ja ein Wind«, sagte sie völlig unbeeindruckt.

Ich holte mir ein Bier aus dem Kühlschrank, setzte mich auf die Tischkante und trank es.

»Sag mal, warum weht plötzlich so ein starker Wind und legt sich dann Knall auf Fall wieder?«, fragte ich sie.

»Tja, warum nur«, sagte sie. Sie stand mit dem Rücken zu mir und pulte mit den Fingernägeln die Schale von den Garnelen. »Vom Wind wissen wir vieles nicht. Genau wie von der Geschichte des Altertums, von Krebs, vom Meeresgrund, vom Weltraum und von Sex.«

»Aha«, sagte ich. Diese Antwort war so gut wie keine. Da unser Gespräch zu diesem Thema aber keine großen Fortschritte zu ma-

114

chen versprach, fragte ich nicht weiter, sondern schaute mir stattdessen aufmerksam den Entstehungsprozess des Austerntopfes an.

»Du, darf ich mal deinen Bauch anfassen?«, fragte ich sie.

»Nachher«, sagte sie.

Bis der Austerntopf fertig war, machte ich mir für die Tagebucheintragungen der nächsten Woche ein paar einfache Notizen der Ereignisse des heutigen Tages. Sie lauteten:

1 Der Untergang des Römischen Reiches
2 Der Indianeraufstand von 1881
3 Hitlers Einfall in Polen

Damit werde ich mich nächste Woche noch sehr präzise an das erinnern, was sich heute zugetragen hat. Gerade aufgrund dieses sorgfältigen Systems ist es mir gelungen, über nun zweiundzwanzig Jahre mein Tagebuch fortzuführen, ohne auch nur einen einzigen Tag auszulassen. Alle bedeutungsvollen Handlungen haben System. So lebe ich, ob der Wind nun weht oder nicht.

Scheunenabbrennen

Ich hatte sie auf der Hochzeitsfeier eines Bekannten kennengelernt und mich mit ihr angefreundet. Das war vor drei Jahren. Wir waren fast zwölf Jahre auseinander, sie war zwanzig, ich einunddreißig. Aber das war nicht weiter wichtig. Es gab genug andere Dinge, über die ich mir damals den Kopf zerbrach, und ehrlich gesagt, hatte ich nicht die Muße, über so etwas wie Alter nachzudenken. Auch sie machte sich von Anfang an keine Gedanken darüber. Ich war verheiratet, aber auch das spielte keine Rolle. Dinge wie Alter, Familie und Einkommen schienen für sie genauso angeboren zu sein wie Schuhgröße, Stimmlage und Fingernägel. Es war nichts, woran man durch Denken irgendetwas ändern konnte. Da hatte sie recht.

Sie nahm bei irgendeinem berühmten Meister Pantomimenunterricht und verdiente sich ihren Lebensunterhalt als Mannequin in der Werbung. Allerdings fand sie die Angebote der Agenten anstrengend und schlug sie immer wieder aus, sodass dieses Einkommen tatsächlich minimal war. Der restliche Teil schien vom Wohlwollen ihrer Liebhaber abgedeckt zu werden. Natürlich weiß ich nichts Genaues darüber. Ich schloss es aus verschiedenen ihrer Bemerkungen.

Damit will ich allerdings nicht andeuten, dass sie für Geld mit Männern geschlafen hätte. Möglicherweise gab es ab und zu Situationen, die dem nahekamen. Aber selbst wenn es sie gab, war das für sie nicht wesentlich. Ihr Wesen war sehr, sehr einfach. Und ihre arglose, nicht der Vernunft gehorchende Einfachheit faszinierte bestimmte Leute. Konfrontiert mit dieser Einfachheit wollten sie die eigenen komplizierten Gefühle dieser anpassen. Ich kann es nicht besser erklären, aber so schien es mir jedenfalls. Ihr Leben beruhte gleichsam auf dieser Einfachheit.

Natürlich hielt diese Wirkung nicht ewig an. Wenn so etwas ewig dauerte, würde es den Lauf der Welt auf den Kopf stellen. Es kann nur an bestimmten Orten und in bestimmten Momenten geschehen. Genauso wie beim »Mandarinenschälen«.

Also das »Mandarinenschälen«.

Als wir uns das erste Mal trafen, erzählte sie mir, dass sie Pantomime lerne.

»Wirklich?«, sagte ich. Ich war nicht sonderlich überrascht. Junge Mädchen machen heutzutage alles Mögliche. Außerdem schien sie nicht der Typ zu sein, der sich einer Sache ernsthaft widmete und es zu großen Fähigkeiten brachte.

Und dann »schälte sie Mandarinen«. »Mandarinen schälen« bedeutet buchstäblich Mandarinen schälen. Links vor ihr stand eine große Glasschüssel mit einem Berg von Mandarinen und rechts eine Schüssel für die Schalen – das war die Anordnung –, in Wirklichkeit war da nichts. Sie nahm eine dieser imaginären Mandarinen in die Hand, schälte sie langsam, steckte ein Stück nach dem anderen in den Mund, nahm die Haut aus dem Mund und warf sie, wenn sie mit einer Mandarine fertig war, zusammen mit der Schale in die rechte Schüssel. Diesen Vorgang wiederholte sie unendliche Male. Wenn man es erzählt, ist es vielleicht nichts Besonderes. Aber als ich es tatsächlich zehn oder zwanzig Minuten lang direkt vor mir sah – wir standen am Tresen einer Bar und plauderten, und sie fuhr fast unbewusst beim Sprechen mit diesem »Mandarinenschälen« fort –, war mir, als würde mir jeglicher Realitätssinn entzogen. Ein äußerst seltsames Gefühl. Als Eichmann damals vor einem israelischen Gericht der Prozess gemacht wurde, meinten manche, die gerechte Strafe für ihn sei, ihn in eine hermetisch verschlossene Zelle zu sperren und ganz langsam die Luft abzusaugen. Ich weiß nicht genau, wie man dabei stirbt, aber daran musste ich auf einmal denken.

»Du scheinst wirklich Talent zu haben«, sagte ich.

»Ach was, das ist doch ganz einfach. Dazu braucht man kein Talent. Man darf nur nicht denken, dass hier Mandarinen *sind*, sondern man muss vergessen, dass hier *keine sind*. Das ist alles.«

»Klingt wie Zen«, sagte ich.

Seitdem mochte ich sie.

Wir trafen uns nicht besonders häufig. Meist ein-, höchstens zweimal im Monat. Ich rief sie an und fragte, ob sie nicht Lust hätte auszugehen. Wir gingen zusammen essen oder tranken etwas in einer Bar. Und wir führten leidenschaftliche Gespräche. Ich hörte ihren Erzählungen zu und sie meinen. Wir hatten zwar kaum gemeinsame Themen, aber das störte uns nicht. Vielleicht waren wir so etwas wie Freunde. Natürlich bezahlte ich immer die Rechnung für das, was wir tranken und aßen. Manchmal rief auch sie mich an, meistens dann, wenn sie kein Geld, aber Hunger hatte. In solchen Momenten verdrückte sie unglaubliche Mengen.

Wenn ich mit ihr zusammen war, konnte ich mich einfach entspannen. Ich vergaß die Arbeit, zu der ich keine Lust hatte, die langweiligen und sinnlosen Streits, die nie ein Ende fanden, und die albernen Gedanken alberner Personen. Es war eine Fähigkeit, die sie besaß. Was sie erzählte, war ohne große Bedeutung. Manchmal pflichtete ich ihr bei, ohne dem Inhalt des Gesagten genau zu folgen. Wenn ich ihr zuhörte, überkam mich eine träge Wohligkeit, wie beim Betrachten von in der Ferne dahinziehenden Wolken.

Auch ich erzählte ihr alles Mögliche. Von persönlichen Dingen bis zu allgemeinen Ansichten sprach ich offen über meine Gedanken. Vielleicht stimmte auch sie mir zu, während sie genau wie ich die Worte an sich vorbeiziehen ließ. Wenn es so war, störte es mich nicht im Geringsten. Wonach ich mich sehnte, war ein Gefühl. Jedenfalls nicht Verständnis oder Mitleid.

Im Frühling vor zwei Jahren war ihr Vater an einer Herzkrankheit gestorben, und sie hatte eine große Summe Bargeld geerbt. So stellte sie es zumindest dar. Sie wollte mit diesem Geld für eine Weile nach Nordafrika reisen. Warum gerade nach Nordafrika, war mir nicht klar, aber da ich kurz zuvor eine Frau kennengelernt hatte, die in der algerischen Botschaft in Tōkyō arbeitete, stellte ich sie ihr vor. Sie fuhr nach Algerien. Es ergab sich, dass ich sie zum Flughafen brachte. Sie hatte nur eine mit Kleidern vollgestopfte armselige Boston-Tasche bei sich. Als ihr Gepäck untersucht wurde, konnte man den Eindruck gewinnen, als kehre sie nach Nordafrika zurück und reise nicht erst dorthin.

»Kommst du wirklich nach Japan zurück?«, fragte ich im Scherz.

»Klar komme ich zurück«, sagte sie.

Drei Monate später war sie wieder da. Sie hatte drei Kilo abgenommen und war braungebrannt. Und sie brachte einen neuen Liebhaber mit. Sie hatten sich wohl in einem Restaurant in Algier kennengelernt. Da es nur wenige Japaner in Algerien gab, hatten sie sich sofort angefreundet und waren bald darauf ein Liebespaar geworden. Soweit ich weiß, war dieser Mann ihr erster richtiger Freund.

Er war Mitte bis Ende zwanzig und groß, war korrekt gekleidet und hatte eine höfliche Art zu reden. Sein Gesichtsausdruck war etwas nichtssagend, aber er sah gut aus und machte keinen schlechten Eindruck. Er hatte große Hände mit langen Fingern.

Dass ich so viel über diesen Mann weiß, liegt daran, dass ich die beiden am Flughafen abholte. Ich bekam plötzlich ein Telegramm aus Beirut, in dem nur das Ankunftsdatum und die Flugnummer standen. Sie wollte anscheinend, dass ich zum Flughafen kam. Als das Flugzeug gelandet war – zu meinem Pech verspätete es sich aufgrund schlechter Wetterverhältnisse um vier Stunden, während derer ich in der Kaffee-Lounge drei Zeitschriften las –, kamen sie Arm in Arm aus dem Gate. Sie wirkten wie ein nettes junges Ehepaar. Sie stellte mir den Mann vor. Wir gaben uns fast reflexartig die Hand. Er hatte einen festen Händedruck, wie ihn diejenigen oft besitzen, die lange im Ausland gelebt haben. Dann gingen wir in ein Restaurant. Sie wollte unbedingt Tendon essen und aß also Tendon, während er und ich ein Bier vom Fass tranken.

Er erzählte, dass er Handelsgeschäfte betreibe, doch über den Inhalt dieser Geschäfte sagte er nichts weiter. Mir war nicht ganz klar, ob er nicht darüber sprechen wollte oder ob er glaubte, mich damit zu langweilen, und sich deshalb zurückhielt. Aber mir lag, ehrlich gesagt, auch nicht unbedingt an einem Gespräch über Handelsgeschäfte, und so fragte ich nicht nach. Da wir keinen besonderen Gesprächsstoff hatten, redeten wir über die Sicherheitslage in Beirut und die Wasserleitungen in Tunis. Er schien sich von Nordafrika bis zum Mittleren Osten ziemlich gut auszukennen.

Als sie mit ihrem Tendon fertig war, gähnte sie laut und sagte, dass sie müde sei. Sie machte den Eindruck, als würde sie auf der Stelle einschlafen. Ich vergaß es zu erwähnen, aber sie hatte die Angewohnheit, egal an welchem Ort, plötzlich müde zu werden. Er meinte, dass er sie mit dem Taxi nach Hause bringe. Ich sagte, dass ich mit der Bahn zurückführe, da die Bahn schneller sei. Ich hatte keine Ahnung, warum ich eigentlich extra zum Flughafen herausgekommen war.

»Es war nett, Sie kennenzulernen«, sagte er zu mir, als wolle er sich entschuldigen.

»Ganz meinerseits«, erwiderte ich.

Ich habe ihn danach mehrmals wiedergetroffen. Jedes Mal, wenn ich ihr zufällig irgendwo begegnete, stand er mit Sicherheit neben ihr. Verabredete ich mich mit ihr, brachte er sie mit dem Auto zu unserem Treffpunkt. Er fuhr einen makellosen silberfarbenen deutschen Sportwagen. Da ich fast nichts von Autos verstehe, kann ich keine detaillierten Auskünfte abgeben, aber es war ein Wagen wie aus einem Schwarzweißfilm von Federico Fellini. Kein Wagen, wie ihn normale Angestellte fuhren.

»Er hat sicher sehr viel Geld«, fragte ich sie einmal.

»Ja«, sagte sie eher desinteressiert, »kann sein.«

»Verdient man so viel im Handelsgeschäft?«

»Handelsgeschäft?«

»Das sagte er doch. Er erzählte, dass er Handelsgeschäfte betreibe.«

»Ach ja, wird wohl so sein, aber … ich weiß es nicht genau. Er scheint nicht besonders viel zu arbeiten. Obwohl er sich oft mit Leuten trifft und viel telefoniert.«

Wie in Fitzgeralds »The Great Gatsby«, dachte ich. Ein rätselhafter Jüngling mit viel Geld, von dem niemand wusste, was er tat.

Eines Sonntags im Oktober rief sie mich an. Meine Frau war schon morgens zu Verwandten gefahren, und ich war allein. Es war ein schöner sonniger Tag, und ich aß einen Apfel, während ich den Kampferbaum im Garten betrachtete. Ich hatte an diesem Tag bereits sieben Äpfel gegessen. Das passiert manchmal. Fast krankhaft bekomme ich Lust auf Äpfel. Vielleicht ist es ein Omen.

»Wir sind gerade in der Nähe. Passt es dir, wenn wir vorbeikommen?«

»Wir?«, fragte ich zurück.

»Ich und er«, sagte sie.

»Ja, natürlich«, sagte ich.

»Gut, wir sind in einer halben Stunde da«, sagte sie und legte auf.

Ich blieb noch einen Moment geistesabwesend auf dem Sofa sitzen, dann ging ich ins Bad, nahm eine Dusche und rasierte mich. Ich ließ meinen Körper trocknen und säuberte mir die Ohren. Ich erwog, das Zimmer aufzuräumen, gab den Gedanken aber wieder auf. Um ordentlich aufzuräumen, reichte die Zeit nicht, und anstatt alles nur halb aufzuräumen, ließ ich es lieber ganz. Überall im Zimmer verstreut lagen Bücher, Zeitschriften, Briefe, Platten, Bleistifte, Pullover und andere Dinge herum, aber es machte keinen dreckigen Eindruck. Ich war gerade mit einer Arbeit fertig geworden und hatte zu nichts Lust.

Ich setzte mich aufs Sofa, betrachtete den Kampferbaum und aß noch einen Apfel.

Sie kamen um kurz nach zwei. Ich hörte, wie ein Sportwagen vorm Haus hielt. Als ich zum Eingang ging, sah ich den silberfarbenen Wagen auf der Straße stehen. Sie steckte ihren Kopf aus dem Fenster und winkte. Ich zeigte ihnen den Parkplatz hinterm Haus.

»Da wären wir«, sagte sie lachend. Sie hatte eine dünne Bluse an, unter der man deutlich ihre Brustwarzen erkennen konnte, und einen olivgrünen Minirock.

Er trug einen marineblauen Blazer. Ich fand, dass er etwas anders aussah als sonst, aber das lag an seinem mindestens zwei Tage alten Bart. Dieser Zweitagebart hatte bei ihm jedoch ganz und gar nichts Nachlässiges, bloß die Schatten auf seinen Wangen waren ein wenig dunkler. Er stieg aus dem Wagen, setzte seine Sonnenbrille ab und schob sie in seine Brusttasche.

»Entschuldigen Sie, dass wir Sie so plötzlich an Ihrem freien Tag belästigen«, sagte er.

»Aber das macht gar nichts. Bei mir ist jeder Tag wie ein freier Tag, außerdem war mir langweilig«, sagte ich.

»Wir haben was zu essen mitgebracht«, sagte sie und holte eine große weiße Papiertüte vom Rücksitz.

»Etwas zu essen?«

»Nichts Besonderes. Wir dachten, dass wir wenigstens etwas mitbringen sollten, wenn wir Sie schon am Sonntag überfallen«, sagte er.

»Das ist aber nett von Ihnen. Ich habe seit heute Morgen nur Äpfel gegessen.«

Wir gingen ins Haus und breiteten die Lebensmittel auf dem Tisch aus. Es war eine ziemlich edle Zusammenstellung. Es gab Roastbeef-Sandwich, Salat, geräucherten Lachs und Heidelbeereis, und von allem reichlich. Während sie das Essen auf Teller umlud, holte ich eine Flasche Weißwein aus dem Eisschrank und öffnete sie. Es war fast eine kleine Party.

»Also, fangen wir an. Ich habe furchtbaren Hunger«, sagte sie wie üblich.

Wir bissen in die Sandwichs, aßen Salat und geräucherten Lachs. Als der Wein alle war, holten wir Dosenbier aus dem Eisschrank und tranken weiter. Bier ist das Einzige, womit unser Eisschrank immer gefüllt ist. Ein Freund von mir hat nämlich eine kleine Firma und gibt uns immer billig seine Biergutscheine, die er übrig hat.

Er trank nicht wenig, wurde aber kein bisschen rot im Gesicht. Ich kann auch ziemlich viel Bier vertragen, und sie hielt ebenfalls mit und leerte ein paar Dosen. In kaum einer Stunde standen schließlich lauter leere Bierdosen auf dem Tisch. Nicht schlecht. Sie nahm einige Platten aus dem Regal und legte sie auf den Plattenspieler mit automatischer Wechselvorrichtung. »Airegin« von Miles Davis erklang.

»Ein Garrard mit automatischem Plattenwechsler ist heutzutage eine Seltenheit«, sagte er.

Ich erklärte, dass ich ein Fan von automatischen Plattenwechslern sei. Und dass es ziemlich schwierig sei, einen guten Garrard zu finden. Er pflichtete mir höflich bei.

Nachdem wir eine Weile über Stereoanlagen geredet hatten, schwieg er einen Moment. »Ich habe etwas Gras«, sagte er dann, »wenn Sie Lust haben?«

Ich zögerte. Ich hatte gerade erst vor einem Monat mit dem Rauchen aufgehört und fühlte mich noch sehr labil. Ich war mir nicht sicher, was es für eine Wirkung haben würde, wenn ich jetzt Marihuana rauchte. Schließlich rauchte ich. Er holte aus der Papiertüte die in Aluminiumfolie gewickelten schwarzen Blätter, packte sie aus, legte sie auf das Zigarettenpapier, rollte sie ein und leckte den Klebestreifen mit der Zunge an. Er zündete den Joint mit dem Feuerzeug an, zog ein paar Mal daran, und nachdem er sich vergewissert hatte, dass er richtig brannte, reichte er ihn mir. Es war sehr gutes Marihuana. Wir sprachen eine Weile nichts und ließen den Joint rumgehen. Auf

Miles Davis folgten Walzer von Johann Strauss. Eine seltsame Musikauswahl, aber irgendwie nicht schlecht.

Als der Joint zu Ende war, sagte sie, dass sie müde sei. Sie hatte wenig geschlafen, und die drei Bier und der Joint hatten ein Übriges getan. Sie wird immer sofort müde. Ich begleitete sie in den ersten Stock und brachte sie ins Bett. Sie sagte, dass sie gerne ein T-Shirt von mir hätte. Ich gab ihr eins, und ohne Zögern zog sie ihre Kleider bis auf die Unterwäsche aus, streifte sich das T-Shirt über und legte sich hin. Ich fragte sie, ob ihr nicht kalt sei, aber da schlief sie schon fest. Kopfschüttelnd ging ich nach unten.

Im Wohnzimmer hatte ihr Freund einen zweiten Joint gedreht. Er war wirklich zäh. Ich wäre am liebsten neben sie ins Bett gekrochen und auch einfach eingeschlafen. Aber das ging nicht. Wir rauchten und noch immer spielten die Walzer von Johann Strauss. Mir fiel aus irgendeinem Grund ein Theaterstück ein, das wir in der Grundschule beim Schulfest aufgeführt hatten. Ich hatte dabei einen alten Mann in einem Handschuhladen gespielt. Ein Fuchskind kommt in den Handschuhladen, um etwas zu kaufen. Aber das Geld vom Fuchskind reicht nicht für die Handschuhe.

»Damit kannst du keine Handschuhe kaufen«, sage ich. Es war sozusagen die Rolle des Bösewichts.

»Aber der Mutter ist so kalt. Ihre Haut ist voller Schründe. Ich bitte Sie auch sehr herzlich«, sagt das Fuchskind.

»Nein, unmöglich. Spar etwas Geld und dann komm wieder. Dann...«

»Manchmal brenne ich Scheunen ab«, sagte er.

»Wie bitte?«, fragte ich.

Ich war in Gedanken woanders gewesen und glaubte, mich verhört zu haben.

»Manchmal brenne ich Scheunen ab«, wiederholte er.

Ich sah zu ihm rüber. Er fuhr mit der Spitze seines Fingernagels über das Muster auf dem Feuerzeug. Dann inhalierte er den Rauch kräftig bis tief in die Lungen, hielt ihn etwa zehn Sekunden an und atmete langsam wieder aus. Wie Ektoplasma schwebte der Rauch aus seinem Mund in die Luft. Er reichte mir den Joint.

»Ziemlich gutes Zeug, nicht?«, sagte er.

Ich nickte.

»Ich habe es aus Indien mitgebracht. Ich habe nur besonders gute Ware genommen. Bei diesem Zeug fallen einem komischerweise alle möglichen Dinge ein. Vor allem Lichter, Gerüche und so was. Die Qualität des Gedächtnisses ...« – hier hielt er inne und schnippte, als ob er nach den richtigen Worten suchte, ein paar Mal leicht mit den Fingern – »verändert sich völlig. Finden Sie nicht?«

Ich sagte, dass ich das auch fände. Ich hatte mich gerade an die Geräusche auf der Bühne beim Schulfest und an den Geruch der Farben erinnert, mit denen wir die Pappkulissen bemalt hatten.

»Ich würde gern mehr von den Scheunen hören«, sagte ich.

Er sah mich an. Sein Gesicht war nach wie vor ohne jeglichen Ausdruck.

»Kann ich darüber sprechen?«, fragte er.

»Natürlich«, sagte ich.

»Es ist ganz einfach. Ich gieße Benzin aus und werfe ein brennendes Streichholz hinein. Das Feuer lodert auf und das war's. Es dauert keine fünfzehn Minuten, bis alles verbrannt ist.«

»Und dann?«, fragte ich und schwieg. Ich wusste nicht, was ich sagen sollte. »Warum brennen Sie denn die Scheunen ab?«

»Finden Sie das komisch?«

»Weiß ich nicht. Sie brennen Scheunen ab, ich tue es nicht. Das ist ein wesentlicher Unterschied. Mir geht es nicht so sehr darum, welches von beidem komisch ist, sondern zunächst einmal möchte ich wissen, worin dieser Unterschied besteht. Außerdem haben Sie vom Scheunenabbrennen angefangen.«

»Ja«, sagte er. »Das stimmt. Übrigens, haben Sie eine Platte von Ravi Shankar?«

Ich verneinte.

Er sah eine Weile zerstreut vor sich hin. Sein Bewusstsein schien sich wie Knetmasse hin und her zu winden. Vielleicht war es aber auch mein Bewusstsein, das sich hin und her wand.

»Alle zwei Monate ungefähr brenne ich eine Scheune ab«, sagte er. Er schnippte wieder mit den Fingern. »Ich glaube, das ist der beste Rhythmus. Für mich natürlich, meine ich.«

Ich nickte vage. Rhythmus?

»Brennen Sie eigentlich Ihre eigenen Scheunen ab?«, versuchte ich zu fragen.

Er sah mich verständnislos an. »Warum sollte ich meine eigenen Scheunen abbrennen? Glauben Sie, dass ich so viele Scheunen besitze?«

»Das heißt also«, sagte ich, »dass Sie Scheunen von anderen Leuten abbrennen?«

»Genau«, sagte er. »Natürlich. Es sind anderer Leute Scheunen. Deswegen ist es ja schließlich eine Straftat. Es ist genauso eindeutig eine Straftat, wie Sie und ich jetzt hier einen Joint rauchen.«

Ich schwieg, die Ellbogen auf die Stuhllehnen gestützt.

»Ich stecke also mutwillig Scheunen, die anderen Leuten gehören, in Brand. Natürlich wähle ich dabei die aus, bei denen kein großes Feuer entstehen kann. Ich möchte ja kein Feuer verursachen. Ich möchte einfach bloß Scheunen abbrennen.«

Ich nickte und drückte den heruntergebrannten Joint aus. »Aber wenn man Sie erwischt, sind Sie dran. Es ist auf jeden Fall Brandstiftung, und wenn Sie Pech haben, kommen Sie ins Gefängnis.«

»Die kriegen mich nicht«, sagte er unbekümmert. »Ich gieße das Benzin aus, zünde ein Streichholz an und haue ab. Und dann guck ich es mir aus der Ferne in aller Ruhe mit dem Fernglas an. Die kriegen mich nicht. Auch die Polizei macht nicht viel Aufhebens davon, wenn eine dieser mickrigen Scheunen brennt.«

Das stimmt wahrscheinlich, dachte ich. Außerdem würde sicherlich niemand auf die Idee kommen, dass ein gut gekleideter junger

Mann in einem ausländischen Wagen herumfuhr und Scheunen ab-
brannte.

»Weiß sie davon?«, fragte ich, wobei ich mit dem Finger zum ersten Stock hinaufwies.

»Sie hat keine Ahnung. Um die Wahrheit zu sagen, außer Ihnen
habe ich bis jetzt niemandem davon erzählt. Es ist keine Geschichte,
die man jedem erzählen kann.«

»Warum mir?«

Er streckte die Finger der rechten Hand aus und rieb sich die Wangen. Seine Bartstoppeln machten ein kratzendes, trockenes Geräusch.
Ein Geräusch, als ob ein Insekt auf einem gespannten dünnen Papier entlangliefe. »Ich dachte, Sie schreiben Romane und interessieren sich vielleicht für menschliche Verhaltensmuster. Außerdem
habe ich die Vorstellung, dass Romanschriftsteller, bevor sie über
eine Sache urteilen, diese erst einmal in ihrer wahren Form genießen. *Genießen* ist vielleicht nicht der passende Ausdruck, man könnte auch sagen, dass sie es in seiner wahren Form rezipieren. Deswegen habe ich Ihnen davon erzählt. Aber ich wollte es auch einfach
erzählen.«

Ich nickte. Doch mir war nicht ganz klar, wie ich es in seiner wahren Form rezipieren sollte.

»Das klingt vielleicht komisch«, er breitete seine Hände aus und
legte sie langsam wieder aneinander. »Ich habe das Gefühl, als gäbe
es in der Welt eine Menge Scheunen, die alle darauf warten, von mir
abgebrannt zu werden. Die einsame Scheune am Meer oder die Scheune mitten im Reisfeld ... Es gibt alle möglichen Scheunen. In nur einer Viertelstunde brenne ich sie sauber ab. Es ist, als hätten sie nie
existiert. Niemand trauert ihnen nach. Sie ... verschwinden einfach.
In einem Nu.«

»Aber Sie urteilen darüber, ob sie überflüssig sind oder nicht.«

»Nein, ich urteile nicht. *Sie warten darauf,* abgebrannt zu werden.
Ich rezipiere es nur. Verstehen Sie? Ich rezipiere nur, was da ist. Ge-

nauso wie der Regen. Es regnet. Flüsse schwellen an. Irgendetwas wird fortgeschwemmt. Urteilt der Regen darüber, was? Sehen Sie, ich habe überhaupt nichts Amoralisches vor. Ich glaube an meine eigene Moral. Sie ist für die menschliche Existenz eine enorm wichtige Kraft. Ohne Moral können die Menschen nicht existieren. Ich glaube, dass die Moral sozusagen das *Gleichgewicht* der gleichzeitigen Existenz bedeutet.«

»Gleichzeitige Existenz?«

»Also, dass ich hier und zugleich dort bin. Ich bin in Tōkyō, und zugleich bin ich in Tunis. Ich bin es, der etwas verdammt, und ich bin es auch, der es zulässt. Das ist es, was ich meine. Dieses *Gleichgewicht* existiert. Ohne es könnten wir nicht leben. Es ist gleichsam der Halt in allem. Wenn es das nicht gäbe, würden wir uns auflösen und buchstäblich in Einzelteile zerfallen. Nur wenn es da ist, können wir gleichzeitig existieren.«

»Soll das heißen, dass Ihr Scheunenabbrennen ein moralischer Akt ist?«

»Genau genommen ist es das nicht. Es ist eine Handlung, um die Moral zu bewahren. Aber ich glaube, man sollte die Moral besser vergessen. Sie ist dabei nicht wesentlich. Was ich sagen möchte, ist, dass es in der Welt viele solcher Scheunen gibt. Ich habe meine Scheunen, Sie haben Ihre Scheunen. Das stimmt wirklich. Ich bin fast überall in der Welt herumgekommen. Ich habe alle möglichen Erfahrungen gemacht. Ich habe mehr als einmal mein Leben aufs Spiel gesetzt. Ich sage das nicht, um anzugeben. Aber hören wir auf damit. Normalerweise bin ich ein schweigsamer Mensch, aber wenn ich Gras rauche, quatsche ich zu viel.«

Als müsste erst eine Glut in uns abkühlen, verharrten wir einen Moment schweigend. Ich wusste nicht genau, was ich wie hätte sagen sollen. Es war eine Stimmung, als säße man im Zug und betrachtete merkwürdige Landschaften, die eine nach der anderen vorm Fenster auftauchten und wieder verschwanden. Mein Körper war träge und zu keiner exakten Bewegung fähig. Doch ich spürte deutlich die Existenz meines Körpers als Vorstellung. Der Ausdruck »gleichzeitige Existenz« war nicht unpassend. Es gab mein denkendes Ich und das Ich, welches dieses denkende Ich beobachtete. Die Zeit tickte in ganz präzisen Polyrhythmen.

»Möchten Sie ein Bier?«, fragte ich nach einer Weile.

»Ja, danke. Gern.«

Ich holte vier Dosen Bier und ein Stück Camembert aus der Küche. Wir tranken jeder zwei Bier und aßen den Käse. »Wann haben Sie das letzte Mal eine Scheune abgebrannt?«, fragte ich.

»Ja, also«, er hielt die leere Bierdose locker in den Händen und dachte nach, »es war im Sommer, Ende August wahrscheinlich.«

»Und wann werden Sie die nächste abbrennen?«

»Das weiß ich nicht. Es ist nicht so, dass ich es plane, im Kalender eintrage und dann darauf warte. Wenn ich Lust dazu habe, brenne ich eine ab.«

»Aber es gibt doch nicht gerade immer eine passende Scheune.«

»Da haben Sie natürlich recht«, sagte er leise. »Deswegen suche ich mir schon im Voraus eine aus, die sich zum Abbrennen eignet.«

»Sie haben also immer welche auf Lager.«

»Genau.«

»Darf ich Sie noch eines fragen?«

»Bitte.«

»Steht schon fest, welche Scheune Sie als Nächstes abbrennen?«

Er runzelte die Stirn. Dann atmete er pfeifend tief durch die Nase ein. »Ja. Das steht fest.«

Ohne ein Wort zu sagen, trank ich in kleinen Schlucken mein restliches Bier.

»Es ist eine richtig gute Scheune. Seit langem mal wieder eine, die sich abzubrennen lohnt. Tatsächlich bin ich heute hierher gekommen, um sie zu inspizieren.«

»Das heißt, sie ist hier in der Nähe.«

»Ganz in der Nähe«, sagte er.

Damit endete unser Gespräch über die Scheunen.

Um fünf weckte er seine Freundin und entschuldigte sich, dass sie so plötzlich bei mir hereingeplatzt waren. Obwohl er eine ganze Menge Bier getrunken hatte, war er vollkommen nüchtern. Er fuhr den Sportwagen aus dem Hof heraus.

»Ich werde auf die Scheunen achten«, sagte ich beim Abschied.

»Ja«, sagte er. »Es ist jedenfalls ganz nah.«

»Was für Scheunen?«, fragte sie.

»Gespräch unter Männern«, sagte er.

»Ach du meine Güte«, sagte sie.

Die beiden fuhren ab.

Ich ging ins Wohnzimmer zurück und legte mich aufs Sofa. Auf dem Tisch stand alles durcheinander. Ich nahm meinen Dufflecoat, deckte mich damit zu und schlief fest ein.

Als ich aufwachte, war es stockfinster im Zimmer. Es war sieben.

Eine bläuliche Finsternis und der stechende Geruch von Marihuana hingen im Raum. Irgendwie war die Dunkelheit nicht gleichmäßig. Noch auf dem Sofa liegend, versuchte ich, mir die Fortsetzung der Aufführung beim Schulfest ins Gedächtnis zu rufen, aber ich konnte mich nicht mehr richtig erinnern. Hatte das Fuchskind schließlich die Handschuhe bekommen?

Ich stand auf und öffnete das Fenster, um das Zimmer zu lüften, dann kochte ich mir in der Küche einen Kaffee.

Am nächsten Tag ging ich zum Buchladen und kaufte eine Karte der Stadt, in der ich lebte. Es war eine Grundkarte im Maßstab 1:20 000, auf der auch die kleinsten Straßen eingezeichnet waren. Ich ging mit der Karte die ganze Gegend ab und machte mit dem Bleistift an jeder Stelle, an der eine Scheune stand, ein Kreuz. In drei Tagen hatte ich eine quadratische Fläche von vier mal vier Kilometern bis in jede kleinste Ecke erkundet. Unser Haus liegt in einem Vorort, und in der Umgebung stehen noch viele Bauernhäuser. Daher gibt es auch eine beträchtliche Anzahl von Scheunen. Insgesamt waren es sechzehn.

Seine Scheune musste darunter sein. Durch die Art, wie er »ganz in der Nähe« gesagt hatte, war ich überzeugt davon, dass sie nicht noch weiter von meinem Haus entfernt sein konnte.

Als Nächstes untersuchte ich sorgfältig den Zustand jeder einzelnen Scheune. Zuerst schloss ich die Scheunen aus, die zu nah an Häusern oder neben Treibhäusern aus Kunststoff standen. Dann klammerte ich die aus, in denen sich landwirtschaftliche Geräte, chemische Insektenvertilgungsmittel oder Ähnliches befanden und die demnach ziemlich häufig in Gebrauch waren. Er würde bestimmt keine landwirtschaftlichen Geräte oder chemischen Mittel in Brand setzen wollen. Am Schluss blieben fünf Scheunen übrig. Fünf abzubrennende Scheunen. Beziehungsweise fünf Scheunen, gegen deren Abbrennen nichts einzuwenden war.

Es waren alles Scheunen, die in etwa einer Viertelstunde niederbrannten und deren Abbrennen wahrscheinlich niemand bedauern würde.

Welche davon er abbrennen wollte, konnte ich unmöglich bestimmen. Das war nur noch Geschmackssache. Aber ich hätte zu gern gewusst, für welche der fünf Scheunen er sich entschieden hatte.

Ich breitete die Karte aus und radierte alle Kreuze weg, außer denen für die fünf Scheunen. Dann nahm ich ein Rechtwinkellineal, ein Kurvenlineal und einen Zirkel und bestimmte die kürzeste Strecke, um von unserem Haus aus an allen fünf Scheunen vorbei und wieder nach Hause zurück zu laufen. Weil sich der Weg an Flüssen und Hügeln entlangschlängelte, war es eine ziemlich zeitaufwendige Arbeit. Schließlich besaß die Strecke eine Länge von 7,2 Kilometern, und da ich mehrmals gemessen hatte, waren Fehler so gut wie ausgeschlossen.

Am nächsten Morgen um sechs lief ich in Trainingsanzug und Joggingschuhen die Strecke zur Probe ab. Da ich sowieso jeden Morgen sechs Kilometer lief, war die Verlängerung um einen Kilometer keine große Sache. Die Landschaft war nicht übel. Es gab zwar unterwegs zwei Bahnübergänge, an denen ich jedoch nur selten aufgehalten wurde.

Ich laufe von zu Hause los und als Erstes um den Sportplatz der nahegelegenen Universität herum, dann drei Kilometer auf einem menschenleeren ungepflasterten Weg den Fluss entlang. Hier steht die erste Scheune. Dann komme ich durch ein Wäldchen. Ein leicht ansteigender Hügel. Und da ist die zweite Scheune. Etwas weiter vorne gibt es Ställe für Rennpferde, und die Pferde würden beim Anblick des Feuers vielleicht unruhig werden. Aber das ist alles. Eine wirkliche Gefahr besteht nicht. Die beiden nächsten Scheunen ähneln sich ziemlich, sie sehen aus wie ein altes hässliches Zwillingspaar. Sie stehen keine zweihundert Meter voneinander entfernt und sind alt und schmutzig. Man sollte sie am besten gleich zusammen abbrennen, denke ich.

Die letzte Scheune steht neben einer Bahnschranke. Ungefähr bei Kilometer sechs. Sie steht völlig verlassen direkt an den Bahnschienen und trägt ein Pepsi-Cola-Schild aus Blech. Das Gebäude – ich bin mir nicht sicher, ob man es überhaupt noch als solches bezeichnen kann – ist fast ganz in sich zusammengefallen. Wie er gesagt hatte, schien sie nur darauf zu warten, von irgendjemandem abgebrannt zu werden.

Nachdem ich an der letzten Scheune kurz Halt gemacht und ein paar Mal tief ein- und ausgeatmet hatte, überquerte ich den Bahnübergang und lief nach Hause zurück. Ich hatte einunddreißig Minuten und dreißig Sekunden gebraucht. Ich duschte, frühstückte, legte mich aufs Sofa, hörte mir eine Platte an und machte mich dann an meine Arbeit.

Einen Monat lang lief ich jeden Morgen dieselbe Strecke. Aber keine Scheune brannte ab.

Manchmal dachte ich, dass er mich dazu bringen wollte, die Scheunen selbst abzubrennen. Er hatte mir die Vorstellung vom Scheunenabbrennen in den Kopf gesetzt, und jetzt blies sie sich auf, als ob man

Luft in einen Fahrradreifen pumpte. Ab und zu überlegte ich wirklich, ob es nicht schneller sei, selbst mit einem Streichholz die Scheunen anzuzünden, als die ganze Zeit darauf zu warten, dass er es täte. Es waren schließlich bloß alte abgetakelte Scheunen.

Aber das ging wohl zu weit. In Wirklichkeit brenne ich keine Scheunen ab. Mag sich die Vorstellung vom Scheunenabbrennen noch so sehr in meinem Kopf festsetzen, ich bin nicht der Typ, der tatsächlich Scheunen in Brand steckt. Nicht ich brenne Scheunen ab, sondern er. Vielleicht hatte er sich für eine andere Scheune entschieden. Oder er war zu beschäftigt und hatte keine Zeit, Scheunen abzubrennen. Und sie ließ auch nichts von sich hören.

Es wurde Dezember, der Herbst war zu Ende, und die Morgenluft biss in die Haut. Die Scheunen standen da wie immer. Weißer Reif bedeckte ihre Dächer. Die überwinternden Vögel schickten das Geräusch ihrer flatternden Flügel durch das gefrorene Wäldchen. Unverändert nahm die Welt ihren Lauf.

Das nächste Mal traf ich ihn Mitte Dezember letzten Jahres. Es war kurz vor Weihnachten. Überall ertönten Weihnachtslieder. Ich war in die Stadt gegangen, um allen möglichen Leuten alle möglichen Weihnachtsgeschenke zu kaufen. In der Gegend von Nogizaka stieß ich auf seinen Wagen. Es war zweifellos sein silberfarbener Sportwagen. Er hatte ein Shinagawa-Kennzeichen und eine kleine Schramme an der Seite des linken Scheinwerfers. Der Wagen parkte vor einem Café. Doch glänzte er nicht mehr so wie das letzte Mal, als ich ihn gesehen hatte. Irgendwie wirkte der silberne Lack stumpf. Aber vielleicht täuschten mich meine Sinne auch. Ich habe nämlich die Tendenz, meine Erinnerungen den Umständen anzupassen. Ohne zu zögern, trat ich ins Café.

Im Café war es dunkel, und es roch intensiv nach Kaffee. Man hörte kaum die Stimmen der Leute, nur leise Barockmusik. Ich entdeckte ihn sofort. Er saß allein am Fenster und trank einen Café au lait. Obwohl es in dem Laden so heiß war, dass meine Brille beschlug, saß er in einem schwarzen Kashmirmantel da. Auch seinen Schal hatte er nicht ausgezogen.

Einen Moment war ich unschlüssig, ging dann aber zu ihm und sprach ihn an. Allerdings sagte ich ihm nicht, dass ich seinen Wagen vor der Tür gesehen hatte. Ich war einfach zufällig in den Laden gekommen und hatte ihn zufällig entdeckt.

»Kann ich mich zu Ihnen setzen?«, fragte ich.

»Natürlich. Bitte«, sagte er.

Wir plauderten etwas. Doch es wurde kein sonderlich lebhaftes Gespräch. Wir hatten eigentlich kaum gemeinsame Themen, und außerdem schien er an etwas anderes zu denken. Aber es störte ihn offensichtlich auch nicht, dass wir zusammensaßen. Er erzählte von den Häfen in Tunesien. Und von den Garnelen, die man dort fangen könnte. Er redete nicht aus Höflichkeit, sondern sprach ernsthaft über Garnelen. Aber so wie ein Rinnsal im Sandboden versiegt, brach unser Gespräch plötzlich ab und kam nicht mehr in Gang.

Er winkte dem Kellner und bestellte noch einen Café au lait.

»Übrigens, was ist eigentlich aus der Scheune geworden?«, fragte ich mutig.

Er verzog die Lippen zu einem schwachen Lächeln. »Ach, Sie erinnern sich noch«, antwortete er. Er holte ein Taschentuch aus seiner Tasche hervor, wischte sich den Mund und steckte es wieder ein. »Ich habe sie natürlich abgebrannt. Bis auf den letzten Rest ist sie verbrannt. So, wie ich es versprochen habe.«

»Direkt in meiner Nähe?«

»Ja. Wirklich ganz in der Nähe.«

»Wann?«

»Neulich, etwa zehn Tage nachdem wir Sie besucht hatten.«

Ich erzählte ihm, dass ich die Positionen der Scheunen in der Karte eingezeichnet hatte und jeden Tag einmal daran vorbeigelaufen war.

»Ich kann es unmöglich übersehen haben«, meinte ich.

»Sie sind ja ziemlich genau«, sagte er sichtlich amüsiert. »Genau und theoretisch. Aber Sie müssen es übersehen haben. Das kommt vor. Was zu nah ist, sieht man nicht.«

»Das verstehe ich nicht.«

Er rückte seinen Schlips zurecht und sah auf seine Armbanduhr. »Zu nah«, sagte er. »Aber ich muss gehen. Wollen wir darüber nicht das nächste Mal in aller Ruhe reden? Entschuldigen Sie, aber es wartet jemand auf mich.«

Ich wollte ihn nicht länger aufhalten. Er stand auf und steckte seine Zigaretten und das Feuerzeug ein.

»Haben Sie sie eigentlich seitdem wiedergesehen?«, fragte er.

»Nein, ich habe sie nicht getroffen. Und Sie?«

»Ich auch nicht. Ich erreiche sie nicht. Sie ist weder in ihrer Wohnung, noch geht sie ans Telefon, und auch in ihrer Pantomimenklasse ist sie die ganze Zeit nicht gewesen.«

»Vielleicht ist sie irgendwo hingefahren. Das hat sie schon öfter gemacht.«

Er stand mit den Händen in den Taschen da und starrte auf den Tisch. »Schon eineinhalb Monate ohne einen Pfennig? So raffiniert ist sie nicht, was das praktische Leben angeht.«

Er schnippte ein paar Mal mit den Fingern in den Taschen.

»Ich kenne sie ganz gut, sie hat keinen einzigen Pfennig. Sie hat auch keine richtigen Freunde. Ihr Adressbuch ist zwar voller Namen, aber das sind nur Namen. Sie hat keine Freunde, die sie um etwas bitten könnte. Nein, das stimmt nicht ganz, Ihnen hat sie vertraut. Das soll jetzt kein Kompliment sein. Ich glaube, Sie waren für sie ein ganz besonderer Mensch. Ich war sogar etwas eifersüchtig auf Sie. Wirklich. Dabei bin ich eigentlich jemand, der Eifersucht kaum kennt.« Er stieß einen kleinen Seufzer aus. Dann blickte er wieder auf die Uhr. »Ich gehe jetzt. Wir können uns ja mal irgendwo treffen.«

Ich nickte. Aber ich brachte kein rechtes Wort raus. Es ist immer dasselbe. Vor diesem Mann verschlägt es mir die Sprache.

Ich versuchte sie danach mehrmals anzurufen, aber ihr Telefon war wegen nicht bezahlter Rechnungen abgestellt. Ich machte mir Sorgen und fuhr zu ihrer Wohnung. Ihr Zimmer war abgeschlossen. Im Briefkasten steckte ein Stapel Postwurfsendungen. Da der Hausmeister nirgendwo zu finden war, konnte ich nicht einmal feststellen, ob sie überhaupt noch dort wohnte. Ich riss eine Seite aus meinem Notizbuch, schrieb »Bitte melde dich« und meinen Namen darauf und steckte sie in den Briefkasten. Aber sie meldete sich nicht.

Als ich das nächste Mal zu der Wohnung fuhr, hing an der Tür das Namensschild eines neuen Mieters. Ich klopfte, aber niemand öffnete. Nach wie vor war der Hausmeister nicht aufzutreiben.

Ich gab es auf. Das war vor fast einem Jahr.

Sie war verschwunden.

Ich laufe noch immer jeden Morgen an den fünf Scheunen vorbei. Von den Scheunen in meiner Nähe ist immer noch keine abgebrannt. Ich habe auch nichts von einer abgebrannten Scheune gehört. Wieder ist es Dezember, und die Wintervögel fliegen über mich hinweg. Und ich werde immer noch älter.

Nachts im Dunkeln denke ich manchmal an die niederbrennenden Scheunen.

Frachtschiff nach China

Auf das Frachtschiff nach China
möcht ich dich setzen,
es ist bestellt, nur für zwei ...

Japanische Weise

1

Wann bin ich dem ersten Chinesen begegnet?

Dieser Text beginnt an einer gleichsam archäologischen Frage. An die einzelnen archäologischen Fundstücke heftet man Zettel, klassifiziert und analysiert sie.

Also wann bin ich meinem ersten Chinesen begegnet?

Es muss 1959 oder 1960 gewesen sein, aber das ist eigentlich egal. Genauer gesagt: vollkommen egal. 1959 und 1960 sind für mich wie ein hässliches Zwillingspaar, das die gleichen unförmigen Sachen trägt. Selbst wenn ich mit einer *Zeitmaschine* in jene Zeit zurückkehren könnte, bedürfte es einiger Mühe, die beiden auseinanderzuhalten.

Trotzdem setze ich meine Arbeit fort. Der Schacht weitet sich, und langsam beginnen sich neue Fundstücke abzuzeichnen. Bruchstücke der Erinnerung.

Genau, es war in dem Jahr, als Johnson und Patterson um den Meisterschaftstitel im Schwergewicht kämpften. Ich entsinne mich, dass ich den Wettkampf damals im Fernsehen verfolgte. Ich bräuchte also nur in die Bücherei zu gehen und die Sportseiten der alten Jahrbücher durchzusehen. Damit müsste die Frage erledigt sein.

Am nächsten Morgen fuhr ich mit dem Fahrrad zur nahegelegenen Stadtteilbücherei.

Seitlich des Eingangs zur Bücherei stand, ich weiß nicht warum, ein Hühnerstall, darin waren fünf Hühner, die ein spätes Frühstück oder ein frühes Mittagessen zu sich nahmen. Da das Wetter angenehm war, setzte ich mich, bevor ich in die Bücherei hineinging, auf das Pflaster neben den Stall und rauchte eine Zigarette. Und während ich rauchte, sah ich den Hühnern zu, wie sie aßen. Sie pickten in ihren Futternapf, als hätten sie es furchtbar eilig. Die Essensszene wirkte so hastig wie einer jener frühen Wochenschaufilme, die mit achtzehn Bildern pro Sekunde aufgenommen wurden.

Als ich mit meiner Zigarette zu Ende war, hatte sich irgendetwas in mir verändert. Warum, weiß ich nicht. Aber ohne zu wissen warum und eine Zigarettenlänge von den fünf Hühnern entfernt, stellte mir mein neues Ich zwei Fragen.

Die erste lautete: Wen interessierte das genaue Datum, an dem ich meinem ersten Chinesen begegnet war?

Die zweite: Existierte zwischen den damaligen Jahrbüchern auf dem Tisch des sonnigen Lesezimmers und mir noch etwas, das uns verband?

Die Fragen schienen mir berechtigt. Ich rauchte noch eine Zigarette vor dem Hühnerstall, dann stieg ich auf mein Fahrrad und verabschiedete mich von der Bücherei und den Hühnern. So wie die Vögel am Himmel keinen Namen tragen, tragen meine Erinnerungen kein Datum.

Die meisten meiner Erinnerungen sind ohne Datum. Mein Gedächtnis ist furchtbar ungenau. Es ist so ungenau, dass ich manchmal sogar den Eindruck habe, als wollte ich mit dieser Ungenauigkeit irgendjemandem etwas beweisen. Aber mir ist vollkommen unklar, was das sein könnte. Beweist diese Ungenauigkeit nicht etwas, das sich unmöglich genau bestimmen lässt?

Auf jeden Fall, wie auch immer, ist mein Gedächtnis entsetzlich unzuverlässig. Vorher und nachher verkehren sich, Realität und Fantasie gehen durcheinander, und manchmal vermischt sich mein Blick mit dem anderer. Man kann das vielleicht schon nicht mehr Gedächtnis nennen. Daher gibt es auch nur zwei Ereignisse aus meiner Grundschulzeit (diesen trüben Tagen jener tragisch-komischen sechs Jahre der Nachkriegszeit), an die ich mich noch genau erinnere. Das eine ist diese Geschichte mit dem Chinesen, das andere ein Baseballspiel, das an einem Nachmittag irgendwann in den Sommerferien stattfand. Ich spielte damals im Mittelfeld, und bei der dritten Runde erlitt ich eine Gehirnerschütterung. Natürlich wurde ich nicht einfach so bewusstlos. Der Hauptgrund dafür war, dass unsere Teams für diesen Wettkampf nur eine Ecke des Sportplatzes der benachbarten Oberschule benutzen durften. Als ich nämlich mit vollem Tempo einen Ball, der weit über das Mittelfeld flog, verfolgte, krachte ich mit dem Kopf an den Pfosten eines Basketballkorbs.

Als ich die Augen öffnete, lag ich auf einer Bank unter einem Weinspalier. Es dämmerte schon und als Erstes drang mir der Geruch von auf trockener Erde versprengtem Wasser und der Ledergeruch eines mir als Kopfkissen dienenden neuen Baseballhandschuhs ins Bewusstsein. Ich spürte einen leichten Schmerz seitlich am Kopf. Anscheinend hatte ich etwas gesagt. Doch ich erinnere mich nicht mehr daran. Mein Freund, der bei mir war, rückte erst später damit raus. Ich soll gesagt haben: »*Kein Problem, wenn man den Staub abwischt, kann man es noch essen.*«

Woher dieser Satz kam, weiß ich bis heute nicht. Vielleicht hatte ich nur geträumt. Vielleicht hatte ich geträumt, dass ich mit dem Brot für das gemeinsame Schulessen die Treppe hinuntergefallen war. Etwas anderes fällt mir zu diesen Worten nicht ein.

Auch jetzt noch, zwanzig Jahre später, gehen mir diese Worte manchmal im Kopf herum. »*Kein Problem, wenn man den Staub abwischt, kann man es noch essen.*«

Wenn mir diese Worte in den Sinn kommen, denke ich über die Existenz dieses Einzelwesens namens »ich« nach und über den Weg, dem dieses Einzelwesen folgen muss. Und ich denke über den Tod nach, an dem solche Gedanken unweigerlich enden. Der Versuch, sich den Tod vorzustellen, ist, zumindest für mich, ein endloses Unterfangen. Bei Tod muss ich, warum, weiß ich nicht, an die Chinesen denken.

2

Der Grund dafür, dass ich damals der etwas oberhalb der Hafenstadt gelegenen Grundschule für chinesische Kinder einen Besuch abstattete (ich habe den Namen dieser Schule vollkommen vergessen und nenne sie daher im Folgenden einfach »chinesische Grundschule« – ein etwas seltsamer Name vielleicht, den man mir verzeihen möge), war, dass sie als Ort für die von mir abzulegende Vorprüfung bestimmt worden war. Es gab verschiedene Prüfungsorte, aber ich war als Einziger aus unserer Schule der chinesischen Grundschule zugeteilt worden. Warum, habe ich nie verstanden. Vielleicht war es irgendein organisatorischer Fehler. Die anderen aus meiner Klasse hatten alle Orte in der Nähe zugewiesen bekommen.

Eine chinesische Grundschule?

Ich fragte jeden, ob er irgendetwas über die chinesische Grundschule wüsste. Niemand wusste etwas. Alles, was ich herausbekam, war, dass diese chinesische Grundschule dreißig Minuten mit der Straßenbahn von unserem Schulbezirk entfernt lag. Da ich damals nicht zu den Kindern gehörte, die alleine mit der Straßenbahn fuhren, war das für mich gleichbedeutend mit dem *Ende der Welt*.

Die chinesische Grundschule am Ende der Welt.

Zwei Wochen später am Sonntagmorgen spitzte ich furchtbar missmutig ein Dutzend neuer Bleistifte und packte, wie vorgeschrieben, mein Mittagsbrot und ein Paar Hausschuhe in meine Plastikschultasche. Es war ein schöner, etwas zu warmer Sonntag im Herbst, doch meine Mutter ließ mich einen dicken Pullover anziehen. Ich stieg allein in die Bahn und stand, um die Station nicht zu verpassen, die ganze Zeit an der Tür und guckte raus.

Den Weg zur chinesischen Schule fand ich sofort, ohne auf den auf der Rückseite des Prüfungszettels abgedruckten Plan zu sehen. Ich brauchte nur der Horde von Grundschülern mit ihren mit Hausschuhen und Mittagsbrot gefüllten Taschen zu folgen. Dutzende, Hunderte von Grundschülern liefen in einer Reihe alle in der gleichen Richtung einen steilen Hügel hinauf. Es war ein wirklich seltsamer Anblick. Sie spielten nicht Ball, sie rissen auch nicht den Jüngeren die Mützen vom Kopf, sie gingen schweigend den Weg entlang. Sie kamen mir wie eine ungleichmäßige, endlose Bewegung vor. Während ich den Hügel hinaufstieg, schwitzte ich unter meinem dicken Pullover.

In ihrem Aussehen unterschied sich die chinesische Grundschule entgegen meiner Vorstellung kaum von unserer Grundschule, sie war eigentlich noch schöner. Dunkle lange Flure, feuchte modrige Luft – die Bilder, die sich während der vergangenen zwei Wochen in meinem Kopf angesammelt hatten, fand ich nirgends bestätigt. Nachdem ich durch ein stilvolles Eisentor geschritten war, folgte in sanftem Bogen ein langer, von Pflanzen eingefasster und mit Steinen gepflasterter Weg, und vorne am Eingang spiegelte das klare Wasser eines Teiches hell die morgendliche Sonne. An den Schulgebäuden standen Bäume und an jedem dieser Bäume war eine Erklärungstafel auf Chinesisch angebracht. Es gab Zeichen, die ich lesen konnte, aber es waren auch welche darunter, die ich nicht kannte. Dem Eingang lag – wie ein Patio – ein von den Schulgebäuden umrahmter viereckiger Sportplatz gegenüber, und in je einer Ecke standen eine Büste, ein kleiner weißer Kasten zur Wetterbeobachtung und eine Reckstange.

Wie vorgeschrieben, zog ich am Eingang meine Schuhe aus und ging in das mir zugewiesene Klassenzimmer. In dem hellen Raum standen ordentlich vierzig kleine, hübsche, aufklappbare Tische, und an jedem Tisch war mit Tesafilm ein Zettel mit der Prüflingsnummer befestigt. Mein Sitzplatz war am Fenster in der ersten Reihe, ich hatte die niedrigste Nummer im Klassenzimmer.

Die Tafel war aus funkelnagelneuem dunklem Grün, und auf dem Katheder standen eine Kreideschachtel und eine Vase mit einer weißen Chrysantheme. Alles war sauber und ordentlich eingerichtet. Am Korkbrett an der Wand hingen weder Zeichnungen noch Aufsätze. Vielleicht hatte man sie absichtlich entfernt, damit sie uns nicht ablenkten. Ich setzte mich auf meinen Stuhl, und nachdem ich Federkasten und Unterlage auf den Tisch gelegt hatte, stützte ich mein Kinn auf die Hände und schloss die Augen.

Etwa fünfzehn Minuten später kam der Aufseher mit den Prüfungsbögen unterm Arm ins Klassenzimmer. Er schien nicht älter als vierzig zu sein und hinkte leicht, wobei er sein linkes Bein nachzog, in der linken Hand hatte er einen Stock. Es war ein grober Stock aus Kirschholz, wie man sie in den Souvenirläden an Bergsteigestationen kaufen kann. Da seine Art zu hinken sehr natürlich wirkte, fiel die Grobheit des Stocks noch stärker auf. Als die vierzig Grundschüler den Aufseher erblickten, oder besser gesagt, als sie die Prüfungsbögen erblickten, wurde es ganz still. Der Aufseher stieg auf das Katheder, legte als Erstes den Stapel Prüfungsbögen auf den Tisch und stellte dann mit einem klackenden Geräusch den Stock an die Seite. Danach überprüfte er, ob auch kein Sitzplatz mehr frei war, räusperte sich und warf einen flüchtigen Blick auf seine Armbanduhr. Und mit beiden Händen an den Kanten des Tisches, wie um seinen Körper zu stützen, richtete er seinen Kopf nach oben und betrachtete eine Weile eine Ecke der Zimmerdecke.

Schweigen.

Etwa fünfzehn Sekunden lang sagte keiner ein Wort. Die gespannten Grundschüler hielten ihren Atem an und sahen auf die Prüfungsbögen auf dem Tisch, der hinkende Aufseher starrte an die Decke. Unter seinem hellgrauen Anzug trug er ein weißes Hemd, darüber einen Schlips, der so ausdruckslos war, dass man Farbe und Muster im nächsten Moment schon wieder vergessen hatte. Er nahm seine Brille ab, putzte mit einem Taschentuch beide Gläser und setzte sie wieder auf.

»Ich werde Sie bei der Prüfung beaufsichtigen.« *Sie* sagte er. »Wenn die Prüfungsbögen ausgeteilt werden, lassen Sie sie bitte umgedreht auf Ihrem Tisch liegen. Legen Sie beide Hände ordentlich auf Ihre Knie. Wenn ich ›Los‹ sage, drehen Sie sie um und machen sich an die Aufgaben. Zehn Minuten vor Schluss werde ich ›Noch zehn Minuten‹ sagen. Überprüfen Sie bitte noch einmal, ob Sie auch keine Flüchtigkeitsfehler gemacht haben. Wenn ich ›Schluss‹ sage, ist die Prüfung zu Ende. Drehen Sie dann die Prüfungsbögen um und legen Sie beide Hände auf die Knie. Haben Sie verstanden?«

Schweigen.

»Und vergessen Sie bitte auf keinen Fall, als Erstes Ihren Namen und Ihre Prüfungsnummer einzutragen.«

Schweigen.

Er blickte erneut auf seine Armbanduhr.

»Also, es bleiben noch zehn Minuten. In dieser Zeit möchte ich ein wenig mit Ihnen reden. Entspannen Sie sich bitte.«

»Uff«, entfuhr einigen der Atem.

»Ich bin ein an dieser Grundschule angestellter chinesischer Lehrer.«

So begegnete ich also meinem ersten Chinesen.

Ich fand, er sah gar nicht wie ein Chinese aus. Aber das war auch kein Wunder. Ich war ja vorher noch nie einem Chinesen begegnet.

»In diesem Klassenzimmer«, fuhr er fort, »sitzen normalerweise chinesische Schüler, die genauso alt und genauso fleißig sind wie Sie … China und Japan sind, wie Sie alle wissen, Nachbarländer. Und damit alle in Frieden leben können, müssen Nachbarn gut miteinander auskommen. Nicht wahr?«

Schweigen.

»Natürlich gibt es zwischen unseren beiden Ländern Dinge, die sich ähneln, und es gibt Unterschiede. Es gibt Verständliches und Unverständliches. Wenn Sie an Ihre Freunde denken, ist es da nicht das Gleiche? Wie vertraut Sie einander auch sein mögen, es gibt Dinge, die Ihr Freund nicht versteht. Nicht wahr? Genauso verhält es sich zwischen unseren beiden Ländern. Aber wenn wir uns Mühe geben, werden wir sicher gute Freunde werden, davon bin ich überzeugt. Doch müssen wir in erster Linie Respekt füreinander zeigen. Das ist der erste Schritt.«

Schweigen.

»Überlegen Sie zum Beispiel einmal Folgendes: Angenommen, in Ihre Schule sind viele chinesische Kinder gekommen, um eine Prüfung abzulegen. So wie Sie jetzt hier sitzen, sitzen chinesische Kinder an Ihren Tischen. Stellen Sie sich das bitte einmal vor.«

Hmm.

»Am Montagmorgen kommen Sie in Ihre Schule. Sie gehen auf Ihre Plätze. Aber was ist das? Die Tische sind beschmiert und voller Kratzer, an den Stühlen klebt Kaugummi und von den Hausschuhen in der Tischlade fehlt einer. Nun, was empfinden Sie?«

Schweigen.

»Sie zum Beispiel«, er zeigte ausgerechnet auf mich. Das lag an meiner niedrigen Prüfungsnummer. »Freut Sie das?«

Alle guckten zu mir.

Ich lief puterrot an und schüttelte verwirrt den Kopf.

»Könnten Sie solche Chinesen respektieren?«

Ich schüttelte erneut den Kopf.

»Also«, er drehte sich nach vorn. Endlich wandten sich alle Augen wieder zum Katheder zurück. »Sie dürfen die Tische nicht beschmieren, Sie dürfen kein Kaugummi auf die Stühle kleben und nichts mit den Sachen in den Tischen anstellen. Haben Sie verstanden?«

Schweigen.

»Chinesische Schüler geben eine deutlichere Antwort.«

»Ja«, antworteten vierzig Grundschüler.

Nein, neununddreißig. Ich kriegte meinen Mund nicht auf.

»Gut. Heben Sie Ihren Kopf und strecken Sie die Brust heraus.«

Wir hoben unsere Köpfe und streckten die Brust heraus.

»Und seien Sie stolz.«

Das Ergebnis dieser Prüfung habe ich heute, nach gut zwanzig Jahren, vollkommen vergessen. Woran ich mich erinnere, das sind die Gestalten der Grundschüler, die den Hügel hinaufsteigen, und dieser chinesische Lehrer. Und daran, den Kopf zu heben, die Brust herauszustrecken und stolz zu sein.

3

Da sich meine Oberschule in einer Hafenstadt befand, gab es in der Umgebung ziemlich viele Chinesen. Nicht dass sie sich irgendwie von uns unterschieden. Es gibt auch keine speziellen Eigenschaften, die nur ihnen eigen wären. Jeder Einzelne von ihnen ist anders, und darin gleichen wir uns. Ich denke immer, dass das Besondere der Individualität eines Individuums alle Kategorien und allgemeinen Theorien übersteigt.

Auch in meiner Klasse gab es einige Chinesen. Manche hatten gute Noten, andere schlechte, manche waren fröhlich, andere schweigsam. Manche wohnten in prächtigen Villen und andere lebten in einem dunklen Sechs-Tatami-Zimmer plus Küche. Sie waren alle verschieden. Aber mit keinem von ihnen war ich besonders vertraut. Ich bin eigentlich nicht jemand, der sich unbekümmert mit jedem anfreundet. Egal, ob es sich um einen Japaner, Chinesen oder um sonstwen handelt.

Einem bin ich zehn Jahre danach zufällig wiederbegegnet, aber davon werde ich später erzählen.

Das Folgende spielt in Tōkyō.

Wenn ich der Reihe nach erzähle – wobei ich allerdings meine chinesischen Klassenkameraden auslasse, mit denen ich kaum näheren Kontakt hatte –, war mein zweiter Chinese eine schweigsame Studentin, die ich im Frühling in meinem zweiten Jahr auf der Universität bei einem Ferienjob kennenlernte. Sie war, genau wie ich, neunzehn Jahre alt, klein von Statur und hübsch, wie ich fand. Wir arbeiteten drei Wochen lang zusammen.

Sie arbeitete sehr eifrig. Auch ich war, angespornt durch sie, fleißig, doch wenn ich ihr bei der Arbeit von der Seite aus zusah, wurde mir der grundsätzliche Unterschied zwischen ihrem und meinem Fleiß deutlich. Während mein Fleiß dem Prinzip folgte, »wenn man schon etwas tut, sollte man es richtig tun«, schien der ihre dem Ursprung menschlichen Daseins zu entstammen. Es ist schwer zu erklären, aber in ihrem Eifer lag ein sonderbares Drängen, als würde die ganze Normalität um sie herum mit Müh und Not durch diesen Eifer aufrechterhalten. Die meisten kamen mit ihrem Arbeitstempo nicht mit und regten sich dann auf. Ich war der Einzige, der die ganze Zeit ohne Probleme mit ihr arbeiten konnte.

Dennoch wechselten wir zunächst kaum ein Wort miteinander. Ich hatte einige Male versucht, mit ihr ins Gespräch zu kommen, doch sie hatte offenbar keine Lust auf Unterhaltung, und so gab ich es auf. Nachdem wir zwei Wochen zusammen gearbeitet hatten, sprachen wir zum ersten Mal richtig miteinander. An jenem Tag war sie kurz vor Mittag etwa eine halbe Stunde lang in eine Art Panik verfallen. Es war das erste Mal. Der Auslöser war ein kleines Missgeschick im Arbeitsablauf gewesen. Sicher war es ihre Schuld, wenn man von Schuld sprechen wollte, aber aus meiner Sicht war es ein Versehen, das häufig passierte. Sie war etwas unachtsam gewesen und hatte einen Fehler gemacht. Das hätte jedem passieren können. Für sie aber war es anders. Ein kleiner Riss wurde in ihrem Kopf immer größer und größer, bis er schließlich zu einem riesigen unüberwindbaren Abgrund geworden war. Sie konnte keinen Schritt weiter. Ohne einen Ton zu sagen, stand sie wie versteinert da. Ihre Haltung erinnerte mich an ein Schiff, das langsam im nächtlichen Meer versinkt.

Ich unterbrach meine Arbeit, setzte das Mädchen auf einen Stuhl, löste ihre verkrampften Finger, einen nach dem anderen, und gab ihr einen heißen Kaffee zu trinken. Ich sagte ihr, dass alles in Ordnung sei und dass sie sich keine Sorgen zu machen brauche. Ich redete ihr zu, dass es ja noch nicht zu spät sei, dass sie die fehlerhafte Stelle einfach von Anfang an noch mal überarbeiten könne und dass sich die Arbeit dadurch gar nicht besonders verzögere. Und dass, selbst wenn sie sich verzögere, dies kein Weltuntergang sei.

Sie blickte mich mit leeren Augen an und nickte wortlos. Als sie den Kaffee getrunken hatte, schien sie sich etwas beruhigt zu haben.

»Entschuldige«, sagte sie mit leiser Stimme.

Während der Mittagspause plauderten wir miteinander. Und sie erzählte, dass sie Chinesin sei.

Unser Arbeitsplatz war ein dunkles, enges Lager eines kleinen Verlages in Bunkyō. Neben dem Lagerhaus floss ein schmutziger Fluss. Die Arbeit war einfach und langweilig, aber hektisch. Ich nahm die Lieferscheine in Empfang und trug die bestellten Bücher zum Eingang des Lagers. Sie schnürte sie zusammen und überprüfte die Bestandsliste. Das war schon alles. Da es obendrein keine Heizung gab, mussten wir notgedrungen, wenn wir nicht erfrieren wollten, ständig in Bewegung bleiben. Schneeschaufeln auf dem Flughafen von Anchorage hätte nicht kälter sein können.

In der Mittagspause gingen wir beide raus, aßen etwas Warmes und verbrachten die Stunde bis zum Ende der Pause damit, rumzusitzen und unsere Körper zu wärmen. Der Hauptzweck der Mittagspause bestand darin, sich aufzuwärmen. Seit ihrem Panikanfall kamen wir mehr und mehr miteinander ins Gespräch. Sie redete nur wenig und mit langen Pausen, aber nach einer Weile wusste ich ungefähr über ihre Situation Bescheid. Ihr Vater betrieb ein kleines Importunternehmen in Yokohama, der Großteil der Waren waren billige Textilien aus Hongkong für den Ramschverkauf. Obwohl sie Chinesin war, war sie in Japan geboren und noch nie in China, Hongkong oder Taiwan gewesen. Sie hatte eine japanische Grundschule besucht, keine chinesische, und konnte kaum Chinesisch, war aber sehr gut in Englisch. Sie ging auf eine private Universität für Frauen in Tōkyō und träumte davon, später Dolmetscherin zu werden. Zusammen mit ihrem älteren Bruder lebte sie in einer Wohnung in Komagome. Sie war, wie sie es ausdrückte, einfach bei ihm eingefallen. Denn mit ihrem Vater verstand sie sich nicht so gut. Das war ungefähr alles, was ich über sie wusste.

Jene drei Wochen im März waren von einem kalten Regen begleitet, der manchmal in Schneeregen überging. Am Abend des letzten Arbeitstages, nachdem wir im Kontor unseren Lohn erhalten hatten, lud ich das chinesische Mädchen nach kurzem Zögern in eine Diskothek in Shinjuku ein, wo ich schon ein paar Mal gewesen war. Ich wollte sie nicht verführen; ich hatte eine Freundin, mit der ich schon seit der Oberschulzeit zusammen war. Aber ehrlich gesagt, war es zwischen uns nicht mehr so wie früher. Sie lebte in Kōbe, ich in Tōkyō. Wir trafen uns zwei, maximal drei Monate im Jahr. Wir waren beide noch jung und verstanden uns nicht so gut, dass wir die Distanz und die zeitlichen Unterbrechungen hätten überwinden können. Ich hatte keine Ahnung, wie unser Verhältnis überhaupt weitergehen sollte. In Tōkyō war ich vollkommen allein. Ich hatte keine richtigen Freunde, und der Unterricht in der Universität langweilte mich. Ich wollte mich, ehrlich gesagt, amüsieren. Ich wollte mich mit einem Mädchen verabreden, tanzen gehen oder mich bei etwas Alkohol gemütlich mit ihr unterhalten. Nur das. Ich war erst neunzehn. Ein Alter, in dem man sein Leben genießen will.

Sie legte ihren Kopf etwas auf die Seite und dachte fünfzehn Sekunden nach. »Ich habe noch nie getanzt«, sagte sie.

»Das ist ganz einfach«, antwortete ich. »Eigentlich muss man gar nicht richtig tanzen. Man bewegt einfach seinen Körper passend zur Musik. Das kann jeder.«

Zuerst gingen wir in ein Restaurant, tranken ein Bier und aßen Pizza. Die Arbeit war vorbei. Nie mehr brauchten wir in dieses kalte Lagerhaus zu gehen und Bücher zu schleppen. Wir wurden richtig ausgelassen. Ich machte viel mehr Witze als sonst, und sie lachte viel öfter. Nach dem Essen gingen wir in die Diskothek und tanzten ungefähr zwei Stunden. Im Saal war es angenehm warm, und ein Geruch von Schweiß und Räucherstäbchen, die jemand abgebrannt hatte, hing in der Luft. Eine philippinische Band spielte eine Art Santana-Verschnitt. Wenn wir ins Schwitzen gerieten, setzten wir uns und tranken ein Bier, und wenn wir uns abgekühlt hatten, tanzten wir wieder. Ab und zu wurde das Stroboskoplicht eingeschaltet. Sie sah darin ganz anders aus als im Lagerhaus. Bald genoss sie das Tanzen richtig.

Als wir schließlich nicht mehr konnten, gingen wir raus. Ein kalter Märzabendwind wehte, doch man konnte schon den Frühling ahnen. Uns war noch immer heiß, und mit den Mänteln in der Hand spazierten wir ziellos in der Stadt herum. Wir machten einen Abstecher in einen Spielsalon, tranken einen Kaffee und schlenderten wieder weiter. Die Hälfte der Frühlingsferien lag noch vor uns, doch vor allem waren wir erst neunzehn. Hätte uns jemand befohlen, weiterzulaufen, wären wir vielleicht bis ans Ufer des Tamagawa gegangen. Noch heute kann ich die Stimmung der Abendluft spüren.

Um zwanzig nach zehn meinte sie, dass sie langsam nach Hause müsse.

»Ich muss bis elf Uhr zurück sein«, entschuldigte sie sich fast bei mir.

»Das ist ziemlich streng«, sagte ich.

»Ja, mein Bruder ist da sehr genau. Er will den Beschützer spielen. Aber da er sich nun mal um mich kümmert, kann ich mich nicht beklagen.« An ihrer Art zu sprechen merkte man, wie sehr sie ihren Bruder liebte.

»Vergiss deine Schuhe nicht«, sagte ich.

»Was für Schuhe?« Nach fünf, sechs Schritten lachte sie auf. »Ach, Aschenputtel. Keine Angst, ich vergesse sie schon nicht.«

Wir liefen die Treppe im Bahnhof Shinjuku rauf und setzten uns nebeneinander auf eine Bank.

»Gibst du mir deine Telefonnummer?«, fragte ich sie. »Lass uns doch noch mal irgendwohin ausgehen.«

Sie nickte mehrmals mit geschlossenen Lippen. Sie gab mir ihre Telefonnummer. Ich schrieb sie mit dem Kugelschreiber auf die Rückseite eines Streichholzbriefchens aus der Diskothek. Die Bahn kam, ich wartete, bis sie eingestiegen war, und wünschte ihr eine gute Nacht. Es hat Spaß gemacht, vielen Dank und hoffentlich bis bald. Als sich die Türen schlossen und die Bahn anfuhr, ging ich auf die andere Seite des Bahnsteigs und wartete auf meine Bahn nach Ikebukuro. Ich lehnte mich an eine Säule, und während ich eine Zigarette rauchte, ließ ich mir den Abend noch einmal durch den Kopf gehen. Vom Restaurant und der Disco bis zum Spaziergang. Nicht schlecht, dachte ich. Es war lange her, dass ich mit einem Mädchen verabredet gewesen war. Ich hatte mich amüsiert, und ihr hatte es auch Spaß gemacht. Wir würden zumindest Freunde werden. Sie war etwas zu schweigsam und manchmal auch etwas nervös. Aber ich mochte sie intuitiv gern.

Ich trat die Zigarette aus und zündete mir eine neue an. Die Geräusche der Stadt mischten sich und verhallten undeutlich in der lauen Finsternis. Ich schloss meine Augen und atmete tief ein. Nichts ist schiefgegangen, dachte ich. Doch seit wir uns verabschiedet hatten, steckte mir irgendein komisches Gefühl im Hals. Ich wollte es hinunterschlucken, aber das ging nicht, irgendetwas Raues blieb. Etwas stimmte nicht. Ich hatte das Gefühl, als hätte ich einen ganz blöden Fehler gemacht.

Als ich in Mejiro aus dem Zug der Yamanote-Linie stieg, begriff ich endlich. *Ich hatte sie in die entgegengesetzte Richtung der Yamanote-Linie gesetzt.*

Ich wohnte in Mejiro, vier Stationen vor Komagome, sie hätte also die gleiche Bahn wie ich nehmen müssen. Es wäre so einfach gewesen. Warum hatte ich sie bloß in die falsche Bahn gesetzt? Hatte ich zu viel getrunken? Vielleicht war mein Kopf zu voll mit eigenen Dingen. Die Uhr am Bahnhof zeigte Viertel vor elf. Sie würde es wahrscheinlich nicht mehr rechtzeitig schaffen. Es sei denn, sie bemerkte meinen Fehler bald und stiege in die entgegengesetzte Richtung um. Aber das glaubte ich nicht. Sie war nicht der Typ dazu. Sie gehörte zu denen, die bis zum Schluss in der falschen Bahn sitzen blieben, in die man sie gesetzt hatte. Eigentlich muss ihr doch gleich zu Anfang aufgefallen sein, dass sie in die falsche Bahn gestiegen war. Wie blöd, dachte ich.

Um zehn nach elf erschien sie dann in Komagome. Als sie mich an der Treppe stehen sah, hielt sie inne, mit einem Ausdruck auf dem Gesicht, als wisse sie nicht, ob sie lachen oder weinen sollte. Ich nahm ihren Arm, setzte sie auf eine Bank und mich daneben. Sie legte ihre Tasche auf die Knie und hielt die Riemen mit beiden Händen fest, streckte ihre Beine aus und starrte auf die Spitzen ihrer weißen Schuhe.

Ich entschuldigte mich bei ihr. Ich wüsste nicht warum, aber ich hätte mich geirrt, sagte ich. Sicherlich wäre ich zerstreut gewesen.

»Hast du dich wirklich geirrt?«, fragte sie.

»Natürlich. Sonst wäre das nicht passiert«, antwortete ich.

»Ich dachte, du hättest es mit Absicht getan«, sagte sie.

»Mit Absicht?«

»Ich dachte, du wärst vielleicht verärgert.«

»Verärgert?« Ich verstand nicht ganz, was sie sagen wollte.

»Ja.«

»Warum sollte ich verärgert sein?«

»Ich weiß nicht«, sagte sie mit erstickter Stimme. »Weil du dich vielleicht gelangweilt hast mit mir.«

»Überhaupt nicht. Es war sehr schön mit dir. Das meine ich ernst.«

»Das ist nicht wahr. Mit mir macht es keinen Spaß. Es kann gar keinen machen. Das weiß ich selbst am besten. Und selbst wenn du dich *wirklich* geirrt hast, dann deswegen, weil du es *in Wirklichkeit* in deinem Innern so wolltest.«

Ich stieß einen Seufzer aus.

»Mach dir nichts draus«, sagte sie. Sie schüttelte ihren Kopf. »Es ist ja nicht das erste Mal und auch bestimmt nicht das letzte.«

Aus ihren Augen quollen zwei Tränen und fielen leise auf ihre vom Mantel bedeckten Knie.

Ich wusste nicht, was ich tun sollte. Wir saßen da und schwiegen. Mehrere Bahnen kamen und spuckten Fahrgäste aus. Wenn die Gestalten oben an der Treppe verschwunden waren, wurde es wieder still.

»Bitte, lass mich.« Sie strich sich ihr von Tränen nasses Stirnhaar zur Seite und lächelte. »Zuerst dachte ich, es sei vielleicht ein Irrtum gewesen. Deswegen machte es mir nichts aus, und ich blieb einfach in der falschen Bahn sitzen. Aber ungefähr als ich am Bahnhof Tōkyō vorbeifuhr, konnte ich nicht mehr. Es kotzte mich an. Ich möchte so etwas nie wieder erleben.«

Ich wollte etwas sagen, aber es kam kein Wort über meine Lippen. Der Nachtwind löste die Spätausgabe einer Zeitung in ihre einzelnen Seiten auf und wirbelte sie an die Bahnsteigkante.

Sie strich sich ihr von Tränen nasses Stirnhaar zur Seite und lächelte kraftlos. »Lass nur. Ich gehöre sowieso nicht hierher. Dies ist kein Ort für mich.«

Mir war nicht klar, ob sie mit »Ort« Japan meinte oder aber diese unaufhörlich um das dunkle Universum kreisende Gesteinsmasse. Ich schwieg, nahm ihre Hand, legte sie auf mein Knie und legte sanft die meine darauf. Ihre Hand war warm und innen feucht. Ich zwang mich, etwas zu sagen.

»Weißt du, ich kann es dir nicht richtig erklären, wer dieser Mensch namens Ich ist. Ich verstehe manchmal auch nicht mehr, wer ich bin. Ich weiß nicht, was ich selbst denke oder was ich will. Und auch nicht, was für Kräfte ich besitze und wie ich sie anwenden soll. Wenn ich genau darüber nachdenke, bekomme ich manchmal richtig Angst. Und wenn ich Angst habe, denke ich nur noch an mich. In solchen Momenten werde ich furchtbar egoistisch. Obwohl ich es nicht will, verletze ich manchmal andere Menschen. Ich bin also wirklich kein famoser Mensch.«

Dann wusste ich nicht mehr weiter. Abrupt brach meine Rede ab.

Sie schwieg, als ob sie auf eine Fortsetzung wartete. Sie betrachtete noch immer ihre Schuhspitzen. In der Ferne hörte man die Sirene eines Krankenwagens. Ein Bahnhofsbeamter fegte mit einem Besen den Müll auf dem Bahnsteig zusammen. Er würdigte uns keines Blickes. Da es spät war, kamen nur noch selten Züge.

»Es war sehr schön mit dir«, sagte ich. »Das meine ich ernst. Nicht nur das. Ich kann es schwer in Worte fassen, aber ich finde dich sehr *aufrichtig*. Warum, weiß ich nicht. Warum wohl? Wir waren die ganze Zeit zusammen, haben über alles Mögliche geredet, und irgendwann musste ich das plötzlich denken. Ich habe ständig darüber nachgedacht. Worin besteht eigentlich diese *Aufrichtigkeit*?«

Sie hob ihren Kopf und sah mich einen Moment lang an.

»Ich habe dich nicht absichtlich in die falsche Bahn gesetzt«, sagte ich. »Wahrscheinlich war ich mit meinen Gedanken woanders.«

Sie nickte.

»Ich rufe dich morgen an«, sagte ich. »Lass uns wieder irgendwo hingehen und in Ruhe sprechen.«

Sie wischte sich mit den Fingerspitzen die Tränenspuren fort und steckte ihre Hände zurück in die Manteltaschen. »Danke. Tut mir leid, das alles.«

»Du brauchst dich für nichts zu entschuldigen. Es war doch mein Fehler.«

Dann trennten wir uns an diesem Abend. Ich saß alleine auf der Bank, zündete mir meine letzte Zigarette an und warf die leere Schachtel in den Abfallkorb. Die Uhr zeigte schon fast zwölf.

Erst neun Stunden später bemerkte ich den zweiten Fehler, den ich an diesem Abend gemacht hatte. Es war ein wirklich blöder und fataler Fehler. Zusammen mit der Zigarettenschachtel hatte ich das Streichholzbriefchen, auf dem ich ihre Telefonnummer notiert hatte, weggeschmissen. Ich stellte alle möglichen Nachforschungen an, doch ihre Telefonnummer stand weder im Namensregister unserer Arbeitsstelle noch im Telefonbuch. Auch im Sekretariat ihrer Universität konnte man mir nicht weiterhelfen. Ich habe sie nie wieder getroffen.

Sie war meine zweite Chinesin.

4

Die Geschichte vom dritten Chinesen.

Wie ich schon erwähnte, war mein dritter Chinese ein Bekannter aus der Oberschulzeit. Der Freund eines Freundes, könnte man sagen. Wir hatten uns ein paar Mal unterhalten.

Als ich ihn wiedertraf, war ich gerade achtundzwanzig geworden. Seit meiner Heirat waren sechs Jahre vergangen. In diesen sechs Jahren hatte ich drei Katzen zu Grabe getragen, einige Hoffnungen verbrannt und manches Leid, in dicke Pullover gehüllt, beerdigt. All das war in dieser riesigen Metropole, die keinen Halt bot, geschehen.

Es war ein kalter Nachmittag im Dezember. Kein Wind wehte, doch die Luft war kühl, und auch das Licht, das ab und zu zwischen den Wolken hervordrang, vermochte nicht, den düster grauen Schleier zu vertreiben, der über der Stadt hing. Ich war auf dem Rückweg von der Bank und ging in ein verglastes Café an der Aoyama-Straße, wo ich bei einer Tasse Kaffee in einem Roman blätterte, den ich gerade gekauft hatte. Wenn ich vom Lesen müde war, blickte ich auf und betrachtete die vorbeifahrenden Autos, dann las ich weiter.

Als ich wieder einmal aufsah, stand dieser Mann vor mir. Er sagte meinen Namen.

»Du bist es doch, oder?«

Erstaunt blickte ich zu ihm hoch und bejahte. Ich konnte mich nicht an sein Gesicht erinnern. Er war ungefähr genauso alt wie ich und trug einen gut geschnittenen, marineblauen Blazer und einen farblich dazu passenden, schräg gestreiften Schlips. Alles machte einen etwas abgetragenen Eindruck. Nicht dass seine Kleidung alt oder ausgebeult gewesen wäre. Sie war einfach bloß abgetragen. Mit seinen Gesichtszügen verhielt es sich ähnlich. Es schien, als sei der ordentliche Ausdruck auf seinem Gesicht nur eine Anhäufung von Bruchstücken, die je nach Situation von irgendwoher gewaltsam zusammengescharrt wurden. Wie behelfsmäßig zusammengesuchte, ungleiche Teller auf einer Partytafel.

»Kann ich mich setzen?«

»Bitte«, sagte ich. Als er sich mir gegenüber hingesetzt hatte, kramte er aus seiner Tasche eine Zigarettenschachtel und ein kleines goldenes Feuerzeug hervor und legte beides, ohne sich eine Zigarette anzuzünden, auf den Tisch.

»Und, erinnerst du dich nicht?«

»Nein«, gestand ich geradeheraus und verzichtete auf weiteres Überlegen. »Tut mir leid, aber es ist immer das Gleiche. Ich kann mir die Gesichter von Leuten nicht merken.«

»Vielleicht willst du ja die alten Geschichten vergessen. Unbewusst sozusagen.«

»Ja, vielleicht«, bestätigte ich. Vielleicht verhielt es sich wirklich so.

Als die Kellnerin Wasser brachte, bestellte er einen amerikanischen Kaffee. Möglichst dünn, sagte er.

»Ich habe einen schlechten Magen. Eigentlich sollte ich mit dem Kaffee und den Zigaretten aufhören«, meinte er, wobei er an der Zigarettenschachtel herumfingerte. Und dann machte er das typische Gesicht, das Leute mit schlechtem Magen machen, wenn sie über ihre Mägen sprechen. »Übrigens, um das Gespräch von eben fortzusetzen, aus dem gleichen Grund wie du erinnere ich mich an alles, ohne

Ausnahme. Es ist wirklich seltsam. Vieles würde ich gerne endgültig vergessen. Doch je mehr ich vergessen will, desto mehr erinnere ich mich. Je mehr man einzuschlafen versucht, desto wacher wird man. Genauso ist es. Warum das so ist, verstehe ich nicht. Ich erinnere mich sogar an völlig belanglose Dinge. Mein Gedächtnis ist so präzise, dass ich Angst bekomme, dass neben all den alten Erinnerungen kein Platz mehr für die aus meinem künftigen Leben ist. Es ist wirklich schlimm.«

Ich legte das Buch, das ich noch immer in den Händen hielt, auf den Tisch und trank einen Schluck Kaffee.

»Alles tritt mir ganz deutlich vor Augen. Das Wetter, die Temperatur, die Gerüche. Als wenn ich in diesem Moment dort wäre. Manchmal weiß ich selbst nicht mehr, welches eigentlich mein wahres Ich ist. Es geht so weit, dass ich mich frage, ob nicht die Dinge um mich herum vielleicht nur meine Erinnerungen sind. Hast du so etwas schon mal erlebt?«

Ich schüttelte abwesend den Kopf.

»An dich erinnere ich mich auch genau. Als ich die Straße entlangging und einen Blick durch das Fenster warf, erkannte ich dich sofort. Stört es dich, dass ich dich angesprochen habe?«

»Nein«, sagte ich, »aber ich kann mich nicht an dich erinnern. Es tut mir furchtbar leid.«

»Gar nicht. Ich habe mich ja einfach rücksichtslos aufgedrängt. Mach dir darüber keine Gedanken. Wenn die Zeit kommt, wirst du dich ganz von selbst erinnern. So ist das eben. Bei jedem Menschen funktioniert das Gedächtnis anders. Sowohl Kapazität als auch Ausrichtung sind verschieden. Manchmal helfen die Erinnerungen den Funktionen des Gehirns, manchmal behindern sie sie. Dabei sind die einen nicht gut und die anderen nicht schlecht. Mach dir bitte keine Gedanken. Es ist völlig unwichtig.«

»Willst du mir nicht deinen Namen sagen? Ich komme nicht drauf, das ist mir unangenehm«, sagte ich.

»Mein Name ist doch völlig gleichgültig, wirklich«, sagte er. »Fällt er dir ein, gut, fällt er dir nicht ein, auch gut. Das ist egal. Es macht keinen Unterschied. Aber wenn es dir so viel ausmacht, dass du dich nicht an meinen Namen erinnerst, tu einfach so, als seist du mir zum ersten Mal begegnet. Dann stört uns nichts bei unserer Unterhaltung.«

Der Kaffee wurde gebracht, und er schlürfte ihn, als schmecke er nicht besonders. Die wahre Bedeutung seiner Worte war mir unverständlich.

»Es ist schon viel Wasser unter der Brücke geflossen – erinnerst du dich an den Satz? Er stand im Englischbuch aus der Oberschule«, sagte er.

Oberschule? Hieß das, dass wir uns von der Oberschule her kannten?

»Es stimmt wirklich. Vor kurzem stand ich auf einer Brücke und sah geistesabwesend nach unten. Da kam mir auf einmal dieser englische Satz in den Sinn. Ich konnte ihn richtig nachempfinden. Ja, dachte ich, die Zeit ist wie dieser Bach hier dahingeflossen.«

Er verschränkte die Arme und sank mit einem vagen Gesichtsausdruck in den Stuhl zurück. Wenn dieser Ausdruck ein bestimmtes Gefühl vermitteln sollte, so war mir nicht klar, welches. Seine für Ausdruck zuständigen Gene schienen hier und da etwas abgetragen zu sein.

»Bist du verheiratet?«, fragte er.

Ich nickte.

»Kinder?«

»Nein.«

»Ich habe einen Jungen«, sagte er. »Er ist schon vier. Er geht in den Kindergarten. Das Schöne an ihm ist seine Lebhaftigkeit.«

Damit war das Gespräch über Kinder beendet, und wir schwiegen. Als ich mir eine Zigarette in den Mund steckte, gab er mir sofort Feuer. Es war eine sehr natürliche Geste. Normalerweise mag ich es nicht besonders, wenn man mir Feuer gibt oder einschenkt, aber bei ihm störte es mich fast gar nicht. Einen Augenblick lang war mir gar nicht bewusst, dass er mir Feuer gegeben hatte.

»Was arbeitest du eigentlich?«

»Ein kleines Geschäft«, antwortete ich.

»Ein Geschäft?«, fragte er nach kurzer Pause verblüfft.

»Ja. Nichts Besonderes«, murmelte ich. Er nickte nur einige Male und wagte nicht, noch weitere Fragen zu stellen. Nicht dass ich nicht über meine Arbeit reden wollte. Aber wenn ich einmal anfinge, würde es lange dauern, und ich war zu müde, um alles zu erzählen. Außerdem kannte ich noch nicht einmal den Namen meines Gesprächspartners.

»Dass du ein Geschäft hast, überrascht mich. Du schienst nicht gerade der geborene Geschäftsmann zu sein.«

Ich lächelte.

»Früher hast du bloß Bücher gelesen«, fuhr er verwundert fort.

»Nun, Bücher lese ich auch heute noch«, sagte ich mit einem gequälten Lächeln.

»Enzyklopädien?«

»Enzyklopädien?«

»Ja, hast du eine Enzyklopädie?«

»Nein.« Ich schüttelte verständnislos den Kopf.

»Liest du keine Enzyklopädien?«

»Nun, wenn ich eine hätte, würde ich sie vielleicht lesen«, sagte ich. Aber momentan war in unserer Wohnung kein Platz für so was.

»Ich gehe nämlich von Haus zu Haus und verkaufe Enzyklopädien«, sagte er.

Die halbe Neugier, die ich bis zu diesem Moment für ihn empfunden hatte, erlosch augenblicklich. Er verkaufte also Enzyklopädien. Ich trank einen Schluck kalten Kaffee und stellte die Tasse lautlos auf ihren Untersatz zurück.

»Ich hätte schon gerne eine. Es wäre sicher gut, eine zu besitzen. Aber zur Zeit habe ich leider kein Geld. Wirklich gar keins. Ich musste Schulden machen und fange gerade an, sie zurückzuzahlen.«

»Schon gut«, sagte er. Er schüttelte den Kopf. »Ich will dir ja keine Enzyklopädie verkaufen. Ich mag zwar ein armer Schlucker sein, aber so weit bin ich nicht heruntergekommen. Und ehrlich gesagt, muss ich nicht an Japaner verkaufen. Das ist die Abmachung.«

»Japaner?«, fragte ich.

»Ja, ich bin auf Chinesen spezialisiert. Ich verkaufe die Enzyklopädien nur an Chinesen. Ich suche mir aus dem Telefonbuch die chinesischen Familien in Tōkyō raus, fertige eine Liste an und statte nacheinander jeder einen Besuch ab. Wer auf diese Idee gekommen ist, weiß ich nicht, aber sie ist ziemlich gut. Man verdient nicht schlecht dabei. Ich klingle an der Tür, sage guten Tag und mit den Worten ›Darf ich mich vorstellen‹ überreiche ich meine Visitenkarte. Das ist alles. Danach läuft die Sache aufgrund der sogenannten Vertrautheit unter Landsleuten wie von selbst.«

Auf einmal fiel der Groschen. »Ich hab's«, sagte ich.

Er war der Chinese, den ich von der Oberschulzeit her kannte.

»Es ist seltsam. Mir ist selbst nicht klar, wie ich in die Lage geraten konnte, mit Enzyklopädien bei Chinesen hausieren zu gehen.« Seine Ausdrucksweise klang sehr objektiv. »Natürlich weiß ich die Einzelheiten noch, aber das Ganze, also wie sich alles zusammengefügt und entwickelt hat, überschaue ich nicht. Ehe ich mich versah, war es so gekommen.«

Wir waren weder in die gleiche Klasse gegangen, noch hatten wir uns persönlich besonders nah gestanden. Er war so was wie der Freund eines Freundes. Aber soweit ich mich erinnere, war er nicht der Typ eines Enzyklopädien-Vertreters gewesen. Er kam aus einer guten Familie, und seine Noten waren bestimmt besser als meine. Ich glaube, er hatte auch Erfolg bei Mädchen.

»Na ja, es ist natürlich viel passiert, doch das ist eine lange, düstere und banale Geschichte. Es ist besser, nicht danach zu fragen«, sagte er.

Da ich nicht wusste, was ich antworten sollte, schwieg ich.

»Es ist nicht allein meine Schuld«, sagte er. »Es kamen mehrere Schwierigkeiten zusammen. Aber letzten Endes ist es wohl doch meine Schuld.«

Ich versuchte währenddessen, ihn mir in unserer Schulzeit ins Gedächtnis zu rufen. Aber alles war verschwommen. Einmal, glaubte ich mich zu erinnern, saßen wir bei irgendwem am Küchentisch, tranken Bier und sprachen über Musik. Vielleicht war es ein Nachmittag im Sommer. Aber ich war mir nicht sicher. Es schien wie ein Traum, den ich vor langer Zeit geträumt und vergessen hatte.

»Warum habe ich dich bloß angesprochen?«, sagte er wie zu sich selbst. Eine Weile ließ er mit den Fingern das Feuerzeug auf dem Tisch kreisen. »Auf jeden Fall habe ich dich gestört, nicht wahr? Entschuldige bitte. Doch als ich dich sah, wurde ich ganz sentimental. Das heißt nicht, dass ich etwas Bestimmtem nachtrauere.«

»Du hast mich überhaupt nicht gestört«, sagte ich. Das stimmte wirklich. Auch mir war, obwohl ich gar keinen Grund dazu hatte, irgendwie sentimental zumute.

Wir schwiegen eine Weile. Worüber sollten wir weiter sprechen? Ich rauchte meine letzte Zigarette, und er trank seinen letzten Schluck Kaffee.

»Ich mache mich mal langsam wieder auf den Weg«, sagte er, wobei er Zigaretten und Feuerzeug einsteckte. Er schob den Stuhl etwas nach hinten. »Ich darf nicht zu viel Zeit vertrödeln. Ich muss noch verkaufen.«

»Hast du keinen Prospekt?«, fragte ich.

»Prospekt?«

»Von den Enzyklopädien.«

»Ach so«, sagte er zerstreut. »Im Moment habe ich keinen dabei. Möchtest du einen sehen?«

»Gerne. Aus Neugier.«

»Ich schicke dir einen von zu Hause. Gibst du mir deine Adresse?«

Ich riss eine Seite aus meinem Notizbuch, schrieb meine Adresse darauf und gab sie ihm. Er betrachtete sie kurz, faltete dann das Papier ordentlich viermal zusammen und steckte es in sein Visitenkartenetui.

»Es ist ein ziemlich gutes Lexikon. Ich sage das nicht, weil ich es verkaufe. Aber es ist wirklich gut gemacht. Mit vielen Farbfotos. Es ist auf jeden Fall nützlich. Ich lese auch manchmal darin rum, es wird nie langweilig.«

»Ich kann zwar nicht sagen, wie lange es dauert, aber wenn ich mal etwas Luft habe, kaufe ich vielleicht eins.«

»Das wäre schön.« Er lächelte wieder, wie auf einem Wahlplakat. »Vielleicht wird ja was draus. Aber ich habe dann wahrscheinlich schon nichts mehr mit Enzyklopädien zu tun. Wenn ich die chinesischen Familien in etwa abgeklappert habe, ist das Geschäft vorbei. Was werde ich dann wohl machen? Das Nächste sind vielleicht Schadensversicherungen für Chinesen. Oder ich verkaufe Grabsteine. Ach egal, irgendwas werde ich schon verkaufen können.«

Ich wollte ihm noch etwas sagen. Bestimmt würde ich ihn nie wiedersehen. Was ich ihm sagen wollte, bezog sich irgendwie auf Chinesen. Aber mir fiel nicht ein, was eigentlich. Also sagte ich lediglich ein paar übliche Abschiedsfloskeln.

Auch heute würde mir nichts einfallen.

5

Angenommen, ich würde noch einmal, mit über dreißig, einen Flugball verfolgen und mit vollem Tempo gegen den Pfosten eines Basketballkorbs krachen und noch einmal, den Kopf auf einem Baseballhandschuh gebettet, unter einem Weinspalier die Augen öffnen, was würde ich wohl sagen? Vielleicht: »*Dies ist auch kein Ort für mich.*«

Das ging mir durch den Kopf, als ich in der Yamanote-Linie fuhr. Ich stand an der Tür und blickte durchs Fenster auf die Gebäude und Straßen, die Fahrkarte fest in den Händen, um sie nicht zu verlieren. Unsere Stadt, diese Straßen stimmten mich irgendwie unendlich traurig. Erneut überkam mich jene vertraute – trübem Kaffeegelee gleiche – Düsterkeit, der die Städter wie in jährlichen Riten erliegen. Schmutzige Fassaden, Scharen namenloser Menschen, unablässiger Lärm, reglose Autoschlangen, grauer Himmel, Reklametafeln, die jeden freien Zentimeter ausfüllten, Begehren, Resignation, Nervosität und Erregung. Es gab unzählige Optionen. Unzählige und zugleich keine. Wir hielten sie alle in Händen und besaßen doch nichts. So war die Stadt. Unwillkürlich musste ich an die Worte des chinesischen Mädchens denken. »Lass nur, ich gehöre sowieso nicht hierher.«

Ich sehe auf Tōkyō und denke an China.

Ich bin also vielen Chinesen begegnet. Ich habe auch viele Bücher über China gelesen. Von »Die Aufzeichnungen des Historikers« bis »Roter Stern über China«. Ich wollte alles über China erfahren. Aber dieses China existiert nur für mich. Nur ich kann es entziffern. Dieses China schickt nur mir Botschaften. Es ist nicht das gelb lackierte China auf dem Globus, es ist ein anderes China. Es ist eine Annahme, ein Provisorium. In gewissem Sinne ist es ein Teil von mir, abgeschnitten durch das Wort China. Ich durchwandere China. Doch brauche ich dafür nicht ins Flugzeug zu steigen. Meine Wanderungen ereignen sich in den U-Bahnen Tōkyōs und auf den Rücksitzen der Taxis. Meine Abenteuer finden im Wartezimmer der nahegelegenen Zahnarztpraxis und am Bankschalter statt. Ich kann überall und nirgendwo hin.

Tōkyō – eines Tages, in der Yamanote-Linie, wird auch dieser Stadt plötzlich ihre Realität abhanden kommen. Mit einem Mal werden die Gebäude vorm Fenster zusammenstürzen. Meine Fahrkarte fest in den Händen, starre ich auf diese Szenerie. Wie Asche fällt auf Tōkyōs Straßen mein China herab, unaufhaltsam zerfrisst es diese

Stadt. Stück für Stück geht sie verloren. Ja, dies ist auch kein Ort für mich. So verlieren sich unsere Worte, und irgendwann verschwimmen unsere Träume. So wie jene eintönige, nicht enden wollende Pubertät irgendwann im Leben plötzlich verschwunden ist.

Irrtum – vielleicht ist der Irrtum, wie das chinesische Mädchen meinte (und wie die Psychoanalytiker behaupten), im Grunde ein paradoxes Begehren. Dann wäre gerade auch der Irrtum ich selbst und du selbst. Es gibt keinen Ausweg, nirgends.

Doch ich will das bisschen Stolz als ehemals treuer Außenfeldspieler unten im Koffer verstauen, mich auf die Steinstufen am Hafen setzen und auf das Frachtschiff nach China warten, das vielleicht irgendwann am Horizont auftauchen wird. Ich will mir die glitzernden Dächer der chinesischen Städte vorstellen und die grünen Wiesen.

Was auch immer auf Verlust und Zerstörung folgen mag, ich fürchte mich nicht mehr davor. So wenig wie der letzte Schlagmann beim Baseball die einwärts gerichteten Würfe fürchtet oder der leidenschaftliche Revolutionär den Strick. Wenn es doch nur in Erfüllung ginge ...

Ach, meine Freunde, China ist so weit.

Der Elefant verschwindet

Vom Verschwinden des Elefanten aus dem städtischen Elefantenhaus erfuhr ich aus der Zeitung. Wie jeden Morgen war ich an jenem
Tag beim Klingeln des Weckers um sechs Uhr dreizehn aufgewacht,
war in die Küche gegangen, hatte Kaffee gekocht, eine Scheibe Brot
getoastet, das Radio eingeschaltet und, während ich meinen Toast
aß, die Morgenausgabe der Zeitung auf dem Tisch ausgebreitet. Da
ich ein Mensch bin, der die Zeitung von vorne bis hinten der Reihe
nach liest, dauerte es eine ganze Weile, bis ich auf den Artikel über
das Verschwinden des Elefanten stieß. Auf der ersten Seite standen
Artikel zum Handelsstreit und zu SDI, die nächsten Seiten waren
der Innen- und Außenpolitik gewidmet, dann folgten die Wirt-
schaftsseite, die Leserbriefe, die Buchbesprechungen, die Immobi-
lienanzeigen, der Sportteil und schließlich der Lokalteil.

Der Artikel über das Verschwinden des Elefanten bildete die Ti-
telgeschichte des Lokalteils. Zuerst stach mir die für den Lokalteil
ungewöhnlich große Schlagzeile in die Augen: ELEFANT IN TO-
KYOTER VORORT VERMISST, dann folgte in etwas kleineren
Buchstaben, ANGST UNTER DEN BÜRGERN STEIGT. VERANT-
WORTLICHE SOLLEN ZUR RECHENSCHAFT GEZOGEN WER-
DEN. Daneben war ein Foto abgebildet, auf dem mehrere Polizisten
das leere Elefantenhaus inspizierten. Das Elefantenhaus ohne Elefant wirkte irgendwie unnatürlich. Es schien verlassener und aus-
druckloser als nötig, wie ein riesiges, ausgenommenes und getrock-
netes Lebewesen.

Ich wischte die Brotkrumen von der Zeitung und las den Artikel
konzentriert Zeile für Zeile. Dem Bericht zufolge hatte man die Ab-
wesenheit des Elefanten am achtzehnten Mai (also gestern) nachmittags um zwei bemerkt. Die Leute der Firma, welche die Schule

mit Mittagessen versorgt, hatten wie üblich das Elefantenessen mit dem Lastwagen herangefahren (der Elefant aß in der Hauptsache die Essensreste der Schüler aus der städtischen Grundschule) und dabei entdeckt, dass das Elefantenhaus leer war. Die Eisenfessel, die an einem Bein des Elefanten angebracht gewesen war, lag verschlossen am Boden, als sei der Elefant mit seinem Fuß einfach hindurchgeschlüpft. Doch nicht nur der Elefant war verschwunden. Zusammen mit ihm fehlte auch der Pfleger, der sich die ganze Zeit hindurch um den Elefanten gekümmert hatte.

Zuletzt waren der Elefant und sein Pfleger am Abend des Vortages (also am siebzehnten Mai) irgendwann kurz nach fünf gesehen worden. Fünf Grundschüler waren zum Elefantenhaus gekommen und hatten bis zu diesem Zeitpunkt mit ihren Wachsmalstiften Bilder vom Elefanten gemalt. Diese Schüler – so der Artikel – seien die letzten Augenzeugen gewesen, danach habe niemand mehr den Elefanten gesehen. Denn mit dem Ertönen der Sechs-Uhr-Sirene schloss der Pfleger das Tor zum Elefantengehege, sodass niemand mehr hineingelangen konnte.

Ihnen sei nichts Ungewöhnliches an Elefant und Pfleger aufgefallen, bezeugten die fünf Schüler einstimmig. Der Elefant habe wie immer friedlich in seinem Gehege gestanden, nur ab und zu seinen Rüssel hin und her geschwenkt und die runzligen Augen zusammengekniffen. Da der Elefant furchtbar alt war, bewegte er sich nur noch mit großer Mühe, sodass jemand, der ihn zum ersten Mal sah, Angst bekam, er würde gleich zusammenbrechen und seinen Atem aushauchen.

Sein hohes Alter war auch der Grund dafür gewesen, dass der Elefant von der Stadt (also der Stadt, in der ich lebe) übernommen worden war. Als der kleine Zoo im Vorort der Stadt wegen betrieblicher Schwierigkeiten schloss, wurden alle Tiere von einem Tierhändler an andere Zoos im ganzen Land vermittelt, nur für diesen Elefanten fand sich, da er schon zu alt war, keine Bleibe. Alle Zoos besaßen bereits genügend Elefanten, und kein einziger Zoo war verrückt oder reich genug, um einen gebrechlichen Elefanten aufzunehmen, der aussah, als könne er jeden Moment einem Herzinfarkt erliegen. Und so blieb dieser Elefant, nachdem alle seine Gefährten fortgezogen waren, drei oder vier Monate lang untätig – nicht dass er vorher etwas Besonderes getan hätte – und allein in dem verfallenden Zoo zurück.

Sowohl dem Zoo als auch der Stadt bereitete das ziemliche Schwierigkeiten. Der Zoo hatte sein Gelände bereits an einen Bauunternehmer verkauft, der darauf einen mehrstöckigen Wohnkomplex plante, und die Stadt hatte diesem Unternehmer bereits die Genehmigung zur Erschließung erteilt. Je länger sich die Versorgung des Elefanten hinauszog, desto mehr Zinsen kostete es. Eine Tötung des Elefanten kam jedoch auf keinen Fall in Frage. Bei einem Spinnenäffchen oder einer Fledermaus wäre das vielleicht noch gegangen, aber einen Elefanten zu töten fiele zu leicht auf, und wenn die Wahrheit herauskäme, gäbe es einen Riesenskandal. Daher setzten sich die drei Parteien zur Beratung zusammen und trafen in Bezug auf die Versorgung des alten Elefanten folgende Übereinkunft:

1 Die Stadt nimmt den Elefanten kostenlos in ihre Obhut.
2 Der Bauunternehmer sorgt unentgeltlich für die Unterbringung des Elefanten.
3 Der ehemalige Zoo übernimmt die Lohnkosten des Pflegers.

So lautete der Inhalt des von den drei Parteien verfassten Communiqués. Das war genau vor einem Jahr.

Ich hatte mich für das »Elefantenproblem« von Anfang an interessiert und schnitt alle Zeitungsberichte über den Elefanten aus. Ich ging sogar zur Stadtverordnetenversammlung, um mir die Debatten darüber anzuhören. Deswegen kann ich jetzt auch den Hergang des Ganzen erklären.

Meine Geschichte mag zwar etwas lang sein, da aber der Verlauf, wie mit diesem Elefantenproblem umgegangen wurde, möglicherweise sehr eng mit dem Verschwinden des Elefanten verknüpft ist, habe ich mich dazu entschlossen, sie hier darzulegen.

Nachdem der Bürgermeister diese Vereinbarung besiegelt hatte und die Stadt also den Elefanten übernehmen sollte, formierte sich auf einmal, initiiert durch die Oppositionspartei (von deren Existenz in der Stadtverordnetenversammlung ich bis dahin noch nie gehört hatte), eine Gegenbewegung.

»Warum soll unsere Stadt den Elefanten übernehmen?«, bedrängten sie den Bürgermeister. Wenn man ihre Behauptungen einmal auflistet (entschuldigen Sie die vielen Listen, aber dadurch wird der Sachverhalt, wie ich meine, leichter verständlich), ergibt sich Folgendes:

1 Das Elefantenproblem sei eine Privatangelegenheit zwischen dem Zoo und dem Bauunternehmer, für die Stadt bestehe kein Grund, sich daran zu beteiligen.
2 Die Verwaltungs- und Futterkosten et cetera seien zu teuer.
3 Wie plane man, mit dem Sicherheitsproblem umzugehen?
4 Worin bestehe für die Stadt der Wert, einen eigenen Elefanten zu erwerben?

»Hat unsere Stadt nicht genügend dringlichere Aufgaben, um die sie sich kümmern sollte, bevor sie sich einen Elefanten hält – die Fertigstellung des Kanalisationssystems beispielsweise oder die Anschaffung einer Feuerwehr?«, erklärten sie, und obwohl sie es nicht offen aussprachen, deuteten sie an, dass es zwischen dem Bürgermeister und dem Bauunternehmer geheime Absprachen gegeben haben könnte. Demgegenüber brachte der Bürgermeister folgende Einwände vor:

1 Mit der Fertigstellung des mehrstöckigen Wohnkomplexes würden die Steuereinnahmen der Stadt sprunghaft ansteigen und die Kosten für die Pflege des Elefanten nicht weiter ins Gewicht fallen; die Beteiligung der Stadt an diesem Projekt sei mithin selbstverständlich.

2 Der Elefant sei schon sehr alt und habe kaum mehr Appetit. Auch eine Gefahr für Menschen könne man getrost ausschließen.

3 Mit dem Tod des Elefanten würde das für die Pflege des Elefanten vom Bauunternehmer bereitgestellte Gelände in den Besitz der Stadt übergehen.

4 Der Elefant könne zum Symbol der Stadt werden.

Schließlich übernahm die Stadt nach langen Diskussionen den Elefanten. Da es sich um eine traditionelle Wohngegend handelte, waren die meisten ihrer Bewohner vergleichsweise wohlhabend, und auch die Finanzen der Stadt waren solide. Außerdem betrachteten die Bürger eine Aktion wie die Übernahme eines heimatlosen Elefanten mit Wohlwollen. Man empfand offensichtlich mehr Sympathie für einen alten Elefanten als für die Kanalisation oder die Feuerwehr.

Auch ich befürwortete, dass die Stadt die Sorge für den Elefanten übernahm. Den Bau mehrstöckiger Wohnsiedlungen war ich ziemlich satt, doch die Idee, dass unsere Stadt ihren eigenen Elefanten besitzen sollte, gefiel mir.

Ein Stück Wald wurde abgeholzt und die ausgediente Turnhalle der Grundschule als Elefantenhaus dorthin umgesetzt. Der Pfleger, der sich im Zoo die ganze Zeit um den Elefanten gekümmert hatte, kam, um dort mit dem Elefanten zusammen zu leben. Die Essensreste der Grundschüler würden als Elefantenfutter dienen. Und dann wurde der Elefant aus dem nunmehr geschlossenen Zoo mit einem Anhänger zu seinem neuen Heim gebracht, um dort seinen Lebensabend zu verbringen.

Auch ich ging zur Einweihungsfeier des Elefantenhauses. Der

Bürgermeister hielt vor dem Elefanten eine Rede (über die Entwicklung der Stadt und den Ausbau ihrer kulturellen Einrichtungen), ein Schüler las als Vertreter der Grundschule einen Aufsatz vor (Lieber Elefant, lebe ein langes und glückliches Leben! et cetera), ein Malwettbewerb wurde veranstaltet (seitdem ist das Abmalen des Elefanten unerlässlicher Bestandteil des Kunstunterrichts der städtischen Grundschule), und zwei junge Damen mit wehenden Kleidern (beide keine ausgesprochenen Schönheiten) fütterten dem Elefanten jede ein Büschel Bananen. Der Elefant ließ diese ziemlich unsinnige – für einen Elefanten zumindest völlig unsinnige – Zeremonie beinah reglos über sich ergehen und mampfte die Bananen mit einem fast schon bewusstlosen, abwesenden Blick. Als er mit den Bananen fertig war, klatschten alle.

Am rechten Hinterbein trug der Elefant einen massiven, ziemlich schwer wirkenden Eisenring. Am Ring war eine ungefähr zehn Meter lange, dicke Kette befestigt, deren Ende in einem Betonsockel fest verankert war. Eisenring und Kette wirkten so stark, dass sie der Elefant auch in hundert Jahren und unter Aufwendung all seiner Kräfte nicht hätte kaputt kriegen können.

Mir war nicht klar, ob die Fessel den Elefanten überhaupt störte. Dem Anschein nach zumindest schenkte er diesem Eisenklotz an seinem Bein keinerlei Aufmerksamkeit. Er starrte die ganze Zeit mit abwesendem Blick auf irgendeinen Punkt im Raum. Wenn Wind aufkam, bewegten sich seine Ohren leicht und die weißen Haare auf seinem Körper zitterten.

Der Pfleger war ein schmaler, kleiner alter Mann. Sein Alter war schwer zu schätzen. Er hätte Anfang sechzig, vielleicht aber auch Ende siebzig sein können. Er war einer dieser Menschen, deren Aussehen, nachdem sie einen bestimmten Punkt im Leben überschritten haben, nicht mehr von ihrem Alter abhing. Seine Haut war sommers wie winters dunkelrot gebrannt, seine Haare waren fest und kurz und seine Augen klein. Sein Gesicht hatte keine besonderen Merkmale, nur die fast kreisrunden Ohren, die an beiden Seiten des Kopfes abstanden, fielen neben dem eher schmalen Gesicht besonders auf.

Er war keineswegs unfreundlich und antwortete stets akkurat und genau, wenn ihn jemand ansprach. Wenn er wollte, konnte er sogar liebenswürdig sein – auch wenn dies etwas steif wirkte. Im Prinzip aber war er ein schweigsamer und einsamer alter Mann. Kinder schien er zu mögen, und wenn welche kamen, begegnete er ihnen immer sehr freundlich, aber sie fassten kein rechtes Vertrauen zu ihm.

Nur der Elefant war zutraulich. Der Pfleger wohnte in einem kleinen, direkt ans Elefantenhaus gebauten Fertigbauhäuschen und kümmerte sich von morgens bis abends unablässig um den Elefanten. Der Elefant und der Pfleger kannten sich schon seit über zehn Jahren, und in jeder Bewegung und in jedem Blick spürte man, wie vertraut sie miteinander waren. Wenn der Pfleger den abwesend auf einem Fleck dastehenden Elefanten irgendwohin bewegen wollte, brauchte er sich nur neben den Elefanten zu stellen, leise an dessen Vorderbein zu klopfen und ihm irgendetwas zuzuflüstern. Dann setzte der Elefant seinen Körper langsam und mit großen Mühen schwankend in Bewegung, ging genau bis zu dem ihm angewiesenen Platz, nahm seine neue Position ein und starrte wie vorher an einen Punkt im Raum.

An den Wochenenden ging ich zum Elefantenhaus und beobachtete diese Vorgänge mit großem Interesse, doch ich bekam nicht heraus, auf welchen Prinzipien die Kommunikation zwischen den beiden beruhte. Vielleicht verstand der Elefant ein paar einfache Wörter (immerhin lebte er schon sehr lange), oder er entnahm die Informationen der Art und Weise, wie ihm der Pfleger an das Bein klopfte. Vielleicht besaß dieser Elefant auch spezielle Fähigkeiten, so etwas wie Telepathie, und konnte die Gedanken des Pflegers lesen.

Einmal fragte ich den alten Pfleger: »Auf welche Weise geben Sie dem Elefanten Anweisungen?« Doch der Alte lächelte nur und antwortete: »Wir leben schon lange zusammen.« Mehr sagte er nicht.

So verging ein Jahr. Und auf einmal war der Elefant verschwunden.

Während ich eine zweite Tasse Kaffee trank, las ich den Zeitungsartikel noch einmal Wort für Wort durch. Es war ein seltsamer Artikel. Die Sorte Artikel, bei der Sherlock Holmes seine Pfeife ausklopfen und sagen würde: »Sieh dir das an, Watson. Ein sehr interessanter Artikel. Wirklich sehr interessant.«

Die entscheidenden Faktoren, die diesen Artikel so seltsam erscheinen ließen, waren die Ratlosigkeit und das Chaos, die im Kopf des Reporters geherrscht haben mussten. Beides, Ratlosigkeit und Chaos, beruhten offenbar auf den Ungereimtheiten der Situation. Der Reporter hatte diese Ungereimtheiten geschickt zu umgehen versucht, um mit Müh und Not einen »ordentlichen« Zeitungsartikel zustande zu bringen, aber das hatte das Chaos und die Ratlosigkeit nur noch fataler zugespitzt.

So benutzte er beispielsweise den Ausdruck »der Elefant entfloh«, doch wenn man den ganzen Artikel durchging, war vollkommen klar, dass von »entfliehen« überhaupt nicht die Rede sein konnte. Der Elefant war ganz ohne Zweifel »verschwunden«. Der Schreiber erklärte seine Widersprüche damit, dass es bei einigen *Details* noch einige *Unklarheiten* gäbe. Doch meines Erachtens schien es sich hier keineswegs um etwas zu handeln, was sich mit so gewöhnlichen Worten wie »Detail« und »Unklarheit« erledigen ließe.

Zunächst war da das Problem des Eisenrings, der am Bein des Elefanten befestigt gewesen war. Der Eisenring war *in verschlossenem Zustand* zurückgeblieben. Die sinnvollste Erklärung dafür war, dass der Pfleger den Eisenring mit dem Schlüssel geöffnet, ihn vom Fuß des Elefanten entfernt und danach wieder geschlossen hatte und mit dem Elefanten geflohen war (natürlich hielt sich die Zeitung an diese Variante), aber das Problem war, dass der Pfleger keinen Schlüssel besaß. Es gab nur zwei Schlüssel, von denen aus Sicherheitsgründen der eine im Safe der Polizeistation, der andere im Safe der Feuerwache aufbewahrt wurde, und es war so gut wie unmöglich, dass der

Pfleger – oder irgendjemand sonst – den Schlüssel von dort entwendet haben könnte. Und selbst wenn es möglich gewesen sein sollte, so bestand doch nicht die geringste Notwendigkeit, den Schlüssel nach Gebrauch extra wieder an seinen Ursprungsort zurückzulegen. Als man jedoch am folgenden Morgen nach den beiden Schlüsseln suchte, lagen sie ordentlich in ihren Safes auf der Polizeistation und auf der Feuerwache. Demnach musste der Elefant sein Bein ohne die Hilfe des Schlüssels aus dem massiven Eisenring herausbekommen haben, was aber schlechterdings unmöglich war, es sei denn, man hätte den Fuß des Elefanten mit einer Säge abgetrennt.

Das zweite Problem war der Fluchtweg. Das Elefantenhaus und das Elefantengehege waren von einem fast drei Meter hohen, massiven Zaun umgeben. Es hatte bezüglich der Sicherheitsmaßnahmen eine besonders heftige Debatte in der Stadtverordnetenversammlung gegeben, und die Stadt hatte sich auf ein Schutzsystem geeinigt, das einem alten Elefanten gegenüber wohl als etwas übertrieben bezeichnet werden konnte. Der Zaun war aus Beton und dicken Eisenstäben (die Kosten dafür hatte natürlich die Immobilienfirma übernommen), und es gab nur einen Eingang, der von innen zugesperrt gewesen war. Es war ausgeschlossen, dass der Elefant diese festungsartige Umzäunung hätte überwinden und nach außen gelangen können.

Das dritte Problem waren die Fußspuren. Hinter dem Elefantenhaus lag ein steiler Hügel, den der Elefant unmöglich hätte erklimmen können, sodass er also, angenommen, es wäre ihm auf irgendeine Weise gelungen, seinen Fuß aus dem Eisenring zu ziehen und über den Zaun zu klettern, nur auf dem Weg vorne hätte fliehen können. Doch auf dem weichen sandigen Boden gab es nichts, was auch nur annähernd den Fußstapfen eines Elefanten gleichkam.

Kurzum, wenn man diesen vor Verwirrung und inkonsequenter Rhetorik strotzenden Zeitungsartikel zusammenfasste, gab es im Wesentlichen nur eine Schlussfolgerung: Der Elefant war nicht »geflohen«, sondern »verschwunden«.

Aber natürlich wollten weder die Zeitung noch die Polizei und der Bürgermeister, zumindest nicht in der Öffentlichkeit, zugeben, dass der Elefant verschwunden war. Die Polizei betrieb ihre Nachforschungen davon ausgehend, dass der Elefant »aller Wahrscheinlichkeit nach vorsätzlich und unter Anwendung ausgeklügelter Methoden gewaltsam entwendet wurde, oder aber dass ihm zur Flucht verholfen worden ist«. Ihr Sprecher verkündete optimistisch, dass »in Anbetracht der Schwierigkeiten, die das Verstecken eines Elefanten bereitet, die Lösung dieses Falls nur noch eine Frage der Zeit ist«. Außerdem plante die Polizei, den lokalen Jagdverein und die Scharfschützen der Selbstverteidigungsstreitkräfte zu mobilisieren und mit deren Hilfe die Berge zu durchsuchen.

Der Bürgermeister hielt eine Pressekonferenz ab (deren Bericht nicht im Lokalteil, sondern im Hauptteil, auf der Seite »Aus aller Welt«, abgedruckt war) und entschuldigte sich für die Mängel im städtischen Sicherheitssystem. Zugleich betonte er jedoch, dass »unser Elefantenverwahrungssystem vergleichbaren Einrichtungen anderer zoologischer Gärten ganz Japans in nichts nachsteht, ja, es ist sogar um einiges stabiler und zuverlässiger als der Standard«, und weiter sagte er, dass »es sich hierbei um einen gegen die Gesellschaft gerichteten, gefährlichen und sinnlosen Akt voller Heimtücke handelt, der keinesfalls geduldet werden darf«.

Genau wie ein Jahr zuvor forderten die Abgeordneten der Oppositionspartei, dass »der Bürgermeister, der in heimlicher Absprache mit den Unternehmen die Bürger unbedacht in die Frage der Elefantenversorgung verwickelt hat, politisch verantwortlich gemacht werden muss«.

Eine »ängstlich dreinschauende« Mutter (siebenunddreißig) erklärte: »Ich lasse meine Kinder in der nächsten Zeit nicht draußen spielen.«

In der Zeitung waren auch die genauen Einzelheiten, die zur Übernahme des Elefanten durch die Stadt geführt hatten, sowie eine

Skizze des Unterbringungsortes abgedruckt. Auch die Lebensgeschichte des Elefanten wurde kurz aufgeführt, ergänzt durch eine Schilderung des Pflegers (Noboru Watanabe, dreiundsechzig), der zusammen mit dem Elefanten verschwunden war. Der Pfleger Watanabe stammte aus Tateyama in der Präfektur Chiba, hatte lange in der Säugetierabteilung des Zoos gearbeitet und »genoss aufgrund seiner reichen Kenntnis dieser Tiere und wegen seiner Sanftmut und Gewissenhaftigkeit das absolute Vertrauen seiner Kollegen«. Der Elefant war vor zweiundzwanzig Jahren aus Ostafrika herübergebracht worden, sein genaues Alter aber war unbekannt, und über seine Persönlichkeit wusste man noch weniger.

Ganz am Schluss des Artikels rief die Polizei die Bürger dazu auf, Informationen über den Elefanten, egal welcher Art, zu melden. Ich dachte darüber eine Weile nach, entschloss mich dann aber, die Polizei nicht anzurufen. Zum einen wollte ich nichts mit der Polizei zu tun haben, zum anderen glaubte ich, dass sie den Informationen, die ich zu bieten hatte, keinen Glauben schenken würde. Es war sinnlos, mit Leuten zu reden, die die Möglichkeit, dass der Elefant verschwunden sein könnte, nicht ernsthaft in Erwägung zogen.

Ich nahm das Heft, in dem ich die Zeitungsausschnitte sammelte, aus dem Regal, schnitt den Artikel über den Elefanten aus und heftete ihn ein. Dann wusch ich Tasse und Teller ab und ging in die Firma.

In den Sieben-Uhr-Nachrichten des staatlichen Fernsehens sah ich, wie sie die Berge durchsuchten. Jäger, die großkalibrige Gewehre mit Betäubungspatronen umgehängt hatten, Soldaten der Selbstverteidigungsstreitkräfte, Polizisten und Feuerwehrmänner durchkämmten jeden Zentimeter der umliegenden Berge, während oben in der Luft ein paar Helikopter kreisten. Da es sich bei diesen Bergen lediglich um Berge in der Nähe einer Tōkyōter Vorortsiedlung handelt, war das keine große Aktion. Mit so vielen Leuten würden sie für die Suche nur einen Tag benötigen, außerdem hielten sie ja nicht nach einem kleinen Meuchelmörder Ausschau, sondern nach einem riesigen afrikanischen Elefanten. Dessen Möglichkeiten, sich zu verstecken, waren naturgemäß beschränkt. Doch auch am Abend hatte man den Elefanten noch immer nicht gefunden. Auf dem Bildschirm erschien der Polizeichef, der davon sprach, »die Suche fortzusetzen«. Der Nachrichtensprecher schloss mit den Worten: »Wer den Elefanten auf welche Weise hat entweichen lassen, wo er ihn versteckt hält und aus welchem Motiv das alles geschah, ist nach wie vor vollkommen ungeklärt.«

Die Suche wurde noch einige Tage lang fortgesetzt, aber der Elefant war nicht aufzufinden, und die zuständige Behörde hatte nicht die geringste Spur. Mit größter Aufmerksamkeit verfolgte ich die täglichen Zeitungsberichte, schnitt jeden Artikel aus und tat ihn zu meiner Sammlung. Ich klebte sogar einen Cartoon über den Elefantenvorfall ein. Dank der vielen Berichte war mein Heft schon nach kurzer Zeit voll, und ich musste mir in einem Schreibwarengeschäft ein neues kaufen. Aber trotz dieser enormen Fülle enthielten die Artikel nichts darüber, was ich wissen wollte. Was in der Zeitung stand, war entweder belanglos oder führte an der Sache vorbei: »Elefant immer noch vermisst«, »Dicke Luft bei Suchtrupp«, »Steckt eine Geheimorganisation dahinter?«

Ungefähr eine Woche nach dem Verschwinden des Elefanten ließen die Artikel spürbar nach, bis sie schließlich fast ganz verschwanden. Auch Wochenzeitschriften hatten Sensationsberichte gebracht, einmal war sogar ein Parapsychologe engagiert worden, aber auch das lief sich bald tot. Es schien, als wollten die Leute den Vorfall mit dem Elefanten zu den vielen anderen der Kategorie »unlösbare Rätsel« stecken. Der Lauf der Welt wurde durch das Verschwinden eines Elefanten und eines Pflegers in keiner Weise beeinträchtigt. Die Erde setzte ihre monotonen Umdrehungen fort, Politiker hielten weiter ihre hohlen Reden, Menschen gingen jeden Morgen gähnend in ihre Firmen und Kinder lernten für ihre Prüfungen. In dieser endlosen Welle der Alltäglichkeit konnte das Interesse für einen vermissten

Elefanten nicht ewig bestehen. So wie eine erschöpfte Armee an einem Fenster vorbeizieht, vergingen mehrere Monate, in denen nichts Besonderes geschah.

Wenn ich etwas Zeit fand, ging ich zu dem ehemaligen Elefantenhaus und betrachtete das leere Gebäude, das nun ohne Elefant dastand. Um den Eingang des Eisenzauns hatte man eine dicke Eisenkette mit Schloss mehrmals herumgewickelt, sodass niemand hineingelangen konnte. Wenn man zwischen den Stäben hindurchlugte, sah man, dass auch die Tür mit einer solchen Kette verschlossen war. Es schien, als versuchte die Polizei die Pleite, dass sie den Elefanten nicht hatte finden können, durch exzessive Sicherung des jetzt leeren Elefantenhauses wettzumachen. Ringsherum war alles verlassen, nur auf dem Dach des Elefantenhauses hatte sich eine Schar Tauben niedergelassen. Auch um das Gehege kümmerte sich niemand mehr, und als hätte es nur darauf gewartet, breitete sich dort grünes Sommergras aus. Die um die Tür des Elefantenhauses gewundene Kette erinnerte mich an eine riesige Schlange, die eisern einen verfallenen Dschungelpalast bewacht.

Allein die paar Monate ohne den Elefanten hatten an diesem Ort eine verhängnisvolle Verwüstung hervorgebracht, und eine düstere Atmosphäre hatte sich wie eine Regenwolke darübergelegt.

Ich traf sie gegen Ende September. Es hatte an jenem Tag von morgens bis abends geregnet. Ein eintöniger Regen, leicht und mild, wie häufig in dieser Jahreszeit. Stück für Stück spülte er alle Erinnerungen an den Sommer fort, die sich in die Erde gebrannt hatten. Die Erinnerungen flossen in den Rinnstein, von da weiter in die Kanalisation und in die Flüsse und schließlich ins tiefe dunkle Meer.

Wir begegneten einander auf einer Party, die meine Firma zwecks einer Werbekampagne gab. Ich arbeitete bei einem großen Elektrogerätehersteller in der Werbeabteilung und hatte gerade die Pressekampagne für eine Serie von elektrischen Küchengeräten geleitet, die zeitlich abgestimmt auf die Heiratssaison im Herbst und die Bonus-auszahlung im Winter auf den Markt kommen sollten. Es war meine Aufgabe, mit einigen Frauenmagazinen zu verhandeln, um sie für auf unsere Kampagne bezugnehmende Artikel zu gewinnen. Es war keine Arbeit, die besonders viel Intelligenz erforderte, aber die Artikel sollten so geschickt verfasst sein, dass sie den Lesern nicht unbedingt den Eindruck von Werbung vermittelten. Als Gegenleistung setzten wir Werbeanzeigen in die betreffenden Zeitschriften. Eine Hand wäscht die andere.

Sie war als Redakteurin einer Zeitschrift für junge Hausfrauen zu der Party gekommen, um für einen dieser »Werbeartikel« Material zu bekommen. Da ich gerade nichts zu tun hatte, führte ich ihr den farbenfrohen Eisschrank, die Kaffeemaschine, die Mikrowelle und die Saftpresse vor, die ein berühmter italienischer Designer für uns entworfen hatte.

»Das Wichtigste ist Einheitlichkeit«, erklärte ich ihr. »Ein noch so schönes Design ist hin, wenn es nicht mit seiner Umgebung harmoniert. Das Wichtigste in der *kitchen* von heute ist die farbliche Einheit, die Einheit im Design und die Einheit der Funktionen.

Laut einer Umfrage verbringen die Hausfrauen den größten Teil ihres Tages in der *kitchen*. Die *kitchen* ist der Arbeitsplatz der Frau, ihr Schreibtisch und ihr Wohnzimmer. Deswegen bemüht sie sich, die *kitchen* möglichst wohnlich zu gestalten. Das hat nichts mit der Größe zu tun. Egal ob groß oder klein, es gibt nur einen Grundsatz für eine schöne *kitchen*: Sie muss einfach, funktional und einheitlich sein. Unsere jetzige Serie wurde diesem Konzept entsprechend aus-gerichtet und entworfen. Sehen Sie, diese Herdplatte zum Beispiel« – et cetera et cetera.

Sie nickte und machte sich Notizen auf einem kleinen Schreib-block. Sie hatte kein ausgesprochenes Interesse an dieser Recherche, und auch ich persönlich konnte mich nicht für Kochplatten begeistern. Wir machten beide nur unsere Arbeit.

»Sie kennen sich ziemlich gut aus mit Küchen«, sagte sie, als ich mit meinen Ausführungen zu Ende war.

»Das ist mein Job«, antwortete ich mit professionellem Lächeln. »Aber abgesehen davon koche ich auch gerne. Nichts Ausgefallenes zwar, dafür aber jeden Tag.«

»Meinen Sie, dass Einheitlichkeit für eine Küche wirklich notwendig ist?«, fragte sie.

»Nicht *Küche, kitchen*«, korrigierte ich. »Eigentlich ist es egal, aber unsere Firma besteht nun mal darauf.«

»Entschuldigen Sie. Also muss eine solche *kitchen* wirklich einheitlich sein? Was ist Ihre persönliche Meinung?«

»Meine persönliche Meinung kommt erst zum Vorschein, wenn ich meine Krawatte ablege«, sagte ich lächelnd. »Aber ich will heute eine Ausnahme machen. Ich glaube, dass für eine Küche einige andere Dinge wichtiger sind als Einheitlichkeit. Aber diese Elemente lassen sich nicht verkaufen, und was sich nicht verkaufen lässt, hat in unserer auf Nützlichkeit ausgerichteten Welt kaum eine Bedeutung.«

»Meinen Sie, dass die Welt wirklich nur aus Nützlichkeit besteht?«

Ich nahm eine Zigarette aus meiner Tasche, steckte sie mir in den Mund und zündete sie mit meinem Feuerzeug an.

»Ich habe es nur so dahingesagt«, erwiderte ich. »Aber so eine Sicht macht vieles verständlicher und erleichtert die Arbeit. Es ist ein Spiel. Man kann es auch anders nennen, essentielle Nützlichkeit oder nützliche Essentialität, aber auf jeden Fall umgeht man mit dieser Einstellung Reibereien und komplizierte Probleme.«

»Eine interessante Ansicht«, sagte sie.

»Nein, eigentlich nicht. So denken alle«, sagte ich. »Übrigens, der Champagner ist gar nicht übel. Möchten Sie welchen?«

»Ja, danke. Gern«, sagte sie.

Während wir gekühlten Champagner tranken, plauderten wir über dieses und jenes und stellten fest, dass wir einige gemeinsame Bekannte hatten. Da die Geschäftskreise, denen wir angehörten, nicht sonderlich groß waren, brauchten wir nur ein paar Steinchen zu werfen, um schon auf ein oder zwei »gemeinsame Bekannte« zu treffen. Außerdem hatte sie zufällig an der gleichen Universität wie meine Schwester studiert. Mit diesen Anhaltspunkten entwickelte sich unser Gespräch relativ locker.

Wir waren beide nicht verheiratet. Sie war sechsundzwanzig, ich einunddreißig. Sie trug Kontaktlinsen, ich eine Brille. Sie lobte die Farbe meiner Krawatte und ich ihr Jackett. Wir verglichen die Mieten unserer Wohnungen und beklagten uns über unsere Einkommen und die Arbeit. Kurzum, wir kamen uns näher. Sie war eine ziemlich attraktive Frau und in keiner Weise aufdringlich. In den etwa zwanzig Minuten, die ich dort mit ihr stand und redete, gab es nichts, was mich nicht für sie einnahm.

Als sich die Party aufzulösen begann, lud ich sie in die Cocktail-Bar des Hotels ein, wo wir in aller Ruhe unsere Unterhaltung fortsetzten. Vor dem großen Fenster der Lounge fiel der frühherbstliche Regen immer noch leise vor sich hin. Durch den Regen hindurch ließen aus der Ferne die Lichter der Stadt ihre Botschaften zu uns durchsickern. Es waren kaum Gäste da, und rundherum herrschte eine feuchte Stille. Sie bestellte einen Frozen Daiquiri, ich einen Scotch on the rocks.

Während wir beide an unseren Drinks nippten, unterhielten wir uns, wie sich ein Mann und eine Frau, die sich gerade erst kennengelernt haben und einander zu mögen beginnen, in einer Bar unterhalten. Wir redeten über die Zeit an der Universität, darüber, welche Musik wir mochten, über Sport und über alltägliche Gewohnheiten.

Dann erzählte ich ihr die Geschichte vom Elefanten. Ich erinnere mich nicht mehr daran, wieso wir plötzlich auf den Elefanten kamen. Wahrscheinlich hatten wir irgendwie über Tiere gesprochen, und das führte zum Elefanten. Vielleicht hatte ich auch ganz unbewusst nach jemandem – einem angenehmen Gesprächspartner – gesucht, dem ich meine Sicht über das Verschwinden des Elefanten mitteilen konnte. Vielleicht war es auch einfach der Alkohol.

In dem Moment jedenfalls, als ich davon anfing, merkte ich, dass ich das für eine solche Situation am wenigsten geeignete Thema aufgebracht hatte. Ich hätte nie vom Elefanten anfangen dürfen. Es war ein – wie soll ich sagen – in sich zu geschlossenes Thema.

Ich versuchte also gleich wieder, vom Thema Elefant abzulenken, doch unglücklicherweise interessierte sie sich überdurchschnittlich für den Fall des verschwundenen Elefanten, und als ich erzählte, dass ich ihn öfters gesehen hatte, bombardierte sie mich in einem fort mit Fragen.

»Was war das für ein Elefant? Wie gelang ihm Ihrer Meinung nach die Flucht? Was aß er normalerweise? War er nicht gefährlich?« Diese Art Fragen.

Ich gab dazu nur ganz allgemeine und banale Erklärungen ab, wie sie auch in der Zeitung standen. Doch sie schien die gezwungene Gleichgültigkeit in meinem Tonfall zu spüren. Lügen war noch nie meine Stärke gewesen.

»Sie waren sicherlich sehr überrascht, als der Elefant verschwunden war?«, fragte sie, als ob nichts gewesen wäre, und trank von ihrem zweiten Daiquiri. »Dass ein Elefant plötzlich verschwindet, lässt sich doch unmöglich voraussehen.«

»Ja. Wahrscheinlich«, sagte ich. Ich nahm eine der auf einem Glasteller aufgehäuften Brezeln, teilte sie in zwei Hälften und aß eine davon. Der Kellner kam und tauschte unseren Aschenbecher gegen einen sauberen aus.

Interessiert betrachtete sie eine Weile mein Gesicht. Ich steckte mir erneut eine Zigarette in den Mund und zündete sie an. Ich hatte drei Jahre lang nicht geraucht, aber mit dem Verschwinden des Elefanten hatte ich wieder angefangen.

»›Wahrscheinlich‹? Heißt das, dass Sie es ein wenig voraussehen konnten?«, fragte sie.

»Natürlich kann man so etwas nicht«, sagte ich lachend. »Dass ein Elefant plötzlich eines Tages verschwindet – das hat es noch nie gegeben, und es gibt keinen zwingenden Grund dafür. Es ist völlig unlogisch.«

»Trotzdem war Ihre Antwort äußerst seltsam. Als ich sagte: ›Dass ein Elefant plötzlich verschwindet, lässt sich unmöglich voraussehen‹, antworteten Sie: ›Ja. Wahrscheinlich‹. Normalerweise würde man doch sagen: ›Das stimmt‹ oder ›Ja, das kann niemand ahnen‹.«

Ich nickte ihr vage zu, winkte dann dem Kellner und bestellte mir einen zweiten Scotch. Bis er ihn brachte, schwiegen wir vorläufig.

»Ich verstehe das nicht richtig«, sagte sie leise. »Bis eben haben Sie sich ganz normal mit mir unterhalten. Bis zu der Geschichte mit dem Elefanten. Aber seit dem Elefanten reden Sie auf einmal anders. Ich weiß nicht, was Sie sagen wollen, was ist denn los? Ist irgendwas mit dem Elefanten? Oder stimmt was mit meinen Ohren nicht?«

»Ihre Ohren sind in Ordnung«, sagte ich.

»Also liegt das Problem bei Ihnen?«

Ich steckte meinen Finger in das Glas und rührte das Eis herum. Ich mag das Geräusch, wenn die Eiswürfel ans Glas klicken.

»Problem ist vielleicht zu viel gesagt«, meinte ich. »Es ist nur eine Kleinigkeit. Es ist nicht so, dass ich etwas verberge, ich rede darüber nur nicht, weil ich nicht sicher bin, ob ich es erklären kann. Aber Sie haben recht, es ist eine komische Geschichte.«

»Wieso komisch?«

Ich kapitulierte. Ich nahm einen Schluck Whisky und fing an zu erzählen.

»Tatsache ist, dass ich wahrscheinlich der Letzte bin, der den Elefanten gesehen hat. Ich habe ihn am siebzehnten Mai abends nach sieben Uhr gesehen, und am darauffolgenden Nachmittag hat man sein Fehlen bemerkt, in der Zwischenzeit hat keiner den Elefanten gesehen. Denn abends um sechs schließen sie die Tür zum Elefantenhaus.«

»Das verstehe ich nicht ganz.« Sie sah mir in die Augen. »Wenn das Elefantenhaus geschlossen wurde, wie konnten Sie dann den Elefanten sehen?«

»Hinter dem Elefantenhaus gibt es einen Hügel, eine Art Steilhang fast. Es ist ein Privatgrundstück ohne richtige Wege, aber es gibt eine Stelle, von der aus man von hinten ins Elefantenhaus reingucken kann. Wahrscheinlich weiß nur ich davon.«

Ich hatte diese Stelle vollkommen zufällig entdeckt. Eines Sonntagnachmittags hatte ich mich beim Spazierengehen auf dem Berg verlaufen und war zufällig auf der Suche nach dem richtigen Weg an diese Stelle gekommen. Es gab eine kleine Mulde, gerade groß genug für eine Person, und als ich durch die Sträucher hinuntersah, entdeckte ich genau unter mir das Dach des Elefantenhauses. Ein wenig unterhalb des Daches war ein relativ großes Lüftungsfenster, und durch dieses konnte ich deutlich das Innere des Elefantenhauses sehen.

Von da an wurde es mir zur Gewohnheit, ab und zu dort vorbeizugehen und den Elefanten in seinem Haus zu beobachten. Hätte man mich gefragt, warum ich mir extra diese Mühe machte, hätte ich keine richtige Antwort gewusst. Ich wollte bloß den Elefanten in seiner privaten Zeit betrachten. Einen anderen triftigen Grund gab es nicht.

Wenn das Elefantenhaus dunkel war, konnte ich den Elefanten natürlich nicht sehen, aber am frühen Abend schaltete der Pfleger das Licht ein und versorgte den Elefanten, und ich konnte ihr Benehmen in allen Einzelheiten beobachten.

Mir fiel auf, wie viel vertrauter der Elefant und sein Pfleger miteinander schienen, wenn sie allein im Elefantenhaus waren, als wenn sie sich öffentlich dem Publikum zeigten. Man konnte es den kleinsten Gesten zwischen ihnen entnehmen. Es schien, als würden sie ihre Zuneigung tagsüber mit größter Sorgfalt für sich behalten, sodass die Leute nichts von ihrer Vertrautheit merkten, um sie dann am Abend, wenn sie allein waren, zu teilen. Das heißt nicht, dass sich irgendetwas Besonderes im Elefantenhaus abspielte. Der Elefant stand da und starrte wie immer vor sich hin, und der Pfleger ging seinen gewöhnlichen Aufgaben als Pfleger nach, er wusch den Körper des Elefanten mit einem Schrubber, sammelte die riesigen zu Boden gefallenen Haufen auf und räumte das Essen weg. Doch die eigentümliche Wärme zwischen den beiden, die zu ihrer engen Vertrautheit führte, war nicht zu übersehen. Während der Pfleger den Boden fegte, schwenkte der Elefant seinen Rüssel und klopfte dem Pfleger sanft auf den Rücken. Ich liebte es, ihm dabei zuzusehen.

»Hatten Sie schon immer etwas für Elefanten übrig? Also ich meine, nicht nur für diesen Elefanten …?«, fragte sie.

»Ja, vielleicht. Ich glaube schon«, antwortete ich. »Elefanten haben irgendwie etwas Aufregendes für mich. Ich glaube, das war immer so. Warum, weiß ich nicht genau.«

»Und auch an jenem Tag sind Sie also nach Sonnenuntergang auf Ihren Hügel gestiegen und haben dem Elefanten zugeschaut?«, fragte sie. »Am … der wievielte Mai war es noch?«

»Der siebzehnte«, sagte ich. »Am siebzehnten Mai, etwa abends um sieben. Die Tage sind dann schon ziemlich lang, und am Himmel hing noch etwas Abendrot. Im Elefantenhaus aber brannte bereits das Licht.«

»Und es gab damals nichts besonders Auffälliges in Bezug auf den Elefanten und den Pfleger?«

»Ja und nein. Ich kann es nicht genau sagen. Ich stand ja auch nicht direkt vor ihnen. Wahrscheinlich bin ich kein besonders vertrauenerweckender Augenzeuge.«

»Was ist denn nun geschehen?«

Ich trank einen Schluck Whisky on the rocks, der von dem geschmolzenen Eis schon etwas wässrig geworden war. Vor dem Fenster fiel noch immer der Regen. Er war nicht stärker geworden, aber auch nicht schwächer. Er schien Teil einer ewig währenden, statischen Landschaft zu sein.

»Eigentlich ist nichts passiert«, sagte ich. »Der Elefant und der Pfleger taten das, was sie immer taten. Fegen, essen, sie scherzten ein wenig in ihrer vertrauten Art. Es war das Gleiche wie immer. Aber was mich etwas stutzen ließ, war das Gleichgewicht zwischen den beiden.«

»Gleichgewicht?«

»Ich meine das Gleichgewicht in Bezug auf die Größe. Das Verhältnis zwischen dem Körper des Elefanten und dem des Pflegers. Ich hatte das Gefühl, als sei das Verhältnis zwischen ihnen ein bisschen anders als sonst. Als wäre der Größenunterschied zwischen dem Elefanten und dem Pfleger kleiner geworden.«

Sie sah eine Weile in ihr Daiquiri-Glas. Das Eis war geschmolzen, und wie eine kleine Meeresströmung versuchte sich das Wasser einen Weg durch den Cocktail zu bahnen.

»Soll das bedeuten, dass der Körper des Elefanten geschrumpft war?«

»Oder dass der Pfleger größer geworden war, oder beides gleichzeitig.«

»Und Sie haben das nicht der Polizei gemeldet?«

»Natürlich nicht«, sagte ich. »Zunächst einmal hätten sie mir nicht geglaubt, und wenn ich ihnen erzählt hätte, dass ich zu jenem Zeitpunkt den Elefanten vom Hügel aus beobachtet hatte, wäre ich am Ende der Verdächtige gewesen.«

»Aber Sie sind sich sicher, dass dieses Gleichgewicht anders war als sonst?«

»Vielleicht«, sagte ich. »Mehr als *vielleicht* kann ich nicht sagen. Ich habe keine Beweise und außerdem habe ich, wie ich schon mehrmals betont habe, nur durch ein Lüftungsfenster hineingesehen. Andererseits hatte ich den Elefanten und seinen Pfleger schon zig Mal unter den gleichen Bedingungen beobachtet, und ich kann mir nicht vorstellen, dass ich mich in Bezug auf ihr Größenverhältnis geirrt habe.«

Ich hatte mich damals gefragt, ob es vielleicht eine optische Täuschung sein könnte, und meine Augen geschlossen und mit dem Kopf hin- und hergewackelt, aber immer, wenn ich wieder hinsah, war die

Größe des Elefanten unverändert geblieben. Der Elefant schien tatsächlich geschrumpft zu sein. Anfangs dachte ich sogar, die Stadt habe vielleicht einen neuen kleineren Elefanten bekommen. Aber mir war nichts davon zu Ohren gekommen – und Neuigkeiten über einen Elefanten wären mir wohl kaum entgangen. Die einzige mögliche Schlussfolgerung war also, dass der alte Elefant plötzlich aus irgendwelchen Gründen geschrumpft war. Bei genauerem Hinsehen merkte ich, dass die Gesten dieses kleinen Elefanten vollkommen mit denen des alten Elefanten identisch waren. Als er gewaschen wurde, stampfte er fröhlich mit dem rechten Bein auf den Boden und liebkoste mit seinem eine Idee schmaler gewordenen Rüssel den Rücken des Pflegers.

Es war ein seltsamer Anblick. Während ich durch das Lüftungsfenster ins Innere des Elefantenhauses sah, überkam mich das Gefühl, als fließe nur dort eine kühlere, andere Zeit. Und es schien mir, als überließen sich der Elefant und sein Pfleger voller Freude diesem neuen System, das sie zu umhüllen versuchte – oder sie bereits fast umhüllt hatte.

Ich glaube, ich habe insgesamt noch nicht einmal eine halbe Stunde ins Elefantenhaus geschaut. Viel früher als sonst, um halb acht, wurden die Lichter gelöscht, und von da an lag alles im Dunkeln. Ich stand auf meinem Platz und wartete, ob sie noch einmal eingeschaltet würden, aber die Lichter blieben aus. Es war das letzte Mal, dass ich den Elefanten gesehen habe.

»Sie denken also, dass der Elefant immer weiter geschrumpft ist und so klein wurde, dass er durch den Zaun hindurch fliehen konnte, beziehungsweise dass er vollkommen verschwunden ist?«, fragte sie.

»Ich weiß nicht«, sagte ich. »Ich versuche, mich nur so präzise wie möglich daran zu erinnern, was ich mit eigenen Augen gesehen habe. Darüber hinaus denke ich eigentlich nichts. Der Eindruck dessen, was ich mit meinen eigenen Augen gesehen habe, ist so stark, dass ich ehrlich gesagt kaum in der Lage bin, daraus irgendwelche Schlüsse zu ziehen.«

Das war alles, was ich zum Verschwinden des Elefanten sagen konnte. Und wie ich am Anfang vorausgesehen hatte, eignete sich diese Geschichte nicht als Gesprächsthema für einen jungen Mann und eine junge Frau, die sich gerade erst kennengelernt hatten, sie war zu speziell, zu sehr in sich geschlossen. Als ich zu Ende war, herrschte für eine Weile Schweigen zwischen uns. Nach dieser Geschichte von dem verschwundenen Elefanten, die kaum einen Anhaltspunkt für ein weiteres Gespräch bot, wusste keiner von uns, worüber wir noch hätten sprechen können. Sie strich mit ihrem Finger über den Rand des Cocktailglases, ich las zum ungefähr fünfundzwanzigsten Mal den Aufdruck auf meinem Bierdeckel. Ich hätte ihr besser gar nicht von dem Elefanten erzählen sollen. Es war keine Geschichte, die man einfach so erzählt.

»Früher hatten wir einmal eine Katze, die plötzlich verschwand«, sagte sie nach einer ganzen Weile. »Aber ob eine Katze oder ob ein Elefant verschwindet, ist ein ziemlicher Unterschied.«

»Allerdings. Schon von der Größe her lassen sie sich nicht vergleichen«, sagte ich.

Dreißig Minuten später verabschiedeten wir uns am Eingang des Hotels. Ihr fiel ein, dass sie ihren Schirm in der Cocktail-Lounge liegen gelassen hatte, und ich fuhr mit dem Fahrstuhl nach oben, um ihn zu holen. Es war ein ziegelroter Schirm mit einem großen Griff.

»Vielen Dank«, sagte sie.

»Gute Nacht«, sagte ich.

Ich habe sie nie wieder gesehen. Nur noch einmal haben wir am Telefon über Details ihres Werbeartikels gesprochen. Ich war drauf und dran, sie zum Essen einzuladen, ließ es dann aber. Während des Telefongesprächs war es mir irgendwie vollkommen gleichgültig geworden.

Seit meinem Erlebnis mit dem Verschwinden des Elefanten überkommt mich dieses Gefühl öfter. Ich will etwas machen, aber ich kann keinen Unterschied mehr zwischen dem möglichen Resultat meiner Handlung und dem ihrer Unterlassung feststellen. Manchmal habe ich das Gefühl, als verlören die Dinge um mich herum ihr eigentliches, ihnen angemessenes Gleichgewicht. Vielleicht täuschen mich meine Sinne auch nur. Seit dem Vorfall mit dem Elefanten ist irgendein Gleichgewicht in meinem Innern zerbrochen, vielleicht nehme ich deshalb verschiedene äußere Dinge als seltsam wahr. Wahrscheinlich liegt es an mir.

Ich verkaufe nach wie vor Eisschränke, kombinierte Backofen-Toaster und Kaffeemaschinen in einer auf Nützlichkeit ausgerichteten Welt, auf der Grundlage der Bilder meiner auf Nutzen ausgerichteten Erinnerungen. Je mehr ich mich auf den Nutzen auszurichten versuche, desto erfolgreicher verkaufe ich unsere Produkte – die Werbekampagne hat sogar unsere optimistischsten Voraussagen übertroffen – und desto mehr Leute engagieren mich. Wahrscheinlich verlangen die Menschen in der *kitchen* namens Welt nach einer Art Einheitlichkeit: Einheit im Design, Einheit in der Farbe, Einheit in der Funktion.

In der Zeitung finden sich kaum noch Artikel über den Elefanten. Es scheint, als hätten die Leute vollkommen vergessen, dass unsere Stadt früher einmal einen Elefanten besaß. Das üppig wuchernde Gras im Elefantengehege ist welk, und drumherum spürt man schon die ersten Anzeichen des Winters.

Der Elefant und sein Pfleger sind verschwunden. Und kommen niemals hierher zurück.

Anmerkungen

Akasaka	Viertel in Tōkyō
Aoyama	Viertel in Tōkyō
Bunkyō	Bezirk von Tōkyō
Chiba	östlich an Tōkyō angrenzende Präfektur
Daikanyama	Viertel in Tōkyō
Futon	einrollbare Baumwollmatratze und Überbett
Ginza	Viertel in Tōkyō
Hiroo	Viertel in Tōkyō
Hiyayakko	in Würfel geschnittener und kalt servierter Tofu, zubereitet mit Sojasauce, klein geschnittenen Schalotten und Ingwer oder getrockneten Bonitofisch-Raspeln; typisch japanisches Gericht
Ikebukuro	großes Stadtviertel in Tōkyō; Verkehrsknotenpunkt
Kōbe	Millionenstadt in Japan, circa 450 Kilometer westlich von Tōkyō; Handelsstadt
Komagome	Viertel in Tōkyō
Kōenji	Viertel in Tōkyō
Mejiro	Viertel in Tōkyō
Miso-Suppe	aus Sojabohnenpaste zubereitete Suppe mit Tofu, klein geschnittenem Gemüse oder anderem
Nakano	Bezirk von Tōkyō
Nogizaka	Viertel in Tōkyō
Roppongi	Viertel in Tōkyō
Shibuya	großer Bezirk von Tōkyō, Verkehrsknotenpunkt
Shinagawa	Bezirk von Tōkyō; die meisten Autokennzeichen in Tōkyō tragen die Inschrift »Shinagawa«
Shinjuku	großer Bezirk von Tōkyō, Verkehrsknotenpunkt
Soba	Buchweizennudeln

Tamagawa	Fluss im Süden Tōkyōs; Grenze zu der benachbarten Millionenstadt Kawasaki
Tatami	in Japan sind Wohnungen traditionell mit circa fünf Zentimeter hohen, harten Binsenmatten ausgelegt; sie dienen zugleich als Maß: ein Tatami = ca. 90 x 180 cm
Tateyama	Stadt in der Präfektur Chiba
Tendon	frittierter Fisch und frittiertes Gemüse auf Reis mit einer speziellen Sojasauce
Tofu	aus Sojabohnen gewonnener Quarkkäse
Yamanote-Linie	im Zirkel angelegte Stadtbahn, die das Zentrum Tōkyōs umfährt
Yokohama	30 Kilometer südlich von Tōkyō gelegene Millionenstadt; Handelsstadt
Yotsuya	Viertel in Tōkyō
Yoyogi	Viertel in Tōkyō

btb

Haruki Murakami bei btb

Gefährliche Geliebte. Roman (72795)

Mister Aufziehvogel. Roman (72668)

Naokos Lächeln. Roman (73050)

Sputnik Sweetheart. Roman (73154)

Tanz mit dem Schafsmann. Roman (73074)

Nach dem Beben. Roman (73276)

Kafka am Strand. Roman (73323)

Wilde Schafsjagd. Roman (73474)

Afterdark. Roman (73564)

Hard-boiled Wonderland und das Ende der Welt.
Roman (73627)

Blinde Weide, schlafende Frau. (73688)

Untergrundkrieg. Der Anschlag von Tokyo. (73075)

**Wie ich eines schönen Morgens im April das 100%ige
Mädchen sah.** (73797)

Über Haruki Murakami

Jay Rubin: Murakami und die Melodie des Lebens. (73383)

»Murakami ist Kult.«
DIE ZEIT

»Der kühnste und bedeutendste Autor Japans.«
New York Times

www.btb-verlag.de